KB184132

"일족, 멸망한다.
나, 혼자가 된다. 무척 무섭다.
그러니까, 아이, 원한다."

다시금 풍경을 바라봤다. 아름답다고 느꼈던 풍경이 지금은
희미하게 춥게 느껴진다.
이곳에는 미래가 없다. 분명, 그것이 이유다.

쿠로노 전기 8
이세계 전이한 내가 최강인 건
침대 위에서만인 것 같습니다

수

쿠로노를 포로로 잡은 소녀.
일족의 미래를 걱정하고 있어서,
쿠로노에게 걸겠다고 정했다.

"나는 망설이고 있다.
까닭에 네게 미래를
맡기고자 생각한다."

족장

루 족을 통합하는 족장.
일족의 미래에 관해 생각한 결과,
쿠로노에게 '죽음의 시련'을 요구한다.

쿠로노 전기 8
Record of Kurono's War

isekaiteni sita boku ga saikyou nanoha
bed no ueedake no youdesu

이세계 전이한 내가 최강인 건 침대 위에서만인 것 같습니다

일러스트 무츠미 마사토
사이토 아유무

Record of Kurono's War
isekaiteni sita boku ga saikyou nanoha
bed no uedake no youdesu

"경사면으로!"

루 족의 여전사―― 리리가 활공하기 시작하자, 쿠로노가 다급한 기색으로 소리쳤다. 평소라면 명령에 따랐을 것이다. 하지만 레이라는 주저했다. 경사면은 급경사다. 절벽이라 평해도 좋다. 넘어졌다간 경사면 아래쪽 바위가 많은 곳까지 곤두박질이다. 목숨이 위태롭다. 한편, 리리와는 아직 거리가 있다. 이거라면 요격하는 편이 안전할 터다.

재고를 촉구하고자 입을 열었다. 하지만 그때는 이미 쿠로노가 경사면으로 뛰쳐나가고 있었다. 레이라가 황급히 뒤를 쫓자, 페이, 타이가, 스노우가 뒤이었다. 직후, 충격파가 밀어닥쳐 몸이 떠올랐다. 갑작스러운 일이었지만 평소의 훈련 덕분인지 착지에 성공했다.

"으윽!"

날카롭게 찢어지는 듯한 소리가 고막을 꿰뚫어 레이라는 귀를 눌렀다. 다행히 소리는 금방 멎었다. 그렇지 않았더라면 대미지를 입었을 것이다. 안도할 틈도 없이 후회의 마음이 밀려온다. 쿠로노는 이렇게 될 것을 예상하고 경사면으로 도망치도록 명령한 것이다. 그런데도 주저하고 말았다. 부관 실격이다. 미노라면……

아니, 지금은 후회하고 있을 때가 아니다.

레이라는 시선을 이리저리 움직이다가 눈을 휘둥그레 떴다. 쿠로노가 경사면을 굴러떨어지고 있었다. 조금 전의 충격파로 넘어진 게 틀림없다. 구해야만 한다. 그렇게 생각했지만, 어떻게 하면 좋을지 알 수 없다. 구할 방법을 생각하는 동안에도 쿠로노는 경사면을 굴러떨어지고 있다. 하다못해 중상은 면해 주었으면 한다. 기도하는 듯한 심정으로 쿠로노가 떨어진 방향을 바라봤고, 눈을 크게 떴다. 바위가 튀어나와 있었다.

"쿠로노 님!"

레이라가 소리친 순간, 쿠로노는 공중으로 떠올랐다가 그대로 덤불에 처박혔다. 레이라는 경사면을 내려가 쿠로노한테 갔다. 정확히는 쿠로노가 있을 것 같은 장소였다. 덤불을 밀어 헤치고 나아가면서 어떤 말을 떠올렸다. 얼마 전에 쿠로노한테 했던 말이다. 마음의 버팀목이 있으면 인간은 믿기지 않을 정도로 강해질 수 있다. 사실이다. 쿠로노한테 사랑받고 있다고 느끼는 것만으로도 힘이 솟아난다. 하지만 이 말에는 다음 내용이 있다. 사랑은 인간을 약하게도 만든다. 태양과 식물의 관계랑 비슷하다. 태양을 잃으면 식물은 말라 버릴 수밖에 없다.

레이라는 움직임을 멈췄다. 목소리가 들린 듯한 느낌이 든 것이다. 귀를 기울였다. 역시, 들린다. 야만족의 목소리다. 말다툼하고 있는 듯한데, 무슨 일이 있었던 것일까. 아니, 지금 생각해야 할 것은 쿠로노의 안부다. 쿠로노가 있을 터인 방향으로 걸음을 내디뎠다. 야만족의 목소리가 커진다. 혹시, 쿠로노는 야만족한테 사로잡힌 것일까. 심장이 빠르게 고동쳤고, 달려 나가고 싶은 충동에 사로잡혔다. 하지만 꾹 참았다. 쿠로노의 목숨이 걸려 있는 것이다.

냉정하게, 라고 되뇌며 덤불 속을 나아갔고, 쿠로노를 발견했다. 쿠로노는 야만족 소녀한테 업혀 있었다. 머릿속이 새하얘졌고, 깨닫고 보니 화살을 쏘고 있었다. 화살은 일직선으로 야만족 소녀에게 향했다. 그대로 야만족 소녀를 꿰뚫을 거라 생각됐지만——.

"위험해!"

목소리가 울렸고 바람이 거칠게 불었다. 각인술에 의한 것이리라. 화살의 궤도가 흐트러져 지면에 꽂혔다. 레이라는 입술을 꽉 깨물고 덤불에서 뛰쳐나갔다.

"쿠로노 님을 놓으세요!"

큰 목소리로 외치며 화살을 메겼다. 그러자 야만족—— 라라, 리리, 수가 이쪽을 봤다.

"그 남자, 처우, 족장, 재가, 필요해."

"하지만!"

리리가 한숨을 내쉬는 것처럼 말했고, 라라가 거친 목소리로 말했다. 사투리가 심해서 알아듣기 힘들지만, 쿠로노의 처우로 옥신각신하고 있는 모양이다.

"적, 모여. 바람, 내보내, 맞춰."

"……이해했다."

리리가 연달아 말했고, 라라가 마지못한 느낌으로 고개를 끄덕였다. 분노가 치밀어 올랐다. 활을 겨누고 있는데도 세 사람은 개의치 않는다. 얕보이고 있는 걸까.

"쿠로노 님을——!"

"지금!"

레이라가 입을 연 다음 순간, 리리가 외쳤다. 각인이 빛나고 강렬한 바람이 회오리를 일으켜 낙엽과 모래 먼지를 휘감아 올렸다. 바람만으로도 성가신데 시야까지 가려진다. 이래서는 정확하게 겨냥할 수 없다. 물론 세 사람은 그 틈을 놓치지 않았다. 무릎을 굽히고 뛰어, 나무를 박차고 하늘 높이 날아올랐다. 한층 더 나아가 공중을 부유하여 멀어져 갔다.

하지만 아직 사정거리 안이다. 레이라는 세 사람에게 화살을 겨누었다가, 움직임을 멈췄다. 야만족을 꿰뚫을 수 있어도 저 높이에서 떨어지면 쿠로노가 죽는다. 야만족을 추적하여 틈을 보아 구해낼 수밖에 없다. 야만족을 추적하고자 활을 내리고 발을 내디뎠다. 그러자 덤불에서 타이가가 뛰쳐나왔다.

"레이라 공! 무사하오이까?!"

"쿠로노 님이 납치당했습니다! 곧바로 추적하겠어요!"

"기다리는 것이외다."

빠른 어조로 상황을 설명하고 재차 발을 내디뎠지만, 타이가가 앞으로 돌아 들어왔다.

"레이라 공은 부관이오. 부관으로서 의무를 다해야만 하는 것이외다.”

“큭……!”

타이가의 말에 레이라는 신음했다. 하지만 그의 말대로다. 기분을 진정시키기 위해 심호흡을 반복했다. 약간이나마 냉정함을 되찾을 수 있었다. 그때——.

“두 사람 다 무사한 것입니까?”

“엄마, 괜찮아?”

페이와 스노우가 덤불에서 나왔다. 마지막으로 한 번만 더 심호흡하고 입을 열었다.

“쿠로노 님이 납치당했습니다.”

“큰일인 것입니다!”

페이는 달려 나가려다가 도중에 풀썩 주저앉았다. 스노우가 뛰어가 페이 옆에 무릎을 꿇고 앉았다.

“얼굴이 새파란데?”

“조금 두통이 났을 뿐인 것입니다.”

스노우가 걱정스러운 듯이 말을 걸었지만, 페이는 괜찮다고 말하는 것처럼 손바닥을 향했다.

“스노우는 페이를 데리고 하산해 주세요.”

“알았——.”

“아직 싸울 수 있는 것입니다!”

페이는 스노우의 말을 가로막고 말했다. 심정은 이해된다. 가능하다면 그녀의 의사를 존중하고 싶다. 하지만.

"지금은 몸 상태를 조절하는 데 전념해 주세요."

"승복할 수 없는 것입니다. 지금이야말로 충성을 나타낼 때인 것입니다."

"마음은 이해합니다만, 페이가 죽으면 쿠로노 님은 어떻게 생각할까요."

"윽……."

레이라의 말에 페이는 신음했다.

"페이와 스노우는 하산해 주세요. 저와 타이가로 쿠로노 님을 쫓겠습니다."

"어떻게 해서 쫓을 생각인 것입니까?"

"타이가가 쿠로노 님의 냄새를 기억하고 있습니다."

페이의 물음에 레이라는 담담하게 대답했다. 내심 정신이 번쩍 들었다. 타이가가 쿠로노의 냄새를 기억하고 있다. 이런 사실에 생각이 미치지 못할 정도로 평정심을 잃고 있었다.

"쿠로노 님을 되찾겠어요!"

"'"'옙!!'"'"

레이라가 외치자 페이, 타이가, 스노우 세 사람은 등을 쭉 펴고 응답했다.

제 1 장 『회유』

타닥타닥하는 소리가 들린다. 무슨 소리인가 싶어 쿠로노는 눈을 떴다. 머리를 부딪친 것일까. 시야가 부옇다. 부연 시야 속에서 오렌지색 빛이 너울너울 흔들린다. 조금씩 윤곽이 선명해져 확실하게 상을 맺었다. 그건 불이었다. 돌을 둘러싸서 만든 화로에서 장작이 불타고 있다.

"여긴…… 으윽!"

쿠로노는 몸을 일으키려다가 얼굴을 찌푸렸다. 몸 이곳저곳이 아프다. 게다가 팔이 뒤로 돌아간 채 손목이 묶여 있다. 지면에 누운 채로 시선을 이리저리 움직였다. 그곳은 원뿔형 공간이었다. 중앙에는 화로가 있고 사방에는 기둥이 서 있다. 기둥 사이에는 들보가 가로놓여 풀이나 건어물이 매달려 있다. 참고로 지면은 땅바닥이 그대로 드러나 있다. 처음 보는 광경이다. 그런데도 어째서인지 강한 기시감을 느꼈다. 대체 어디서 봤을까. 쿠로노는 고개를 갸웃하고——.

"아, 수혈 주거……!"

자기도 모르게 외쳤다. 물론 진짜를 본 건 아니다. 하지만 이곳은 역사 자료집에 실려 있던 수혈 주거 움집을 복원한 모습과 판박이다. 기억을 더듬었다. 마지막으로 본 건 노팬티…… 아니, 수다.

아무래도 쿠로노는 납치당한 모양이다.

"어디 보자, 무기는……."

몸을 비틀어 무장을 확인했지만, 장검도 손도끼도 없었다. 당연한가. 쿠로노도 적을 사로잡으면 무장 해제 정도는 한다.

"그래도 나한테는 마술이 있어. 마술로 새끼줄쯤은……."

말하려다가 입을 다물었다. 천추신악이라면 새끼줄쯤은 쉽게 절단할 수 있다. 하지만 조준은 눈으로 보고 해야만 한다. 과연 팔이 뒤로 묶인 상태에서 새끼줄만을 절단할 수 있을까. 무리다. 자칫 잘못하면 치명상── 새끼줄만이 아니라 몸까지 도려내고 만다. 아무리 그래도 그런 도박에 나설 수는 없다. 다행히 타이가가 냄새를 기억하고 있다. 지금은 믿고 기다려야만 한다. 그렇게 결론지었을 때, 문이 열렸다. 누군가가 들어온다.

황급히 눈을 감았다. 문을 닫은 것이리라. 시야가 어두워지고 누군가가 움직이는 기척이 전해져 왔다. 잠시 후 그륵그륵하는 소리가 들려왔다. 뭘 하는 걸까. 불안이 솟구쳐 오른다. 하지만 쿠로노의 불안을 내버려 두고 그륵그륵하는 소리는 계속되었다. 마침내 견딜 수 없어져 살짝 눈을 뜨자, 수가 화로 건너편에 앉아 있었다. 내심 가슴을 쓸어내렸다. 무슨 소리인가 싶었는데 돌을 이용하여 풀을 갈아 으깨는 소리였다.

"눈, 뜬다. 일어났다, 안다."

"아, 그렇습니까."

수가 언짢은 듯이 말했고, 쿠로노는 눈을 똑바로 떴다. 사투리는 심하지만, 말은 통한다. 갑자기 의욕이 생겼다. 커뮤니케이션을 취하여 루 족을 회유하는 것이다. 그렇다면 우선은 인사부터. 이름을 알고 있기에 새삼스럽다는 느낌은 들지만——.

"처음 뵙겠습니다, 저는 쿠로노 크로포드라고 합니다. 당신의 이름은?"

"……"

자기소개를 하고 이름을 물어봤다. 하지만 수는 말이 없다. 말 없이 풀을 갈아 으깨고 있다. 무시하려는 셈인 걸까. 어쩔 수 없다. 대답해 줄 때까지 반복하자.

"처음 뵙겠습니다, 저는——."

"나, 수. 루 족의 주의(呪醫)."

수는 쿠로노의 말을 가로막고 말했다. 일단 자기소개는 끝났다. 문득 라라가 생각났다. 경사면에서 굴러떨어졌는데, 무사한 걸까.

"그러고 보니, 라, 가 아니라 우리랑 싸웠던 사람은 무사합니까?"

"라라, 리리, 무사."

"그래요, 다행이군요. 그런데, 어째서 절 납치한 겁니까?"

"시킬 일, 있다."

수는 풀을 으깨는 것을 멈추고 손을 내밀었다.

"아기 씨앗, 싸라."

"싸라고 말해도……."

"너, 아기 씨앗, 못 싼다?"

17

"아뇨, 쌀 수 있습니다. 바란다면 얼마든지."

"그런가. 아기 씨앗, 쌀 수 있나."

쿠로노가 살짝 허세를 부려 말하자, 수는 기쁜 듯이 입가에 미소를 띠었다.

"그럼 싸라, 당장 싸라."

"당장 싸라고 말해도……. 묶인 상태에선 무리야."

"너, 거짓말쟁이. 얼마든지 낼 수 있다, 말했다.

"싸려면 조건이 있다고 할지, 그리 쉽게 찍찍 쌀 수 있는 게 아니야. 아니, 뭐어, 이 상태라도 쌀 수 있는 사람은 있겠지만, 나한테는 무리야."

"으음, 유감."

수는 불만스러운 듯이 아랫입술을 삐죽 내밀었다. 다시 풀을 갈기 시작했다.

"어째서 아기 씨앗── 남자가 필요해?"

"……."

이유를 물었지만, 수는 대답하지 않았다. 말없이 풀을 갈아 으깨고 있다. 어떻게 하면 이야기해 줄지 이리저리 생각을 거듭하고 있자, 문이 열렸다. 문을 연 것은 라라였다. 다치지는 않은 모양이다. 휴, 하고 안도의 한숨을 내쉬었지만, 라라는 쿠로노를 보고 불쾌한 듯이 얼굴을 찌푸렸다.

"수, 족장, 부른다."

"알았다."

수는 풀을 으깨는 것을 멈추고 일어섰다. 그때——.

"그 녀석, 데리고 와라, 말씀하셨다."

"……알았다."

라라가 으르렁거리는 듯한 목소리로 말했고, 수는 뜸을 두고 대답했다. 벽에 기대 세워진 창을 손에 들고 창끝을 쿠로노에게 향했다. 돌로 만들어진 창끝이다. 찔리면 철보다 아플 것 같다.

"일어서라."

"알았어."

수는 으, 하고 볼멘소리를 낸 뒤 창으로 쿡쿡 찔러 댔다.

"알았습니다."

"나간다."

쿠로노가 고쳐 말하자 수는 턱짓했다. 밖으로 나오자 해가 크게 기울어 있었다. 어느 정도 기절했던 것일까. 뒤돌아보려 하자——.

"앞으로 간다."

"알겠습니다."

창으로 쿡 찔려 앞으로 나아갔다. 라라는 꼴 좋다는 표정이었다. 쿠로노 때문에 떨어져 꽁해진 것이리라.

"오른쪽, 간다."

"네, 알겠습니다."

등을 쿡쿡 찔리며 시선을 이리저리 움직였다. 움집의 수는 50이 채 안 된다. 게다가 쿠로노는 어떤 점을 알아차렸다. 루 족의 집락에는 여자밖에 없는 것이다. 수보다 나이가 어린 소녀도 없다. 의

19

아하게 느끼고 있자, 수가 또다시 창으로 등을 찔렀다.

"헛수고. 여기, 도망, 못한다."

"네, 알겠습니다."

쿠로노는 고개를 끄덕였다. 그럴 수밖에 없었던 것이, 루 족의 집락은 경사면에서 튀어나온 암반 위에 만들어져 있었다. 암벽 등반 경험이나 밧줄이 있다면 이야기는 다르겠지만, 양쪽 다 없는 쿠로노가 도망치는 건 거의 불가능하다.

"멈춘다. 여기, 족장, 있다."

"여기에……."

쿠로노는 걸음을 멈추고 중얼거렸다. 집락 중심에는 원뿔형 텐트가 쳐져 있었다. 텐트는 가죽으로 만들어져 있었고 주위에 있는 움집보다도 크다. 라라가 텐트에 다가갔다.

"족장, 수, 데려왔다."

"들어와라."

텐트 안에서 목소리가 울렸다. 유창한 발음의 여자 목소리다. 라라가 문을 열었고, 수가 쿠로노의 등을 창으로 쿡쿡 찔렀다. 텐트에 들어가자, 머리카락이 긴 여자가 의자에 앉아 있었다. 머리카락은 상반신을 휘감을 정도였고, 앞머리 사이로 보이는 두 눈은 형형하게 빛나고 있다. 풍만한 가슴을 모피로 단단히 조르고, 하반신을 덮고 있다. 여자—— 족장은 팔걸이를 받침대 삼아 턱을 괴었다. 기분이 좋지 않은 것이리라. 눈살을 찌푸리고 있다.

"어째서 부족에 그 남자를 데리고 왔지?"

"……."

족장이 물었지만, 수는 말이 없다. 아무래도 쿠로노를 납치해 온 것은 수의 독단이었던 모양이다. 족장은 한숨을 내쉬고는 재차 입을 열었다.

"대답해라. 어째서, 그 남자를 데리고 왔지."

"루 족을 위해. 우리, 새로운 피, 필요."

"우리 일족에 더러운 피를 섞겠다는 말이냐?"

"우리의 피, 힘, 잃었다. 이제 50명도 안 된다. 새로운 피, 필요. 루 족, 멸망한다."

둘은 말없이 서로를 노려봤다. 분명 몇 번이나 같은 대화를 해 왔던 것이리라. 대화는 평행선을 달려서, 수가 강경 수단으로 나왔다는 느낌인가. 그건 그렇다 치고 인구가 50명도 채 안 된다니, 무슨 일이 있었던 것일까. 괜한 정보가 알려졌다고 생각했는지 족장은 한순간 쿠로노한테 시선을 향하고, 한숨을 내쉬었다.

"그만 됐다. 물러가라."

"나, 잘못하지 않았다."

수가 창으로 등을 찔렀다. 텐트에서 나가라는 말이리라. 교섭을 생각했지만, 지금은 무리일 것 같다. 잠자코 밖으로 나오자 라라가 혀를 찼다.

"칫, 살아 있었다."

"덕분——."

"앞으로 간다."

비아냥으로 대꾸하고자 입을 열었지만, 수한테 창으로 찔렸기에 단념했다.

"나, 집, 돌아간다. 무슨 일, 있다, 말해라."

"괜찮다, 나, 어른."

라라가 쿠로노를 노려보며 말했다. 무슨 일 생기면 죽이겠다는 의사가 전해져 온다. 그런 라라의 마음을 아는지 모르는지 수는 그 얌전한 가슴을 펴며 말했다. 흥, 하고 라라는 콧방귀를 끼더니 쿠로노한테 등을 돌리고 걷기 시작했다.

"우리, 집, 돌아간다."

"어디였더라?"

"내 집, 마을 끝."

수가 창날 끝으로 집이 있는 방향을 가리켰고 쿠로노는 걸음을 내디뎠다. 물론 수는 쿠로노의 뒤쪽── 언제든지 찔러 죽일 수 있는 포지션이다. 등을 쿡쿡 찔리며 쿠로노는 수의 집으로 돌아갔다. 문을 지나 원래 쓰러져 있던 장소에 앉았다. 꼬르륵, 하고 배에서 소리가 났다.

"배고픈데."

쿠로노가 공복을 호소하자 수는 한숨을 내쉬었다. 창을 벽에 기대 세우고 항아리 두 개를 껴안아 들고는 화로 반대편에 앉았다. 한쪽 항아리에서 가루를 꺼내 평평한 돌 위에 놓고, 또 다른 한쪽 항아리에서 물을 떠서 반죽하기 시작했다. 완성된 반죽 덩어리를 잘게 찢어 납작하게 만들더니 화로에 던져 넣었다.

타닥타닥하고 장작이 터졌고, 바람이 불어 들어왔다. 수가 발끈한 듯한 표정을 띠고 뒤돌아봤다. 그러자 여자들이 여길 들여다보고 있었다. 그중에는 리리도 있다. 수는 일어서서 밖으로 나갔다. 여자들의 목소리가 들려왔다. 잘 알아들을 수 없지만, 쿠로노한테 흥미가 있는 모양이다. 여자밖에 없는 환경이니까 무리도 아니지만, 제국과 루 족의 껄끄러운 인연을 생각하면 그걸로 괜찮은 걸까~ 하는 생각도 든다.

향기로운 냄새가 감돌기 시작했을 즈음, 다시 바람이 불어 들어왔다. 수가 돌아온 것이다. 어째서인지 녹초가 되어 있다. 수는 화로 앞에 앉고는 구워진 반죽 덩어리를 꺼내 쿠로노한테 던졌다. 팔이 묶여 있기에 받아낼 수 없다. 가슴에 부딪혀 지면에 떨어졌다.

"먹어라."

"그전에 줄을 풀어줄 수 없겠습니까?"

수는 발끈한 듯한 표정을 띠었다. 실수했나 싶었지만, 수는 말없이 일어서더니 쿠로노의 뒤로 돌아 들어갔다. 팔이 가벼워졌다. 새끼줄을 풀어준 것이다. 수는 원래 장소로 돌아가 털썩 앉았다.

"저항, 헛수고. 나, 주술, 쓸 수 있다."

수가 미간을 찡그리며 중얼거렸다. 그러자 검은빛이 그녀의 몸을 장식했다. 각인술── 그녀들이 신앙하는 여섯 색깔의 정령과 동화하는 주법이다.

"알고 있습니다."

"그럼, 됐다."

흥, 하고 수가 콧방귀를 끼는 듯한 소리를 냈다. 그러자 각인이 사라졌다.

"먹어라."

"잘 먹겠습니다."

쿠로노는 손을 모으고 지면에 떨어진 반죽 덩어리를 손에 들었다. 빵이 아니라 비스킷 같다. 그러고 보니 죠몬 시대 사람은 도토리 등을 비스킷 상태로 만들어 먹었다는 이야기를 들은 적이 있다. 반죽 덩어리, 아니, 죠몬 비스킷을 베어 물었다. 퍼석퍼석하고 맛도 없어 무미건조하다.

수가 네발로 걷는 자세가 되어 벽 쪽 항아리에 손을 뻗었다. 항아리를 끌어당겨 막대기 형태의 무언가를 꺼냈다. 말린 고기일까. 내심 고개를 갸웃하고 있자 또 그걸 쿠로노한테 던졌다. 양손이 자유롭기에 이번에는 받아낼 수 있었다. 막대기 형태의 무언가를 찬찬히 바라봤다. 역시 말린 고기인 것 같다. 수는 자기 몫의 말린 고기를 손에 쥐더니 조금 전과 같은 위치에 다시 앉았다.

"먹어라."

"잘 먹겠습니다."

말린 고기를 물어뜯자, 소금기가 입안에 퍼졌다. 상당히 짜다. 거기다 딱딱하다. 몇 번이고 물어 부드럽게 만들어 찢고, 비스킷을 물었다. 짠맛이 누그러진 듯한 느낌이 들었다. 과연, 말린 고기와 세트라면 먹을 만하다.

"이 비스킷은 어떻게 해서 만드는 거야?"

"나무 열매, 빻는다. 물, 담근다. 떫은맛, 없어진다. 더, 빻는다."

반말로 말을 걸자 수는 발끈한 듯한 표정을 띠었다. 하지만 질문에는 대답해 주었다. 조금 더 파고드는 질문을 해도 괜찮을까.

"피가 힘을 잃었다는 건 무슨 의미야? 그리고 인구가 50도 채 안 된다고……."

"……."

수는 말이 없다. 화로에서 죠몬 비스킷을 꺼내 입으로 옮겼다.

"대답하고 싶지 않다면 괜찮지만, 이유를 이야기해 주면 협력할 수 있을지도 모른다고?"

"너, 수다쟁이. 입 좀 다문다."

"알았어."

너무 파고든 모양이다. 쿠로노는 묵묵히 죠몬 비스킷을 먹었다. 다 먹고 나자, 수가 죠몬 비스킷과 말린 고기를 던졌다.

"먹어라."

"고마워."

"너, 내 것. 돌본다, 당연."

수는 득의양양하게 콧방울을 부풀리며 말했다.

"그러고 보니 '주의'라고 했는데, 그게 뭐야?"

"주의, 약, 만든다. 점, 친다. 주술, 쓴다."

"주술이라니?"

으, 하고 수는 아랫입술을 삐죽 내밀었다. 네 발로 걷는 자세가 되어 항아리에 손을 뻗었다. 원래 위치로 돌아오더니 쿠로노한테 손을 내밀었다. 손바닥에는 불에 그대로 구운 구체 흙덩어리가 있었다. 크기는 새끼손가락 손톱과 같은 정도다.

"빛나라."

수가 나직이 중얼거리자, 구체 흙덩어리가 희미하게 빛을 발했다. 하지만 30초 정도 지나자 부서지고 말았다. 매직 아이템이다. 그렇군. 주의란 의사이자 점술사이며, 매직 아이템 제조자이기도 하다는 건가.

"이거, 내 일."

"각인은 누가 새기고 있어?"

"족장, 새긴다."

호오~, 하고 쿠로노는 목소리를 냈다. 그러자 수는 발끈한 듯한 표정을 띠었다. 또 신경에 거슬리는 말을 해버린 것일까.

"나, 각인, 새길 수 있다."

"그래도, 족장이 새긴다면서."

"각인, 새긴다, 족장, 주의의 일."

"수는 대단하네."

"당연, 나, 대단."

쿠로노가 감탄하여 말하자 수는 득의양양하게 가슴을 폈다. 그녀의 나이로 그만한 기술이나 지식을 지닌 건 정말로 대단한 일이다. 하지만 의문도 있다. 권력을 유지하기 위해서는 기술이나 지식을 독점하는 편이 좋다.

그런데도 어째서 기술이나 지식을 분산하는 듯한 행위를 하는 것일까. 족장의 전횡을 막기 위해서라고도 생각할 수 있지만, 감이 팍 오지 않는다. 수와 족장은 대등하다는 느낌이 들지 않는 것이다. 확인하고 싶지만, 조금 더 친해지고 나서 하는 편이 좋으리라. 죠몬 비스킷과 말린 고기를 다 먹고──.

"잘 먹었습니다."

쿠로노가 손을 모으고 말하자, 수는 말없이 일어섰다. 움집 구석에 있던 모피를 손에 들고, 쿠로노한테 던져서 건넸다.

"쓴다."

"고마워."

쿠로노는 모피를 지면에 깔고 누웠다. 수가 들보에 매달아 뒀던 풀을 손에 쥐고 자기 모피 위에 앉았다. 그륵그륵 소리를 내며 풀을 갈아 으깼다.

"뭘 만드는 거야?"

"약?"

"누가 써?"

"너, 시끄럽다. 얼른 잔다."

"자라고 해도 말이지."

쿠로노는 문을 봤다. 빛은 보이지 않지만, 아직 해가 막 저문 참일 터다.

"도망친다, 죽는다."

"아니, 안 도망쳐."

이런 밤도 이른 시간에 잠들 수 있을지 어떨지 걱정했는데, 수는 그렇게 생각하지 않았던 모양이다. 어쩔 수 없지, 하고 쿠로노는 몸을 일으켜 망토를 걸쳤다.

"잘 자."

"잘, 자?"

의미를 알 수 없었던 것일까. 수는 의아하다는 듯이 고개를 갸웃했다. 쿠로노는 눈을 감았다. 풀을 갈아 으깨는 그륵그륵하는 소리가 울렸다. 단조로운 소리가 졸음기를 유발한 것일까. 잠시 후 쿠로노의 의식은 어둠에 집어삼켜졌다.

※

가벼운 충격으로 쿠로노는 눈을 떴다. 눈앞에는 다리가 있다. 작은 다리다. 시선을 위로 향하자, 수가 부루퉁해 보이는 표정을 띠고 쿠로노를 내려다보고 있었다. 그녀는 노팬티다. 팬티를 안 입고 있다. 루 족의 문명개화는 멀었다. 다시 눈을 감았다.

"일어난다."

"5분만 더, 아뇨, 일어나겠습니다."

쿠로노는 황급히 몸을 일으켰다. 푹, 하는 소리가 났다. 어깨 너머로 뒤를 보니 창이 쿠로노의 머리가 있었던 장소에 꽂혀 있었다. 위험했다. 하마터면 영면할 뻔했다.

"나간다."

"예에, 예에, 알겠습니다."

망토를 손에 쥐고 밖으로 나가자, 밤이 하얗게 밝아 오고 있었다. 바람이 불어 몸을 부르르 떨었다. 고지라서 그런지 놀랄 정도로 춥다. 망토를 걸치고 뒤돌아보니 수가 움집에서 나오던 참이었다. 배낭을 짊어지고 있는데, 그것보다도──.

"왜, 본다?"

"아니, 춥겠구나 싶어서."

수는 옷을 얇게 입고 있다. 게다가 노팬티다.

"너, 나약. 나, 어른, 추위, 태연."

수는 가슴을 폈지만, 쿠로노는 망토를 벗고 내밀었다.

"입어."

"불필요, 나, 어른."

"됐으니까."

으, 하고 수는 불만스러운 듯이 입술을 삐죽 내밀었고, 창을 지면에 꽂았다. 쿠로노한테서 망토를 홱 낚아채어 걸치고는, 상태를 확인하는 것처럼 몸을 비틀었다.

"나중에 돌려줘."

"너, 짠돌이."

"아버지한테서 받은 거야."

"알았다."

수는 창을 손에 들고──.

"와라."

그렇게 말하고는 걷기 시작했다. 황급히 뒤를 쫓았다.

"어디 가는 거야?"

"약초, 캔다."

"이런 아침부터? 아침밥도 아직인데?"

"이 시간, 캔다, 의미, 있다."

수는 발끈한 것처럼 말했다. 시간대에 따라 약효가 변한다는 것일까. 그러고 보니 약초의 맛은 수확하는 시간에 따라 변한다고 들은 적이 있다. 그걸 생각하면 이상하지는 않은 듯한 느낌이 들었다.

"나, 먼저, 걷는다. 도망친다, 용서, 안 한다."

"알고 있어."

얼마나 신뢰받지 못하고 있는 걸까, 하고 넌더리가 난 기분으로 대답했다. 앞장서서 가는 수한테 인도받으며 암반 끝자락에 도착했다. 경사면에 시선을 향하자, 새끼줄이 드리워져 있었다. 나무껍질을 엮어 만들어진 새끼줄이다. 경사면을 올려다봤지만, 안개 때문에 어디까지 뻗어 있는지 알 수 없다. 몇십 미터쯤 되는 걸까. 수가 턱짓하여 새끼줄을 가리켰다.

"오른다."

"……알았어."

쿠로노는 한숨을 내쉬고 새끼줄을 잡았다. 잡아당기자 끼이, 하는 소리가 났다. 하지만 오르지 않는다는 선택지는 없다. 결의를 굳히고 경사면을 올라갔다. 새끼줄을 당길 때마다 끼이, 하는

소리가 울렸고 그때마다 기분 나쁜 땀이 스며 나왔다. 공포를 참
으며 경사면을 올랐지만, 곧 등이 아파지기 시작했다. 그뿐만이
아니다. 팔과 다리가 납처럼 무겁다. 호흡이 괴롭다. 안개 때문에
앞을 내다볼 수 없다. 머리가 어질어질하다. 앞으로 나아가고 있
는 건지 나아가고 있지 않은 건지 알 수 없게 된다. 토할 것 같다.
어디까지, 아니, 생각하지 마라. 머리를 비우고 오르는 것에만 집
중하는 거다. 그렇게 하면 이윽고 골에 다다른다. 아무 생각 없이
경사면을 오르고, 오르고, 오르고, 계속 올라서—— 정상에 이르
렀다.

"……겨우 도착했네."

쿠로노는 지면에 주저앉았다. 여전히 시야는 안개로 막혀 있
다. 쉴 수 있으려나 싶었는데, 수는 곧바로 올라왔다. 경사면을
다 올라와 어처구니없다는 듯한 시선으로 쿠로노를 쳐다봤다.

"너, 약해 빠졌다."

"뭐라 할 말이 없네."

"일어선다, 온다."

수는 망토를 휘날리며 걷기 시작했다. 일어서서 뒤를 쫓았다.
이곳도 능선인가. 좁은 길이 이어졌다. 좁을 뿐만 아니라 돌이 여
기저기 나뒹굴고 있다. 이윽고 트인 장소로 나왔다. 커다란 바위
가 수많이 널려 있고, 풀이나 이끼가 나 있다.

"너……."

수는 뒤돌아보고 불만스러운 듯이 아랫입술을 삐죽 내밀었다.

"너, 쉰다. 나, 약초, 캔다."

"고마워."

"감사, 불필요. 쓸모없다, 생각했다."

수는 얼굴을 홱 돌리고는 걷기 시작했다. 원하던 약초는 이곳에 없는 것이리라. 이내 안개에 섞여 모습이 보이지 않게 됐다. 아니, 그 직전에 멈춰 섰다. 뭔가 있었던 것일까. 의아해하고 있자 뒤돌아서 이쪽을 봤다.

"도망친다, 헛수고."

"알고 있어."

쿠로노는 넌더리가 난 기분으로 대꾸했다. 이곳이 어디인지도 모르는 것이다. 도망쳐도 변변한 꼴을 못 보리라는 건 눈에 선하다. 수는 흥, 하고 콧방귀를 끼는 듯한 소리를 낸 뒤 걷기 시작했다. 이번에야말로 안개에 섞여 모습이 보이지 않게 됐다.

"그렇게나 걱정이면 손발을 묶으면 될 텐데……."

쿠로노는 투덜거리고는 커다란 바위에 다가갔다. 앉아서 몸을 기댔다. 그때——.

"……쿠로노 님."

"——?!"

뒤에서 레이라의 목소리가 나서 움찔하고 말았다. 뒤돌아보려다가 생각을 고쳐먹었다. 언제 수가 돌아올지 모른다. 수상하게 여겨지지 않도록 해야 한다.

"어째서 레이라가……. 그렇군, 타이가가 냄새를 쫓아서 와 준 건가."

"그 말씀대로이오이다. 야만족의 거점도 다 파악되었소이다."

쿠로노의 중얼거림에 타이가가 자랑스럽게 대답했다.

"그런데, 여기가 어딘지 알아?"

"알레오스 산지 정상 부근입니다."

"그런 곳까지……."

"쿠로노 님, 고문을 당하지는 않으셨습니까?"

"아, 그건 괜찮아. 날 납치한 목적은 아기 씨앗을 채취하는 거니까."

"아기 씨앗을……. 설마?!"

"아니, 아직 채취당하지 않았어. 안심해."

"하지만, 시간문제 아닌지……."

레이라는 신음하는 것처럼 말했다. 어쩐지 심각해 보인다.

"그러고 보니 페이하고 스노우는?"

"둘 다 무사합니다. 다만, 페이는 연일 계속된 전투로 지쳐 있었기에 스노우와 함께 하산토록 했습니다. 이미 사브 일행과 합류했을 거라고 생각합니다."

다행이다, 하고 쿠로노는 가슴을 쓸어내렸다.

"그나저나, 어째서 쿠로노 님의 아기 씨앗을?"

"루 족은 멸망의 위기에 처한 모양이야. 인구도 50명이 채 안 된대. 문제는 얼마나 신용할 수 있을지인데, 족장의 태도나 여자밖에 없는 점을 생각하면 거짓말은 아니라고 봐."

"그 정도라면 토벌 가능하겠소이다."

"확실히, 1천 명이나 되는 병사가 있으면 토벌할 수는 있겠지. 하지만 그녀들한테는 지리적 이점이 있어. 50명이 안 되는 전력이라도 아군에서 상당한 피해가 나올 거야."

"회유는 가능할까요?"

"가능성은 있어."

레이라의 물음에 쿠로노는 고개를 끄덕였다. 물론 그 반대의 가능성도 있다. 그때는 내부 분열을 일으키는 쪽으로 방향타를 틀 생각이다. 다행이라고 해야 할지, 족장과 수의 의견은 대립하고 있다. 불씨로서는 더할 나위 없다. 하지만 이건 최후의 수단으로 쓰고 싶다.

"그러니까 아슬아슬할 때까지 버텨 보겠어."

"알겠습니다. 그런데, 내부 상황은?"

"족장은 여자고──."

"돌아왔소이다."

타이가가 쿠로노의 말을 가로막고 말했다. 곤란하다. 아직 내부 상황을 전하지 않았다. 수가 돌아올 때까지의 십여 초. 어떻게 전하면 좋을까. 그때, 문득 번뜩이는 것이 있었다.

"문명 수준은 죠몬 시대야."

"──!! 그러면, 부디 무사하시기를."

"무사하시기를 빌고 있겠소이다."

직후, 사삭 하는 소리가 울렸다. 경사면을 달려 내려간 것이리라. 잠시 후 수가 돌아왔다. 쿠로노의 옆에서 멈춰 서서 주위를 두리번두리번 둘러봤다. 레이라와 타이가의 기적을 알아차린 것일까. 의식을 돌려야만 한다.

"약초는 캤어?"

"……당연, 나, 어른, 너하고 다르다."

수는 약간 뜸을 두고 대답하더니 몸을 돌리고는 지면에 창을 꽂아 세웠다. 아직 이곳에 볼일이 있는 것일까. 의아하게 여기고 있자 바람이 불었다. 망토가 펄럭일 정도의 바람이다. 안개가 바람에 밀려 걷혀 나간다. 쿠로노는 눈을 휘둥그레 떴다. 눈 아래에 운해와 대지, 저편에 바다가 펼쳐져 있었다. 뒤늦게나마 자신들이 구름 속에 있었다는 걸 깨달았다. 아름다운 광경이었다. 심금을 울린다는 건 이런 걸 말하는 것이리라. 쿠로노는 자기도 모르는 사이에 목걸이를 꽉 쥐고 있었다.

"피가 힘을 잃었다는 건, 무슨 의미야?"

"…………옛날, 남자들, 있었다."

쿠로노가 묻자 수는 상당한 뜸을 두고 대답했다.

"하지만, 태어나는 아이, 적다. 남자 없다. 여자뿐. 어느 해, 나쁜 바람, 불었다. 남자, 죽었다. 나, 일족, 마지막 아이."

"어째서, 그런 일이……."

"모른다. 족장, 우리의 피, 활력 잃었다, 말했다. 나, 무섭다. 일족, 멸망한다. 나, 혼자가 된다. 무척 무섭다. 그러니까, 아이, 원한다."

"족장은 뭐라고?"

"더럽혀진 피, 섞을 수 없다, 말했다."

그래, 하고 쿠로노는 중얼거렸다.

"다른 부족은?"

"다른 부족, 없다. 여기, 풍족. 하지만, 무척, 다르다. 그래서, 싸웠다, 들었다."

"족장한테서?"

수는 작게 고개를 끄덕였다. 반쯤 예상이 됐던 것이지만, 알레오스 산지로 쫓겨난 야만족은 식량을 두고 서로 죽고 죽인 것이다. 그 결과 유전적 다양성을 잃고, 출생 수 저하나 남녀 성비의 현저한 편중을 일으킨 것이리라. 다시금 풍경을 바라봤다. 아름답다고 느꼈던 풍경이 지금은 희미하게 춥게 느껴진다. 이곳에는 미래가 없다. 분명, 그것이 이유다.

"……그러니까, 아기 씨앗, 내놓는다."

"그런 거라면 협력하고 싶지만——."

"언제 싼다? 바로 쌀 거다? 나, 각오 되었다."

"잠깐 기다려. 나만으로는 멸망을 뒤로 미루는 것이 될 뿐이야."

"나, 그걸로 괜찮다. 지금, 중요."

"자기 아이한테 같은 공포를 맛보게 해도 좋아?"

"…………좋지 않다."

수는 상당히 뜸을 두고 대답했다. 자기보다도 아직 못 본 자기 자식을 걱정한다. 착한 아이라고 생각한다. 그런 아이를 이용해야만 한다. 솔직히 가슴이 아프다. 하지만 어쩔 수 없다. 그러지 않으면 수많은 사람이 죽는다. 그렇게 자신에게 되뇌었다.

"문제를 해결할 방법은 있어."

"어떻게 한다?!"

쿠로노가 말을 꺼내자 수는 몸을 내밀며 말했다. 심호흡하고 입을 열었다.

"제국과 화해하면 돼."

"──!!"

수는 창을 손에 쥐고 일섬(一閃)했다. 죽었으려나 싶었지만, 창은 쿠로노 눈앞에서 멈춰 있었다. 수는 크게 숨을 내쉬고 창을 지면에 꽂았다.

"나, 알고 있다. 너희들, 우리한테서 토지, 빼앗았다."

"하지만 제국과 화해하지 않으면 루 족은 멸망할 거야."

"우리, 이기고 있다, 계속, 계속."

수가 고집쟁이처럼 말했고, 쿠로노는 내심 고개를 갸웃했다. 확실히 수와 리리, 라라는 가우르를 쫓아내고 쿠로노를 납치했다. 하지만 그걸 계속이라고는 말하지 않는다. 뭘 가지고 계속 이기고 있다고 말하는 것일까. 짚이는 부분은── 있었다.

"설마, 가축을 훔친 거?"

"가축?"

"소라든가, 말이라든가, 닭이라든가."

"그래, 하지만, 훔친다, 틀렸다, 빼앗았다."

수는 자랑스럽게 가슴을 폈다. 확실히 손해는 주고 있지만──.

"미안한데, 그건 이긴 것에 포함되지 않아."

"너, 거짓말하고 있다."

"거짓말이 아니야. 사실이야. 가축을 빼앗긴 것 따위 우리한테는 그다지 큰 손해가 아니야. 그만큼 큰 힘의 차이가 있어. 그러니까 제국과 화해하지 않으면 루 족은 정말로 멸망해."

"……너, 무리 말한다."

"그러네."

수가 으르렁거리는 것처럼 말했고 쿠로노는 고개를 끄덕였다. 알현실에서 있었던 일을 떠올렸다. 그때 타우르가 제지해 주지 않았다면 알포트한테 달려들었을 것이다. 그만큼 격렬하게 화를 냈던 주제에, 수한테 분노를 억누르라고 말하고 있다. 너무나도 자기본위인 주장에 넌더리가 났다. 터무니없는 철면피다. 구역질이 나온다. 하지만, 구할 수 있는 생명을 구하지 않는 것 또한 철면피나 다름없다. 철면피가 되자, 하고 결의했다.

쿠로노의 변화를 감지했는지 수가 쭈뼛쭈뼛 입을 열었다.

"족장, 무리, 말한다. 다들, 똑같다."

"그러네. 하지만, 할 수밖에 없어."

"…………뭘, 한다?"

혼자서라도 하겠다. 그런 결의를 담아 중얼거렸다. 마음이 전해진 것일까. 긴 침묵 뒤에 수가 물었다.

"우선은 대화하는 것부터 시작하고 싶어."

"알았다."

수가 고개를 끄덕였고, 쿠로노는 일어섰다.

※

"후우, 이제야 돌아왔네."

쿠로노는 수의 집에 들어가 깊게 숨을 내뱉었다. 수는 어이없다는 듯한 시선을 향한 뒤, 창을 벽에 기대 세웠다. 항아리를 들여다보고는 들어 올렸다.

"왜 그래?"

"물, 긷는다."

"……내가 갔다 올게."

조금 망설이고 나서 입을 열었다.

"물가, 모두, 있다."

"그래서야."

수가 걱정스러운 듯이 이쪽을 봤다. 하지만 대화하는 것부터 시작하자고 말한 참이다. 게다가 앞으로 기회가 얼마나 있을지 알 수 없다. 기회를 확실하게 자기 것으로 만들어야 한다.

"알았다."

"그럼, 갔다 올게."

쿠로노는 수에게서 항아리를 받아 들고 밖으로 나왔다. 그때, 물가가 있는 장소를 듣지 못했다는 걸 깨달았다. 돌아가서 물어

봐야만 할까. 그런 생각을 하며 시선을 이리저리 움직이니 마을 반대편에서 여성이 줄을 이루고 있었다. 저곳이 물가일까. 항아리를 품에 안고 줄이 있는 쪽으로 갔다.

쿠로노가 신기한 것이리라. 항아리를 안고 걷고 있을 뿐인데 시선이 집중된다. 멈춰 서서 손을 흔들어 보이자, 여성들은 몸을 움츠렸다. 개중에는 창을 겨누는 사람도 있었다. 하지만 한동안 계속하고 있자, 저쪽에서도 쿡쿡 웃으며 손을 흔들어 주었다. 호기심 때문인지 눈이 반짝이고 있다. 아무래도 걱정했던 만큼 원한을 사지는 않은 모양이다. 이거라면 회유할 수 있지 않을까 하는 생각이 들기 시작했다.

항아리를 고쳐 안고 걷기 시작했다. 줄까지 10m 정도 지점으로 다가가자, 물이 지면을 흐르고 있었다. 다행이다. 예상대로 물가였다. 더 가까이 다가갔다. 그러자 여자들이 깜짝 놀라 뒤돌아보더니, 눈을 마주치지 않도록 하며 그 자리를 떠나고 말았다. 상당히 충격이다. 루 족을 회유하지 못하는 것 아닐까 하는 생각마저 들기 시작했다. 아니, 이제부터다. 이제부터 친해지면 되는 거다. 그렇게 스스로 되뇌고 경사면에 다가갔다. 경사면에는 커다란 균열이 나 있어서, 거기서 물이 흘러나오고 있었다. 항아리를 내려놓고 물이 차는 걸 기다리고 있자──.

"너, 뭐 하고 있다?"

뒤에서 불쾌한 듯한 목소리가 울렸다. 뒤돌아보니 라라가 팔짱을 끼고 서 있었다. 발치에는 항아리가 있다. 아무래도 그녀 역시

물을 길으러 온 모양이다. 리리도 있다. 라라 뒤에 숨어 이쪽을 보고 있다. 흥미진진해하는 느낌이다.

"뭐, 하고 있다?"

"물을 긷고 있어."

"너, 죽고 싶다?"

도발 당했다고 생각한 것이리라. 라라는 위협적인 태세로 나왔다.

"바보 취급한 것도, 도발한 것도 아니야. 정말로 물을 긷고 있어."

"물, 찼다. 떠나라."

라라가 불쾌한 듯이 말했고, 뒤돌아보니 물이 항아리에서 넘치려 하고 있었다. 황급히 항아리를 치우고 자리를 양보했다. 라라는 콧방귀를 끼는 듯한 소리를 내고는 발치에 있던 항아리를 손에 들었다. 물가에 다가가 항아리를 내려놓는다. 리리는 라라 뒤에 서서 힐끔힐끔 이쪽을 보고 있다.

"나는 쿠로노 크로포드. 너희들의 이름은?"

"약한 남자, 흥미 없다."

"나, 리리. 이쪽, 라라."

리리가 눈을 반짝이며 말했고, 라라는 얼굴을 찌푸렸다. 역시 리리는 쿠로노와 이야기하고 싶었던 모양이다. 뭐, 그걸 알고 있었으니까 이름을 물어본 것이지만——.

"라라, 리리, 잘 부탁해."

"멋대로, 하지 마라."

라라가 리리를 밀쳐 내려는 것처럼 손을 내밀었지만, 리리는 가볍게 피했다. 그게 마음에 들지 않았던 것이리라. 라라는 정색한 것처럼 손을 슥슥 내밀었다. 하지만 리리가 전부 피해서 손을 멈췄다.

"그렇게 매정하게 대하지 않아도 되잖아. 그치?"

"그치?"

쿠로노가 말하자, 리리는 미소를 지으며 응수했다. 분위기를 잘 맞춰 줘서 매우 좋다. 그게 또 유쾌하지 않았던 것이리라. 라라는 얼굴을 찌푸리고는 비웃는 듯한 미소를 띠었다.

"나, 약한 남자, 흥미 없다. 너, 수한테 납치당했다. 수, 한 사람 몫 못하는 칠푼이. 너, 칠푼이 이하."

"그야 나는 약해."

"너, 뻔뻔한 놈!"

쿠로노가 솔직하게 인정하자 라라는 거친 목소리로 말했다. 설마 부정해 주길 바랐던 것일까. 하지만 부정하면 부정하는 대로 증명해 보이라며 싸우는 흐름이 되었을 것 같은 느낌이 든다. 어떻게 하면 좋았던 것일까. 그런 생각을 하고 있자, 리리가 입을 열었다.

"하지만, 너, 명령하고 있었어. 신기."

"아, 그건 내가 귀족이고, 군사학교 출신인——."

"귀족? 군사학교?"

리리가 의아하다는 듯이 고개를 갸웃했다. 거기서부터 설명해야 하는 건가 싶었지만, 이문화 커뮤니케이션은 그런 법이다.

"귀족이라는 건 족장 같은 것이려나? 족장과 다르게 인원수가 많고, 더 높은 황제라는 사람이 있는데……."

리리는 어리둥절해하고 있다. 설명이 좋지 못했던 모양이다. 어떻게 하면 좋을까, 하고 생각하다가 곧바로 그림을 그려 설명하는 것을 떠올렸다. 쪼그려 앉아 그림을 그렸다.

"이게 나고, 이쪽이 나랑 같은 귀족. 그리고, 더 높은 게 황제. 알겠어?"

"알겠어."

리리는 그림을 내려다보고 고개를 끄덕끄덕했다. 시선을 느끼고 고개를 들었다. 그러자 라라와 눈이 마주쳤다. 다음 순간, 그녀는 고개를 홱 돌렸다. 흥미를 느낀 모양이다.

"군사학교?"

"알았어. 그쪽도 가르쳐 줄게. 군사학교라는 건 싸우는 법을 가르쳐 주는 장소야. 귀족 자제는 적당한 연령대가 되면 그곳에 다녀 전투 지식을 배워."

"싸움, 전사, 단련한다. 너희들, 의미 없는 짓, 한다."

"의미는 있어."

라라가 업신여기는 듯이 말했고, 쿠로노는 반론했다.

"뭐라고?"

"싸움이 전사를 단련한다—— 그걸 부정할 생각은 없어. 나도 실전을 경험했으니까 말이야. 하지만, 바로 그래서 지식의 중요성을 잘 알고 있어. 지식의 유무로 결과는 크게 변하거든. 라라도 그렇게 생각하지?"

물어봤지만, 라라는 대답하지 않았다. 리리가 그림을 손가락으로 가리키며 귀엽게 고개를 갸웃했다.

"족장, 싸우기만 한다 아니야. 너, 뭘 하고 있어?"

"영지 관리려나."

"영지 관리?"

리리가 앵무새처럼 되풀이하며 중얼거렸다.

"영지는 토지를 말하는 거야. 영지는 자식들이 이어받게 되니까 숲을 개간해서 밭을 만들거나, 장사하기 쉬운 환경을 만들거나 해."

"밭? 장사?"

"밭은 먹을 수 있는 식물을 키우는 장소고, 장사는 물물교환의 발전판 같은 느낌이려나."

리리가 똑같이 따라 하며 중얼거렸고, 쿠로노는 알기 쉬운 말로 바꿔서 설명했다.

"키워?"

"응, 키우는 거야. 여러 조건이 얽히니까 항상 비슷하게 수확할 수 있다는 보장은 없지만, 비교적 안정적으로 먹을 수 있게 돼."

"물물교환의 발저——."

쿵! 하는 소리가 리리의 말을 가로막았다. 라라가 지면을 밟아 소리를 울린 것이다. 단지 밟기만 한 게 아니다. 그녀의 몸에는 각인이 떠올라 있다. 각인술로 신체능력을 강화하여 지면을 밟아 소리를 낸 것이다.

"……너, 정령, 부정하고 있다."

"딱히 부정하는 게 아니야."

"너희, 탐욕. 그것, 우리한테서, 전부 빼앗았다."

쿠로노가 반론하자 라라는 낮게 억누른 듯한 목소리로 대꾸했다.

"그러네. 너희들 처지에서 보면 그렇겠지. 하지만 그게 인간이라고 생각해. 지금보다도 나은, 더욱 좋은 인생을……. 지금까지 그렇게 해 왔다고 해서, 앞으로도 그래야만 한다는 도리는 없을 거야."

"닥쳐라!"

"멈춘다!"

라라가 소리치며 발을 내디뎠다. 그러자 리리가 쿠로노를 감싸는 것처럼 막아섰다. 진심으로 제지하려 하는 것이리라. 각인이 떠올라 있다.

"비킨다. 너, 죽음, 원한다?"

"이 남자, 수 것. 멋대로 죽인다. 용서되지 않아."

라라가 주먹을 쥐고 자세를 취하자, 리리도 공격 태세를 취했다. 손바닥을 상대한테 향한, 어딘지 모르게 합기도를 방불케 하는 자세다. 라라가 무릎을 살짝 굽힌 다음 순간——.

"그만하거라."

목소리가 울렸다. 조용하지만 압력이 담긴 목소리였다. 라라와 리리가 자세를 풀었다. 목소리가 난 쪽을 보니 족장이 팔짱을 끼고 서 있었다.

"뭘 하고 있지."

"이 남자, 정령, 부정했다. 죽일 허가, 원한다."

"안 된다."

"──!"

족장의 말에 라라는 기가 죽었다. 의외였다. 철석같이 족장은 쿠로노를 죽이고 싶어 한다고 생각했는데──.

"그러면──."

"안 된다고 말했다. 그 남자는 수의 사냥감이다. 죽인 사냥감은 모두가 공유하고, 살아 있는 사냥감은 잡은 사람이 소유한다. 그것이 규칙이다. 규칙을 깨겠다면…… 알고 있겠지?"

"큭…… 알았다."

라라는 분한 듯이 신음하고는 각인을 지웠다. 리리도 그에 따랐다. 아무래도 최악의 사태는 회피할 수 있었던 모양이다. 휴, 하고 안도의 한숨을 내쉬었다. 그러자 족장이 이쪽에 시선을 향했다.

"살아 있는 사냥감은 잡은 사람이 소유한다. 그것이 규칙이다. 하지만 이건 우리에게 해를 끼치지 않는 경우에 한한다. 수에게 그리 전해 둬라."

"알겠습니다."

"그렇다면 됐다만……."

흥, 하고 족장은 콧방귀를 끼고는 그 자리를 떠났다. 지금 건 눈에 거슬린다면 죽이겠다는 경고이리라. 쿠로노는 라라와 리리를 쳐다봤다. 두 사람 다 고개를 숙이고 있다. 이래서는 이야기를 계속하는 건 무리인가. 어쩔 수 없다. 다음에 다시 하자.

"그럼, 다음에 또 봐."

"".……"""

쿠로노는 물이 든 항아리를 손에 들고 걷기 시작했다. 원래 왔던 길을 되돌아가, 수의 집으로 갔다. 문을 열고 안에 들어가자, 수가 돌로 풀을 갈아 으깨고 있었다.

"물 길어 왔어."

"거기, 둔다."

수는 등을 향한 채 자기 옆을 가리켰다. 수가 말한 대로 항아리를 지면에 놓았다.

"그거, 가지고 온다."

역시 등을 향한 채 벽 쪽에 놓인 항아리를 가리켰다. 다가가서 안을 들여다봤다. 안에 들어 있던 건 가루다. 가루가 든 항아리를 물이 든 항아리 옆으로 이동시켰다. 그러자 그녀는 풀을 으깨는 것을 멈추고 반죽을 주물럭거리기 시작했다. 화나게 할 만한 짓을 했을까. 쿠로노는 의아하게 여기며 수 맞은편에 앉았다. 수는 반죽을 여러 개의 덩어리로 나누어 납작하게 만들고는 화로 안에 던져 넣었다. 잠시 후 나직이 중얼거렸다.

"뭐, 하고 있었다?"

"물을 길으러."

"어째서, 늦다?"

"라라하고 리리랑 이야기하고 있었어."

어째서일까. 바람피운 것에 관해 힐문 당하는 듯한 거북한 느낌이다.

"그랬더니 싸움이 나서——."

"어느 쪽?"

"라라하고. 리리는 감싸줬어."

으, 하고 수는 불만스러운 듯이 아랫입술을 삐죽 내밀었다. 그제야 겨우 이해했다. 그녀는 쿠로노가 자기 말고 다른 여자랑 친하게 지내는 게 마음에 들지 않는 것이다. 제법 귀여운 구석이 있다. 하지만 이것이 원인이 되어 루 족 회유에 실패하면 곤란하다. 못을 박아 둬야만 하리라.

"그 후에 루 족에 해를 끼친다면 죽이겠다는 말을 족장한테 들었어. 수한테도 전해 두래."

"——!!"

수는 숨을 삼켰다. 동요하고 있는 것이리라. 눈이 바쁘게 움직였다.

"나는 각오하고 있어."

"나, 각오 있다."

수는 즉답했지만, 역시 망설임이 있는 것이리라. 시선이 이리저리 헤매고 있다.

"나는 제국과 루 족의 이익을 위해 행동하고 있어. 그러니까 다른 여자랑 친하게 지내도 감정적으로 되지 않아 줬으면 해."

"⋯⋯알았다."

수는 약간 뜸을 두고 대답했다. 형편없는 대사를 입에 담은 듯한 느낌이 들지만, 실패할 수는 없는 노릇이다. 루 족을 회유하기 위해 나는 나쁜 남자가 되겠다고 주먹을 꽉 쥔 그때, 꼬르륵하는 소리가 울렸다. 배가 고파서 난 소리다. 수가 화로에서 죠몬 비스킷을 꺼내 쿠로노에게 내밀었다.

"고마워."

"빨리, 먹어라."

죠몬 비스킷을 받아 들고 입에 물었다. 여전히 맛도 없고 무미건조하다. 수가 퍼뜩 깨달은 듯한 표정을 띠고, 네 발로 걷는 자세가 되어 벽 쪽 항아리에 손을 뻗었다. 탄탄하게 꾹 조여든 엉덩이가 귀엽다. 아니아니, 그런 생각을 해서는 안 된다. 수는 아직 어린애다. 그렇게 자신에게 되뇌며 어느샌가 기울어져 있던 자세를 바로 고쳤다. 수는 말린 고기를 손에 쥐고 원래 위치로 돌아왔다.

"먹어라."

"고마워."

고맙다고 말하고 말린 고기를 받아 입에 물었다. 상당히 짜다. 하지만 죠몬 비스킷과 같이 먹으면 간이 딱 알맞아진다. 그러고 보니──.

"이 말린 고기는 짠데, 어떻게 만들고 있어?"

"너, 무지. 소금, 쓰는 게 당연하다."

"흐음~, 소금이 있구나."

쿠로노는 평정을 가장하며 고개를 끄덕였다. 이건 좋은 말을 들었다. 암염 광상(鑛床)이 있다면 남변경은 비싼 돈을 주고 소금을 사지 않아도 된다. 당연히 루 족의 이익으로도 이어진다. 뭐, 광상 규모가 크다면, 이지만——.

"오늘 예정은?"

"사냥, 간다. 너, 온다."

"나도 같이 가는 거야?"

"당연, 사냥감, 잡는다."

무심코 되묻자 수는 약간 발끈한 듯이 말했다.

"사냥은 해본 적이 없어서 도움이 안 될 거라고 생각해."

"너, 아기."

"뭐라 할 말이 없네. 기다리는 편이 좋아?"

"혼자, 위험. 너, 온다. 나, 사냥감, 잡는다."

텅, 하고 수가 가슴을 두드렸다. 다른 여성과 친하게 지내는 게 싫은 걸까 싶었지만, 조금 전에 족장한테 경고받은 참이다. 라라한테 공격받을 가능성도 제로는 아니다. 같이 사냥하러 가는 편이 안전한가.

"알았어. 같이 갈게."

"그런가."

수는 기쁜 듯이 말하고는 화로에서 죠몬 비스킷을 꺼냈다.

※

아침 식사를 끝내자 수는 사냥 준비를 시작했다. 그렇기는 해도 가지고 갈 건 그리 많지 않다. 수십 미터 분량의 새끼줄과 모피, 돌로 만들어진 나이프, 창 정도다. 수는 새끼줄과 모피를 배낭에 채워 넣고, 부풀어 오른 그것을 손가락으로 가리켰다.

"너, 든다."

"……알았어."

내가 드는 거냐 싶었지만, 사냥에는 도움이 되지 않으니까 어쩔 수 없다. 배낭을 짊어지고 무심코 신음했다. 생각했던 것보다도 무겁다. 당연한가. 여하간 수십 미터 분량의 새끼줄을 짊어지고 있으니까. 무겁지 않은 게 이상하다.

"괜찮다?"

"괜찮아. 안 되겠다 싶으면 도움을 요청할지도 모르지만……."

"그거, 괜찮다, 아니다."

수는 어처구니없다는 듯이 말하고는 창을 짊어졌다. 그러고 나서 허리에 돌 나이프를 찼다. 이걸로 준비가 갖춰진 것이리라. 집을 나와서 암반 끝자락── 새끼줄이 있는 곳으로 향했다. 당연히 쿠로노도 함께다. 루 족 여성이 쳐다봤지만, 가까이 다가오는 사람은 없다.

"너, 먼저, 간다."

"……알았어."

쿠로노는 약간 뜸을 두고 대답했다. 이 상태로 오를 수 있을지 불안해진다. 하지만 괜찮다고 되뇌었다. 한 번 해낸 일이다. 두 번째도 가능할 터다. 배낭에 관해 생각하지 않도록 하며 새끼줄 로프를 꽉 붙잡고 경사면에 다리를 걸쳤다.

좋아, 하고 기합을 넣고 오르기 시작했다. 배낭이 묵직하게 어깨에 파고든다. 반도 채 오르기 전에 배낭에 관해 생각했어야만 하는 것 아닌가 하고 우는소리가 마구 나왔다. 하지만 이미 늦었다. 이제 오르는 것 외에 다른 선택지는 없는 것이다. 인간은 자신의 목숨이 걸려 있는 것이라도 가볍게 보고 마는군, 하고 인제 와서 새삼스럽게 생각했다.

도중에 몇 번인가 오싹해지는 상황이 있었지만, 어찌어찌 경사면을 다 올랐다. 곧바로 수가 올라왔다. 어처구니없다는 듯한 표정을 짓고 있지만, 따라오라고 말하고 나서 걷기 시작했다. 능선을 내려가고, 내려가고, 계속해서 내려가서 한층 더 골짜기로 내려간다. 상당한 거리를 걸었지만, 표식—— 줄기의 흠집이나 하얀 천은 보이지 않았다. 아직 거기까지 내려가지 않은 것인지, 의도적으로 다른 루트를 선택한 것인지는 알 수 없다. 수가 거목 밑에서 멈춰 서서 창을 내렸다.

"여기, 사냥한다. 너, 기다린다."

"알았어."

쿠로노가 배낭을 내려놓자 수는 창 한 자루를 지면에 꽂았다.

"곰, 멧돼지, 나왔다. 쓴다."

"곰이 나와?!"

"나온다."

자기도 모르게 물어보자, 수는 진지한 표정으로 고개를 끄덕였다. 또 한 자루의 창을 손에 쥐었다.

"곰이 나오면 어떻게 하면 돼?"

"힘낸다. 나, 간다."

수는 그런 말을 남기고 창을 들고 달려 나갔다. 자기도 모르게 가지 말라고 말할 뻔했지만, 꾹 참았다. 사냥을 방해할 수는 없는 노릇이다. 쿠로노는 창을 손에 쥐었다. 자루는 굵으며 창날은 돌로 만들어져 있다. 미덥지 못하다. 멧돼지라면 또 모를까 이런 걸로 곰과 싸우다니, 제정신으로 할 수 있는 일이 아니다. 총이 없는 시대의 인류는 여러모로 대단했다고 절실히 생각했다.

창을 꽉 쥐고 하늘을 올려다봤다. 나뭇가지들이 시야를 가로막고 있다. 하지만 하늘—— 태양이 보이지 않을 정도는 아니다. 태양은 아직 중천에 달하지 않았다. 부스럭거리는 소리가 났다. 곰인가, 하고 창을 쥔 손에 힘을 주고 주위를 둘러봤다. 하지만 곰같은 건 보이지 않는다. 휴, 하고 한숨을 내쉬었고 거목에 등을 대고 기대어 섰다.

"……레이라와 타이가는 무사히 산에서 내려갔으려나."

둘이라면 괜찮다고 생각하고, 지금의 쿠로노 쪽이 훨씬 더 위험하다. 그렇다고 해도 걱정인 건 걱정이다. 게다가 납치당했다는 걸 알게 된 가우르가 어떻게 나올지 걱정되어서 어쩔 도리가 없다.

"흐아아암, 졸리네."

쿠로노는 하품했다. 밤이 밝아 올 즈음에 깨워진 것이다. 졸려도…… 아니, 여기는 곰이 있는 장소다. 잠들면 습격당한다. 차라리 즐거운 일을 생각하자. 즐거운 일을. 예를 들면 해수욕. 여름이 가까우니까. 바다에 접한 영지도 얻은 참이고. 하지만──.

"정작 제국에 해수욕 관습이 없단 말이지."

나직이 중얼거렸다. 해수욕 관습이 없다는 건 수영복도 존재하지 않는다는 말이다. 우선은 수영복을, 아니, 물에 젖어도 비치지 않는 천을 개발해야 한다. 제법 힘든 작업이 될 것 같다. 주로 고생하는 건 골디지만──.

문득 레이라한테 빌려준 역사 자료집을 떠올렸다. 완전히 까먹고 있었는데, 그것에는 동서고금의 발명도 실려 있다. 골디한테 보여주면 재현할 만한 걸 찾아낼 수 있지 않을까.

아무리 그래도 화약을 만드는 건 불가능하겠지만──.

그러고 보니 항구는 어떻게 되었을까. 현재로서는 실바에게 맡길 수밖에 없지만, 문제는 일어나고 있지 않을까. 그래그래, 문제라고 하면 염전이다. 염전을 만들어 줬으면 한다고 의뢰하는 마을은 나왔을까. 초조해하고 있지는 않지만, 불안감은 있다.

그런 생각이 떠오르고는 사라지고, 사라지고는 떠올라── 충격이 몸을 꿰뚫었다. 정신이 번쩍 들어 주위를 둘러봤다. 그러자 조금 전보다 시야가 낮아져 있었다. 아무래도 잠들어서 엉덩방아를 찧고 만 모양이다. 하늘을 올려다보니 태양이 중천에 접어들려 하고 있었다. 조금 꾸벅꾸벅 졸았던 정도의 감각이었는데, 푹 잠들었던 모양이다.

창을 버팀목 삼아 일어서자, 뒤쪽에서 부스럭거리는 소리가 들렸다. 수가 돌아온 것이리라. 나무 뒤에서 나와 소리가 난 쪽을 봤다. 그러자, 멧돼지가 있었다.

"아~, 미안합니다."

쿠로노는 창을 꽉 쥐고 살짝 뒤집힌 목소리로 사과했다. 잠들기 전, 멧돼지라면 또 모를까 곰과 싸우다니 제정신으로 할 짓이 아니라고 생각했는데, 그것조차 터무니없는 자만이었다. 무리다. 멧돼지와 싸우는 것도 무리다. 눈앞에 있는 멧돼지는 몹시 크다. 엄니도 날카롭다. 콧김도 엄청나다. 그걸 이런 나무 막대기 끝에 돌을 매단 물건으로 쓰러뜨린다든가 정신 나간 짓이다. 게다가 앞다리로 지면을 차고 있어서, 몹시 의욕적이다. 뭐야? 발정기? 라고 딴지를 걸고 싶다.

부, 끼이이이익! 하고 멧돼지가 우렁찬 소리를 내며 돌진해 왔다. 순간적으로 나무 뒤에 숨었다. 1초인가, 2초인가 그 정도 시간을 두고 멧돼지가 바로 옆을 지나쳤다. 휴, 하고 안도의 한숨을 내쉬었다. 야생동물은 겁쟁이라고 들은 기억이 있다. 이대로 도망칠 게 분명하다. 그렇게 생각했지만, 의외로 멧돼지는 반전했다. 나와 싸울 생각이다. 또 앞다리로 지면을 차고 있다. 이쯤 되니 나도 화가 울컥 치밀었다. 이쪽은 싸울 생각이 없는데도 싸우겠다 이거지?

부, 끼이이익! 하고 멧돼지가 포효했고――.

"부끼이이이이이이익!"

쿠로노도 지지 않을세라 맞서 포효했다. 직후에 창이 멧돼지의 등에 꽂혔다. 쿠로노의 창이 아니다. 수의 창이다. 근처까지 온 것이다. 하지만 그게 좋지 못했다. 멧돼지가 튀어 나가는 것처럼 돌진했다. 부끼이이익! 하고 멧돼지가 포효했고――.

"부갸아아아아아아악!"

쿠로노는 맞서 포효하며 창을 쳐들었다. 하지만 멧돼지는 아랑곳하지 않고 돌진해 왔다. 옆으로 뛰어 피하자 멧돼지는 거목에 머리부터 처박았다. 기회다. 곧바로 창을 내질렀다. 노리는 건 목이다. 창끝이 꽂혔다. 뀌이이익! 하고 멧돼지가 입에서 피를 토하며 소리를 질렀다. 조금 전까지 내던 소리와는 다르다. 비명이다. 비명을 지르는 것이다. 쿠로노는 창을 쥔 손에 힘을 주고, 상처 부위를 헤집었다. 피가 뿜어져 나왔다. 아마도 치명상. 그런데도 날뛴다. 필사적으로 버둥거린다는 표현이 딱 들어맞는 발악이다. 조금이라도 방심하면 멧돼지는 쿠로노를 죽이리라.

"비갸아아아악! 비갹, 삐갸아아악!"

쿠로노는 크게 소리 지르며 필사적으로 창을 꽉 쥐었다. 이건 싸움이다. 마음이 약해진 쪽이 진다. 그런 부류의 싸움. 그러니

큰 목소리를 지른다. 상대를 위압하는 것이다. 갑자기 창이 가벼워지고, 멧돼지가 털썩 쓰러졌다. 앞다리를 움직이고 있다. 허무하게 허공을 긁을 뿐이지만, 방심은 하지 않는다. 상대가 죽을 때까지가 승부다. 이윽고 멧돼지가 완전히 움직임을 멈췄다. 천천히 창을 뽑고, 쿠로노는 주먹을 꽉 쥐었다. 승리다.

부스럭부스럭하는 소리가 났다. 이번에야말로 수일 것이다. 소리가 난 쪽을 보니 수가 가까이 다가오던 참이었다. 아무것도 들고 있지 않다. 역시 조금 전의 창은 그녀 것이었던 모양이다. 그녀는 멧돼지가 쓰러진 걸 알아차리고 놀란 듯이 눈을 휘둥그레 떴다.

"너, 쓰러뜨렸다?"

"응, 내가 쓰러뜨렸어."

"굉장하다! 너, 어엿한 어른!"

수의 찬사를 받고 쿠로노는 가슴을 폈다. 제 몫을 하는 어엿한 남자로 인정받아 나쁜 기분은 들지 않는다. 수는 거목에 달려가 밑동에 있던 배낭에서 새끼줄을 꺼냈다. 나이프로 1m 정도 길이로 자르고, 멧돼지 뒷다리에 감아 잡아당겼다. 갑자기 움직임을 멈추고, 불만스러운 듯이 입술을 삐죽 내밀었다.

"짐, 짊어진다. 돕는다."

"알았어."

쿠로노는 배낭을 짊어지고 수에게 달려갔다. 새끼줄을 잡고 잡아당겼다. 상당히 무겁다. 둘이 협력하여 줄을 당겨 멧돼지를 질질 끌었다. 갑자기, 지면이 사라졌다. 아뿔싸, 하고 생각한 것도 잠깐, 발이 지면을 느꼈다. 차가운 감촉도. 발밑을 보니 물이 흐르고 있었다. 폭은 1m 정도일까. 이것이 몇 줄기나 모여 기슭을 흐르는 강이 되는 것이리라.

"멧돼지, 강, 넣는다."

알았어, 하고 대답하고 멧돼지를 강에 끌어당겨 넣었다. 수는 창을 뽑아 강가에 던지고는 멧돼지를 밟았다. 한두 번이 아니다. 몇 번이고 밟았다. 목덜미에서 피가 넘치면서 강이 새빨갛게 물들었다. 2분 정도 같은 작업을 반복하자 피가 멈췄다.

"물, 뿌린다."

쿠로노는 예이예이, 하고 대답한 뒤 수와 같이 물을 뿌렸다. 빨 갛게 물들었던 물이 이번에는 황토색 비슷하게 변했다. 그렇군, 진흙을 씻어내는 건가. 진흙을 거의 다 씻어낸 후 수는 멧돼지를 위를 보고 눕혔다. 나이프를 뽑아 배꼽 근처에서부터 배를 갈라 나갔다.

탱글탱글한 내장이 드러난다. 수는 멧돼지 뒷다리에 묶었던 새 끼줄을 풀고, 꼬임을 풀어 끈으로 만들었다. 적당한 길이로 자르 고 양손을 내장에 집어넣었다. 양손을 빼내고 다시 나이프를 손 에 쥐었다. 나이프로 뼈를 부수며 목까지 가른 후, 또다시 양손을 내장에 집어넣었다. 무언가를 움직이고 있다. 보고 있는 것만으 로는 뭘 하는 건지 전혀 알 수 없다. 잠시 후 내장을 끄집어냈다.

내장은 한 덩어리로 꺼낼 수 있는 거구나, 하고 감탄하고 있자 수는 내장을 물에 담갔다. 그리고 멧돼지를 밟았다. 아직 피가 남아 있었던 것이리라. 강이 피로 물든다. 갑자기 수가 움직임을 멈추고 주위를 둘러봤다.

"……내장, 포기한다."

수는 강에서 올라와──.

"모피!"

날카롭게 외쳤다. 쿠로노가 배낭을 내리자 수는 안에서 모피를 꺼냈다. 창 두 자루를 이용하여 들것을 만들었다. 협력해서 멧돼지를 들것에 싣고──.

"너, 당긴다."

"알았어."

쿠로노는 배낭을 다시 짊어지고 들것을 들어 올렸다. 무겁다. 하지만 움직이지 못할 정도는 아니다. 기합을 넣고 걸음을 내디뎠다. 썰매 경마의 말이 된 듯한 기분이다.

"그런데, 어째서 내장을 포기한 거야?"

"곰, 온다."

"도리어 위험하지 않아?"

자기가 다가가면 인간은 사냥감을 내버려 두고 도망친다고 곰이 학습하면 사냥을 할 수 없게 된다.

"오늘, 멧돼지, 잡았다. 너무 많이 사냥, 좋지 않다."

"과연……."

생각해 보니 루 족은 각인술을 쓸 수 있다. 곰을 두려워할 필요 따위 없다. 알레오스 산지 생태계의 정점은 틀림없이 그녀들이다.

※

　저녁——.

"겨우 돌아올 수 있었네."

"돌아왔다, 아니다."

　쿠로노가 성대하게 한숨을 내쉬자 곧바로 수가 정정했다. 확실히 아직 마을에는 도착하지 않았다. 하지만 마을이 있는 경사면까지 왔다. 긴장도 느슨해지는 법이다.

"멧돼지, 내린다."

"알았어."

　들것을 살며시 지면에 내리고, 배낭을 내렸다. 그러자 수는 배낭에서 새끼줄을 꺼내 멧돼지 뒷다리를 묶었다. 그리고 나서 새끼줄을 말뚝에 걸었다. 어째서 이런 곳에 말뚝이? 하고 의아하게 여겼지만, 사냥감을 내려보내기 위해 말뚝 정도는 박겠지, 라는 결론에 도달했다.

"너, 줄, 든다."

"알았어."

　수가 들것을 경사면 바로 앞까지 옮기고, 들어 올렸다. 멧돼지가 들것 위에서 질질 미끄러져, 단숨에 떨어졌다. 하지만 말뚝 덕분에 어찌어찌 지탱할 수 있었다. 조금씩 조금씩 줄을 내려보냈다.

갑자기 줄이 가벼워졌다. 지면에 도착한 것이리라.

"줄, 놓는다."

수의 지시를 따라 줄을 놓았다. 아래쪽에서 당겨지고 있는지, 스르륵 떨어졌다. 수는 들것을 해체하고 배낭에 모피를 채워 넣은 뒤 창을 짊어졌다.

"든다."

알았어, 라고 대답한 뒤 완전히 가벼워진 배낭을 짊어졌다. 수가 걸음을 내디뎠고 쿠로노는 그 뒤를 쫓았다. 앞장서는 그녀의 인도를 따라 도착한 곳은 마을로 이어지는 새끼줄이 있는 장소다. 수가 새끼줄을 타고 내려가기 시작했고, 쿠로노도 지친 몸에 채찍질하며 새끼줄을 타고 내려갔다. 두 번째라서 그런지, 아니면 지쳐서 쓸데없는 생각을 할 여유가 없기 때문인지 쉽게 경사면을 내려갈 수 있었다.

"온다!"

갑자기 수가 쿠로노의 손을 잡고 걷기 시작했다. 수가 쿠로노를 데리고 간 곳은 물가다. 그곳에는 루 족 여성이 몇 명이나 모여 있었다. 쿠로노와 수가 썼던 새끼줄을 모아, 넷이 통나무를 파내어 만든 수조에 멧돼지를 가라앉히고 있다. 여성들이 깜짝 놀란 것처럼 쿠로노를 봤고, 수는 발을 내디뎠다.

"이 녀석, 혼자, 멧돼지, 쓰러뜨렸다."

수가 자기 일처럼 자랑스럽게 말하자, 루 족 여성이 정신이 번쩍 든 듯한 표정을 띠었다. 어째서인지는 모르겠지만, 수한테 시선을 보내고 있다.

"간다."

"해체하지 않아도 돼?"

"하룻밤, 물, 담근다."

수가 몸을 돌려 걷기 시작했다. 손을 잡혔기에 따를 수밖에 없다. 조금 놀라 눈이 살짝 크게 떠졌다. 라라와 리리가 이쪽으로 다가온 것이다. 오늘의 사냥감이리라. 라라는 산토끼를, 리리는 물고기를 들고 있다. 두 사람이 멈춰 섰다.

"칠푼이, 사냥감, 잡았나?"

"멧돼지, 잡았다."

라라가 도발적인 시선을 향하자, 수는 자랑스럽게 가슴을 펴고 말했다. 라라는 놀란 듯이 눈을 휘둥그레 떴고, 상냥한 미소를 띠었다.

"수, 이제야, 한 사람 몫 한다."

"이 녀석, 멧돼지, 쓰러뜨렸다."

수가 쿠로노한테 시선을 향하며 말하자, 라라는 얼굴을 찌푸렸다. 칭찬하지 말 걸 그랬다는 듯한 표정이다. 리리는 어떤가 하면 감탄한 듯한 표정을 띠고 있다. 수는 간다, 라고 말하며 재차 쿠로노의 손을 잡고 걷기 시작했다. 자기 집에 들어가, 그제야 손을 놓아줬다.

"라라, 놀랐다."

수는 기쁜 듯이 말하며 벽 쪽으로 이동하여 창을 내렸다. 쿠로노는 팔을 돌려 뭉친 것을 풀고, 화로를 사이에 낀 반대편에 앉았다. 수는 항아리 세 개를 화로에 가까이 대고 맞은편에 앉았다. 역시 기쁜 듯이 죠몬 비스킷 반죽 덩이를 만들기 시작했다.

"라라, 놀랐다."

"기쁜 건 알지만, 두 번이나 말하지 않아도……. 혹시, 사이가 나빠?"

"사이, 나쁘지 않다. 하지만, 한 사람 몫 못한다, 자주 듣는다."

수는 삐친 것처럼 입술을 삐죽이며 말했다. 그러고 보니 그녀는 어른이라고 말했지만, 한 사람 몫을 한다고는 말하지 않았다.

"한 사람 몫을 하는 거랑 어른은 어떻게 달라?"

"한 사람 몫 한다, 주술, 안 쓴다. 사냥감, 잡는다. 어른, 아이, 낳을 수 있다."

흐음~, 하고 쿠로노는 맞장구를 쳤다. 각인술 같은 걸 쓰지 않고 사냥감을 잡으면 한 사람 몫을 하는 거고, 아이를 낳을 수 있게 되면 어른인가. 역시, 구별하여 사용되고 있었던 모양이다.

"수는 어른이네."

"그렇다, 족장, 각인, 새겼다."

수는 기쁜 듯이 고개를 끄덕였다. 어라? 하고 쿠로노는 생각했다. 수와 족장은 사이가 좋은 것처럼 보이지 않는다. 그런데도 기쁜 듯이 고개를 끄덕인 것이다. 의아하게 여기고 있자 수가 입을 열었다.

"각인, 새긴다, 매우 아프다. 게다가, 시간, 걸린다."

"문신이니까 말이지. 그래서, 어느 정도 걸려서 새기는데?"

"……엄청나게 오랫동안."

새겼을 때의 일을 떠올린 것일까. 수는 뜸을 두고 대답했다. 아픈 데다 시간도 걸린다면 어른의 증거로 여겨지는 것도 당연하다는 느낌이 든다.

각인술 하나를 놓고 봐도 루 족과 화해하는 메리트는 있네~, 하고 쿠로노는 손을 땅에 대고 천장을 올려다봤다. 수처럼 미래를 원하는 아이도 있다. 어떻게든 해야만 한다는 생각이 들었지만, 어느 정도의 유예가 남겨져 있는 것일까.

※

"——이상으로 보고를 끝마치겠습니다."

"……과연."

레이라의 보고를 다 듣고, 가우르는 조용히 고개를 끄덕였다. 솔직히 말하면 혼란스럽다. 이틀 전에 쿠로노와 대화한 참이다. 피해를 최소한으로 그칠 노력을 하겠다고 했다. 그것에 후회는 없다. 레이라가 가져온 정보를 고려하면 자신들은 올바른 선택을 했다는 느낌이 든다. 아무리 강하다고 해도 여자다. 그것도 50명이 채 안 되는 수다. 그걸 악착같이 뒤쫓아 죽이는 건 가우르의 프라이드가 용납하지 않는다. 하지만——.

"곧바로 토벌대를 편제해서 에라키스 후작을 탈환해야만 해요."

자리에 앉아 이야기를 듣던 세실리가 일어서서 말했다.

"현재 쿠로노 경이 내부 공작을 펼치고 있다."

"그런 건 상관없어요. 그가 비록 신귀족이라고는 해도, 에라키스 후작은 틀림없는 제국 귀족. 제국 귀족이 야만족한테 납치당했는데 수수방관하고 있어서는, 우리 하말 가문은 물론이고, 엘나스 가문, 나아가서는 제국의 위신이 땅에 떨어져요."

세실리는 강한 어조로 말했다. 그만큼 쿠로노한테 무례한 짓을 해놓고서는 납치당했으면 탈환해야만 한다고 주장한다. 너는 대체 뭐냐, 라고 딴지를 걸고 싶었다. 하지만 그녀 안에서 이 둘은 모순 없이 성립하고 있는 것이리라. 대화가 쿠로노의 바람과는 다른 방향으로 나아가고 있음을 알았는지 레이라가 입을 열었다.

"쿠로노 님은 아슬아슬한 순간까지 버텨 보겠다고 말씀하셨습니다."

"입 다무세요, 하프 엘프!"

세실리는 단호하게 말했다.

"이건 제국과 귀족의 체면 문제예요!"

"아니요, 이건 군의 작전입니다."

세실리가 히스테릭하게 소리쳤지만, 레이라는 낮게 억누른 듯한 음성으로 받아쳤다. 양보할 생각은 없다고 말하는 것만 같이 서로 노려봤고, 별안간 세실리가 비웃었다.

"군의 작전이라고 말했지요? 알겠어요. 군의 작전이라면 가우르 대장이 판단해야겠네요."

"——!"

세실리가 밉살스럽게 말하자, 레이라는 분한 듯이 입술을 꽉 깨물었다. 나 참, 이럴 때만 지혜가 발휘되는군. 크흠, 하고 가우르는 헛기침을 했다.

"쿠로노 경을 구출하기 위해 부대를 편제한다. 이 건에 관해서는 찬성이다."

"쿠로노 님은 루 족을 회유하고 돌아오실 겁니다."

"나도 그렇게 생각하고 싶다."

"그러면!"

레이라가 희색을 나타냈지만, 가우르는 그녀를 손으로 제지했다.

"나는 주둔군 지휘관이다. 쿠로노 경의 안전도 배려해야 하는 입장이지. 말만 믿고 있다가 그를 잃는 사태는 용납할 수 없다."

"그런 거예요."

세실리가 비웃는 것처럼 콧방귀를 흥 끼었다. 하지만, 하고 가우르는 뒷말을 이었다.

"하지만 성급하게 일을 진행하다가 쿠로노 경을 구하지 못하는 사태 또한 피해야 한다."

"가우르 대장, 당신은 어느 쪽 편인가요?!"

"나는 주둔군 지휘관이다. 어느 쪽 편도 아니다."

"저희 체면은 어떻게 되는 거죠?"

"쿠로노 경이 죽으면 체면도 뭣도 없다."

큭, 하고 세실리는 신음했다.

"쿠로노 경을 무사히 구해내야만 한다. 그걸 위해서 우선 교섭자를 파견한다."

"교섭자라고요?!"

가우르의 말에 세실리가 놀라서 눈을 부릅떴다.

"그렇다. 쿠로노 경을 풀어주도록 교섭한다."

"말도 안 돼요! 교섭은 대등한 관계에서만 성립하는 것! 그걸 야만족 따위한테──."

"이야기를 끝까지 들어라."

"큭, 알겠사와요."

가우르가 세실리의 말을 가로막고 말하자, 세실리는 마지못한 느낌으로 물러났다.

"우선 교섭자를 파견하고, 그것과 동시에 군무국에 서한을 보낸다."

"뭐라고요?!"

"군무국에 서한을 보낸다고 말했다. 남변경에 주둔하는 전군을 동원할 수 있다면 구출 성공률은 물론, 루 족이 교섭에 응할 가능성도 커진다."

가우르는 언성을 높이는 세실리한테 자기 생각을 말했다.

"이건 저희끼리 해결할 문제예요!"

"나는 그렇게는 생각하지 않는다."

"일개 신귀족을 위해 무능하다는 비난을 감수하라고 말씀하시는 건가요?!"

"쿠로노 경을 탈환해야 한다고 말한 건 네 녀석이다."

"그건 저희 손으로 해야만 한다는 의미예요! 에라키스 후작을 저희 손으로 탈환한다! 그래야 비로소 야만족한테 당한 수치를 씻어낼 수 있는 것이에요!!"

"네 녀석이 하고 싶은 말은 알았다. 하지만 이건 결정 사항이다. 잠자코 따라라."

"──!!"

가우르의 말에 세실리는 기세가 죽었다.

"네 녀석은 군무국에 서한을 전달해 줘야겠다."

"⋯⋯."

세실리는 대답하지 않았다. 입술을 꽉 깨물고 가우르를 노려보고 있다. 신귀족── 쿠로노 때문에 평가가 낮춰지고 싶지 않다는 것일까.

"책임은 내가 진다."

"예에, 그러길 바라고 있겠어요."

세실리는 거칠게 내뱉듯이 말하고는 걸음을 내디뎠다. 향하는 곳은 문이다.

"어디 갈 생각이지?"

"내일에 대비해서 쉬겠어요. 비키세요, 하프 엘프!"

세실리가 거칠게 언성을 높였고, 레이라가 길을 비켰다. 흥, 하고 세실리는 콧방귀를 끼는 소리를 내며 나갔다. 엄청난 소리와 함께 문이 닫혔다. 가우르는 한숨을 내쉬고는 의자 등받이에 몸을 기댔다. 정말이지, 일이 성가시게 되었다.

"가우르 대장, 감사합니다."

"고마워할 필요는 없다. 이건 내가 져야 할 책임이다."

가우르는 가볍게 손을 내저었다. 잘 풀리지 않는군, 하고 절실히 생각했다. 하지만 한탄하고 있을 수만은 없다. 최선을 다해야만 한다.

"레이라, 네 녀석은 쿠로노 경과 연락을 취해라."

"넵! 잘 알겠습니다!"

"그리고 크로포드 남작께 서한을 전달해 주었으면 한다. 곧바로 쓸 테니 기다리고 있어라."

"넵!"

가우르는 책상 서랍에서 양피지와 깃펜, 잉크통을 꺼냈다.

제 2 장 『죽음의 시련』

　1일째 이른 아침── 쿠로노가 눈을 뜨자 수가 옆에서 잠들어 있었다. 어젯밤에는 떨어져서 잤는데, 추웠던 것일까. 아니, 멧돼지를 사냥함으로써 남자로 봐주게 된 것이리라. 한숨 더 자고 싶은 참이지만, 눈이 말똥말똥하다.

　물을 길어 두자, 하고 쿠로노는 몸을 일으켰다. 수한테 망토를 걸쳐 주고 항아리를 손에 들고 밖으로 나갔다. 루 족 여성이 시선을 향했다. 하지만 가까이 다가오지 않는다. 이제부터야, 이제부터, 하고 자신에게 되뇌며 물가로 향했다.

　물가에 도착하자 어제와 마찬가지로 루 족 여성이 순번을 기다리는 줄을 이루고 있었다. 쿠로노를 알아차린 것이리라. 여성들이 뒤돌아봤다. 잠시 말없이 쿠로노를 보고 있었지만, 한 명이 쿠로노를 향해 발을 내딛자 다른 여성도 움직이기 시작했다. 다음 순간, 쿵, 하는 소리가 울렸다. 루 족 여성이 놀란 듯한 표정을 띠고 쿠로노를 봤다. 아니, 그녀들의 시선은 쿠로노의 등 뒤로 향해 있다.

　뒤돌아보니 10m 정도 떨어진 곳에 라라와 리리가 서 있었다. 라라는 각인을 띄우고 있다. 다른 여성과 커뮤니케이션을 취하려면 라라를 어떻게든 해야만 할 것 같다. 하지만 구체적으로 어떻게 하면 좋은 걸까.

불현듯 어떤 아이디어가 뇌리를 스쳤다. 그건 헌팅── 예로부터 여성과 친해지기 위해 사용했던 수단이다. 하지만, 그게 가능할까? 생각해 보니 지금까지 여성을 유혹해 본 적이 없다. 아니, 하고 머리를 내저었다. 하지 못하면 후 족을 회유할 수 없다. 그렇다면 할 수밖에 없다. 터무니없는 착각을 한 듯한 기분이 들었지만, 이 흐름에 따라 내달릴 수밖에 없다.

쿠로노는 항아리를 지면에 내려놓고 라라에게 다가갔다. 여어, 하며 손을 들었다. 그러자 경계한 것이리라. 라라는 뒤로 잽싸게 물러나며 주먹 쥔 자세를 취했다.

"뭐냐?!"

"아니, 조금 이야기를 하고 싶다고 생각해서."

"나, 이야기, 없다!"

"자, 자, 그런 말 말고."

쿠로노가 거리를 좁히자, 라라는 또다시 뒤로 뛰어 물러났다. 그것이 재미있었던 것이리라. 리리가 쿡쿡 웃었다. 당연하지만 라라는 그게 유쾌하지 않았다. 발끈한 듯한 표정을 띠었다. 한층 거리를 좁혔다. 하지만 이번에는 뒤로 물러나려고 하지 않았다.

"예쁜 각인이네."

"예, 예쁘다?"

"응, 예뻐."

"나, 예쁘다?"

응, 하고 쿠로노는 고개를 끄덕였다. 그러자 라라는 기쁜 듯이 웃었다. 이렇게 쉬워도 괜찮은 걸까 싶었지만, 그녀의 미소를 보고 있으면 이걸로 괜찮지 않나 하는 생각이 들었다. 리리는 어떤가 하면 흥미진진하다는 느낌으로 보고 있다.

"만져도 돼?"

"뭐, 뭘?"

"각인을?"

라라는 부끄러운 듯이 뺨을 빨갛게 물들였고, 쭈뼛쭈뼛 팔을 내밀었다. 각인을 만지려고 손을 뻗었다. 열은 느껴지지 않는다. 앞으로 조금만 더 뻗으면 만질 수 있는 상황에서——.

"윽!!"

쿠로노는 탁한 비명을 질렀다. 무언가가 등에 찔린 것이다. 황급히 뒤돌아보니 수가 창을 들고 서 있었다.

"뭐, 하고 있다?"

"라라와 이야기하고 있었어. 그렇지?"

"이 녀석, 나, 예쁘다, 말했다."

이야기를 맞춰 주기를 바라며 라라에게 말을 걸었다. 하지만 바람은 이루어지지 않았다. 라라는 사실대로 이야기하고 자랑스럽게 콧소리를 냈다. 수가 눈초리를 치켜올리며 소리쳤다.

"너, 제국, 루 족, 화해한다, 말했다!"

"아니, 그걸 위해서 노력하고 있는 거야."

"거짓말쟁이! 너, 라라, 보는 눈…… 추잡!"

"그런 눈으로 보지 않았대도. 나는 제국과 루 족의 미래를 생각해서——."

"거짓말쟁이! 너, 발정하고 있다!"

"그렇지만, 루 족 사람들과 친하게 지내고 싶은데 라라가 방해하는걸! 그러니까 유혹해서 함락시키면 다른 여자애하고도 사이 좋아질 수 있을 거라고 생각했다고!"

발끈하여 받아친 순간, 등 뒤에서 열기가 덮쳐 왔다. 쭈뼛쭈뼛 뒤를 보니, 라라의 각인이 눈 부신 빛을 내뿜고 있었다.

"너, 최악! 쓰레기!"

아차. 감정적으로 되어서 무심코 사실을 말해 버렸다. 도움을 요청하여 수에게 시선을 향했다. 하지만 그녀도 무서운 얼굴로 쿠로노를 보고 있다. 만사휴의다. 그때, 말랑한 감촉이 위팔에 닿았다. 리리의 가슴이었다. 훌륭한 말랑말랑함이다.

"수, 라라, 필요 없어. 그럼, 내 거."

""기다린다!""

수와 라라가 동시에 외쳤다. 리리는 멈춰 서서 쿠로노를 휘두르는 것처럼 둘을 향해 돌아섰다. 귀엽게 고개를 갸웃했다.

"나, 계속, 이야기하고 싶었어. 흥미, 있어."

"——!"

"그 녀석, 적! 적, 흥미, 가진다! 리리, 적, 된다!"

수가 숨을 삼켰고 라라가 거칠게 언성을 높였다. 그러자 리리는 삐친 것처럼 입술을 삐죽 내밀었다.

"그런 규칙, 없어."

"적, 사이좋게 지낸다, 배신."

라라가 반론하자 리리는 쿠로노한테서 떨어졌다. 작게 한숨을 내쉬었다.

"우리, 이겼어. 재물, 빼앗았어. 하지만, 적, 강해졌어."

"……그렇지, 않다."

리리의 말에 라라는 약하게 반론했다. 아아, 그런 건가. 그녀들은 싸움── 가축 훔치기를 통해 제국의 강대함을 실감하고 있었다.

"우리, 약해. 이대로──."

"뭘 하고 있지."

조용한 목소리가 리리의 말을 가로막았다. 족장의 목소리다. 목소리가 난 쪽을 보니 족장이 팔짱을 끼고 서 있었다. 쿠로노를 보고 한숨을 내쉬었다.

"또 너인가."

"안녕하세요."

가볍게 머리를 숙였다. 하지만 족장은 무시하고 시선을 움직였다. 루 족 여성들이 흩어져 돌아갔다. 그중에는 라라와 리리도 있다. 역시 족장의 권력은 얕보기 어렵다.

"경고했을 터다."

"아직 해를 끼치지 않았습니다."

받아친 다음 순간, 손이 부드러운 감촉에 감싸였다. 시선을 내리니 수가 쿠로노의 손을 잡고 있었다. 족장이 무서운 것일까. 바들바들 떨고 있다.

"족장, 같이 걷는 길은 없는 겁니까?"

"……같이 걷는다라."

족장은 미소를 띠었다. 약한 미소다.

"우리는 싸울 힘을 잃고 아이를 낳을 힘마저 잃었다. 그런 우리가 어떻게 같이 걸을 수 있지?"

"하지만──."

"너희와 걸어간 끝에 있는 건 예속이다. 우리는 많은 것을 빼앗겼다. 하지만 싸웠기에 비로소 루 족으로서 이곳에 있다."

족장은 쿠로노의 말을 가로막고 말했다. 더는 이야기할 건 없다고 말하는 것만 같이 몸을 돌려 걷기 시작했다. 그리고 텐트 안으로 사라졌다.

"……족장."

"일단 아침밥 만들까."

수가 불안한 듯이 중얼거렸고, 쿠로노는 다정하게 말을 걸었다. 그녀는 화내는 것 같기도 하고, 어처구니없어하는 것 같기도 한 표정을 띠고 이쪽을 봤다. 잠시 후 그녀는 작게 고개를 끄덕였다.

※

아침 식사가 끝나고──.

"잘 먹었습니다."

"잘, 먹었……습니다."

쿠로노가 손을 모으고 말하자, 수도 더듬더듬하며 그걸 따라 했다. 참고로 아침밥은 쿠로노가 만들었다. 양 조절을 어느 정도로 해야 할지 잘 몰라 수분이 많아져 버렸지만, 가루 양을 늘림으로써 복구할 수 있었다. 식재료를 쓸데없이 더 써 버렸기에 수는 얼굴을 찌푸리고 있었지만, 처음 만든 것치고는 잘된 것 아닐까.

"오늘은 뭘 할 거야? 또 사냥?"

"사냥감, 충분. 오늘은——."

수는 퍼뜩 깨달은 것처럼 일어서서 벽 쪽 항아리에 다가갔다. 항아리를 들여다보고 얼굴을 찌푸렸다. 무슨 일일까. 의문스럽게 느끼고 있자, 수는 배낭을 짊어졌다.

"왜 그래?"

"소금, 없다. 캐러, 간다."

"근처 사람한테 나눠달라고 하면 안 돼?"

"나, 어른. 나눈다, 않는다."

수는 고개를 가로저었다. 이런 환경이다. 다른 사람한테 기대는 건 나쁜 일이 아니다. 하지만 그녀는 남에게 기대면 어른이 아니라고 생각하는 모양이다.

"그럼 나도 같이 갈게."

"……알았다."

수가 고개를 끄덕였고, 쿠로노는 일어섰다. 혼자만 빈둥빈둥하는 건 양심에 찔리고, 신변의 안전도 생각해야만 한다. 게다가 기분 전환하고 싶다는 마음도 있었다.

"배낭 이리 줘."

"너, 창, 든다."

수는 새끼줄과 모피로 창 두 자루를 모아서 내밀었다. 괜찮은 걸까 싶었지만, 창을 받아 들고 짊어졌다. 밖으로 나오자 루 족 여성이 쳐다봤다. 멀리서 에워싸 보고 있을 뿐 가까이 다가오지 않는다. 수가 소매를 꾹꾹 잡아당겼다.

"간다."

"그러네. 갈까."

쿠로노는 수한테 손을 잡혀 이끌리며 암반 끝자락으로 향했다. 암반 끝자락에 도착하자 수는 손을 놓고 새끼줄에 다가갔다. 새 끼줄을 손으로 잡고——.

"잠깐!"

"——!"

어떤 걸 떠올리고 목소리를 높였다. 수는 움찔 떨고는 쿠로노를 쳐다봤다.

"내가 먼저 오를게."

"어째서?"

"아니, 왜냐면, 노팬티니까."

수는 영문을 알 수 없다는 듯이 고개를 갸웃했다. 노팬티의 의미를 이해하지 못한 것 같지만, 새끼줄에서 손을 놓았다.

"너, 먼저, 간다."

"고마워."

"감사, 필요 없다."

쿠로노는 새끼줄을 붙잡고 경사면을 오르기 시작했다. 아무리 그래도 세 번째쯤 되니 그다지 무섭지 않다. 하지만 그것만으로 휙휙 오를 수 있게 되지는 않는다. 경사면을 오르려면 체력이 필요하다. 땀투성이가 되며 경사면을 다 오르자, 수도 곧바로 올라왔다. 그녀는 태연하다.

"이쪽, 온다."

수는 그렇게 말하고는 능선을 내려가기 시작했다. 사냥터와 같은 방향이다. 능선을 그저 내려간다. 야생동물은 물론, 루 족 여성과도 마주치지 않는다.

"다음, 이쪽."

멈춰 서서 손짓하고 골짜기로 내려갔다. 이번에는 사냥터 반대쪽이다. 잠시 나아가자 단차(段差)가 있었다. 1m 정도 되는 단차다. 수는 폴짝 뛰어 지면에 내려섰지만, 쿠로노는 그럴 수도 없다. 단차 가장자리에 엉덩이를 대고 앉은 후 내려왔다.

"이쪽."

예이예이, 하고 쿠로노는 수를 쫓았다. 단차에서 뛰어내리지 않길 잘했다고 생각했다. 위에서는 몰랐지만, 이곳저곳 움푹 팬 부분이 있었다. 돌도 많다. 의욕적으로 뛰어내렸다면 다쳤을 것이다. 한층 더 골짜기를 내려갔고, 다시 단차를 내려왔다. 이번에도 1m 정도 되는 높이다. 갑자기 수가 움직임을 멈췄다.

"도착했다."

"여기에 소금이 있구나."

쿠로노는 주위를 둘러봤다. 그곳은 절벽 밑부분이었다. 암반이 부서져서 절벽이 된 것이리라. 이곳저곳에 바위가 나뒹굴고 있다.

"나, 소금, 캔다. 너, 여기, 기다린다."

"나도——."

갈게, 라고 말하려다가 입을 다물었다. 암반 밑에 굴이 있었다. 네발로 기는 자세가 되어도 지나갈 수 있을지 어떨지 아슬아슬한 굴이다. 몸이 닿아 무너져 내리는 사태는 피하고 싶다.

"기다리고 있겠습니다."

수는 고개를 끄덕인 뒤 네발로 기는 자세가 되어 굴에 들어갔다. 쿠로노는 창을 내리고 근처 바위로 이동했다. 양반다리를 하고 앉아, 허벅지를 받침대 삼아 턱을 괴었다.

"……걸어간 끝에 있는 건 예속인가."

족장의 말은 옳다. 지금의 루 족은 너무 약체화되었다. 우호를 제안해도 변변한 꼴은 못 보리라. 하지만 이대로는 루 족이 멸망한다. 설령 예속에 가까운 입장을 강요받는다고 하더라도 완전히 멸망하는 것보다는 낫다고 생각한다. 그렇지만, 그런 식으로 생각하는 건 쿠로노가 체제 측 인간이기 때문이리라.

"……망설이는 것처럼 보이는데 말이지."

궁지와 함께 멸망할 각오가 있다면 한참 전에 총공격을 펼쳤을 터다. 그런데도 알레오스 산지에 틀어박혀 쿠로노를 죽이려 하지 않았다. 신경 쓰이는 점은 그 밖에도 있다. 혹시——.

"쿠로노 님."

뒤에서 목소리가 났다. 레이라의 목소리다. 어깨 너머로 뒤를 보니 레이라와 타이가가 있었다. 아무래도 냄새에 의지하여 쫓아와 준 모양이다.

"상황은?"

"네, 현재——."

쿠로노가 묻자 레이라가 상황을 설명해 주었다.

"곤란하네."

"네, 상황은 좋지 않습니다."

레이라가 가라앉은 목소리로 대답했다. 쿠로노 일행은 제도에서 남변경까지 2주 걸려서 이동했다. 이건 낙오자를 내지 않도록 상당한 여유를 가지고 이동했기 때문이다. 말이라면 일주일이면 제도에 도착할 수 있을 터다. 그렇다고 한다면——.

"유예는 2주 정도일까?"

"그렇게나 빨리요?!"

"아니, 실제로는 조금 더 유예가 있을 거라고 봐."

레이라가 놀란 것처럼 목소리를 높였고, 쿠로노는 발언을 정정했다. 보고가 전해지고 곧바로 군을 움직일 수 있을 리가 없다. 군을 움직이는 건 그만큼 중대사다. 하지만 알코르 재상이라면 이 사태를 상정하여 준비를 갖추고 있어도 이상하지 않다. 게다가 세실리다. 그녀가 말을 쓰고 버릴 각오가 있다면 일주일도 아니고 더 빨리 제도에 도착할 수 있다. 쿠로노는 자기도 모르게 한숨을 내쉬었다. 아군을 경계해야만 한다니, 어찌 이리 싫은 직장일까.

"내부 공작 진척은 어떤가요?"

"전혀 진전되지 않았어."

"그렇다면──."

"거기까지! 침략자!"

목소리가 울렸다. 라라의 목소리다. 목소리가 난 쪽을 보니 라라와 리리가 경사면을 달려 내려오는 참이었다. 라라와 리리뿐만이 아니다. 족장도 있다. 싸울 생각인지, 라라와 리리는 각인을 띄우고 있다. 아뿔싸. 최악이다. 이래서는 변명할 수 없다.

"타이가?!"

"면목 없구려. 저쪽이 맞바람을 받으며 접근해 와서 눈치채지 못했소이다."

레이라가 날카롭게 외쳤고, 타이가가 신음하듯이 말했다. 어떻게 하면 좋을지 이리저리 생각했지만, 이 자리를 타개할 아이디어 같은 건 나오지 않았다.

"쿠로노 님, 퇴각하지요."

"무리야."

쿠로노는 일어서서 바위에서 뛰어내렸다.

"내가 발을 묶을게."

"쿠로노 님?"

"그렇다면 소인이!"

레이라가 비명 같은 소리를 냈고, 타이가가 발을 묶는 역할을 자청했다.

"날 데리고 라라와 리리한테서 도망치는 건 무리야. 하지만 두 사람이 무사히 알레오스 산지에서 탈출하면 나도 살 수 있을지도 몰라."

"살해당하고 말 거예요!"

"그건……."

쿠로노는 족장을 바라봤다. 무슨 생각을 하고 있을지 알 수 없다. 하지만 망설임이 있다는 건 알았다. 그렇다고 한다면 목숨을 부지할 가능성은 있다.

"그건 도박해 보는 거야. 신호를 주면 달려. 이건 명령이다."

"알겠소이다."

"…………알겠습니다."

레이라는 상당한 뜸을 두고 대답했다. 쥐어짜 내는 듯한 목소리였다. 그녀를 슬프게 만들기만 할 뿐이라 정말로 글러 먹은 남자라고 생각했다.

"돌아가면──."

"또 쿠로노 님의 세계에 관해 가르쳐 주세요."

"약속할게."

레이라가 쿠로노의 말을 가로막고 말했다. 그쪽인가, 하고 약간 낙담했다. 하지만 이걸로 걱정은 없다. 다시금 라라와 리리 쪽을 향해 돌아섰다.

"개양——."

"흩어진다!"

마술을 쓰려고 손을 뻗었다. 하지만 발동시키기보다도 빠르게 라라가 외쳤다. 팍 튀는 것처럼 그 자리에서 뛰어 물러나 두 패로 나누어졌다. 한 번 썼을 뿐인데 개양회랑의 약점—— 움직이는 상대한테는 쓸 수 없다는 걸 꿰뚫어 보고 있다. 어쩔 수 없다.

"……천추신악."

쿠로노는 작게 중얼거렸다. 마술식이 눈앞을 폭포처럼 흘렀고, 칠흑 구체가 생겨났다. 대가는 두통이다. 처음 보는 마술이기 때문일 것이다. 라라가 눈짓하고, 리리가 고개를 끄덕였다. 한쪽이 공격받는 사이에 다른 한쪽이 거리를 좁힌다. 그런 생각을 하는 것이리라. 올바른 판단이다. 단, 평범한 공격이라면.

천추신악은 전이 마술이다. 칠흑 구체 내부의 공간을 전이시킨다. 방어는 불가능, 세기 조절도 불가능하다. 두 사람은 그걸 모른다. 그래서 천추신악을 과소평가하는 것이다. 젠장! 하고 마음속으로 악다구니를 내뱉고——.

"천추신악, 천추신악, 천추——."

쿠로노는 반복하며 중얼거렸다. 시야가 마술식으로 가득 메워지고 격심한 두통이 엄습했다. 한계 이상의 연산을 요구받은 뇌가 비명을 지르는 것이다. 사고가 깎여 나가고 코피가 흐른다. 시선을 움직였다. 주위에는 칠흑 구체가 10개 정도 떠 있다. 그걸로 충분하지 않나. 이 이상은 목숨이 위험하다. 라라와 리리를 봤다. 조금 전에 비하면 경계하고 있는 모양이지만, 충분히 경계하고 있다고는 말하기 어렵다. 한층 더 마술을 썼다.

갑자기 눈앞이 새까매졌다. 다행이라고 해야 할지, 평형감각과 의식은 있다. 넘어지지 않도록 지면을 꽉 밟자, 시야가 원래대로 돌아왔다. 커헉, 하고 철 냄새가 나는 숨을 뱉었다. 시선을 움직이니 20개가 넘는 칠흑 구체가 떠 있었다. 다시금 라라와 리리를 봤다. 팽팽하게 긴장된 분위기를 두르고 있다. 이제야 천추신악을 경계하는 모양이다.

만일을 위해, 하고 쿠로노는 칠흑 구체 하나를 조작했다. 바람에 불어 날아가는 것처럼 떠다니며 나무에 접촉했다. 주먹을 꽉 쥐었다. 빛도, 소리도 없이 나무줄기가 반구 형태로 파였다.

"천추신악── 칠흑 구체에 닿은 부분은 소멸해."

"'──!!'"

쿠로노가 천추신악의 효과를 설명하자 라라와 리리는 숨을 삼켰다. 그때, 수가 굴에서 기어 나왔다. 곧바로 이상을 알아차린 것이리라. 정신이 번쩍 든 것처럼 고개를 들었다.

"뭐 하고 있다?!"

"지금이야!"

수가 외쳤고, 쿠로노는 목소리를 높였다. 뒤에서 사사사삭, 하는 소리가 울렸다. 풀이 서로 스치는 소리다. 레이라와 타이가가 경사면을 달려 내려가고 있는 것이리라.

"나, 쫓겠어!"

"……맡긴다!"

리리의 말에 라라는 약간 뜸을 두고 대답했다. 아마도 라라는 리리가 일부러 보내 주는 것 아닐까 하고 의심한 것이다. 그래서 바로 대답할 수 없었다. 각인이 강하게 빛나고, 리리가 허공에 떠올랐다. 둥실둥실 떠다니고 있었는데, 추진력을 얻기 위해서인지 움직임이 멈췄다. 다음 순간, 리리는 발사된 화살처럼 가속하고──.

"──!"

숨을 삼켰다. 자신의 진행 방향에 20개가 넘는 칠흑 구체── 천추신악이 있었다. 물론, 쿠로노가 한 일이다. 천추신악의 스피드는 결코 빠르지 않다. 하지만 두 사람은 시간을 낭비하고 말았다. 리리는 황급히 멈추려 했지만, 속도가 살짝 둔해졌을 뿐이다. 각오를 굳힌 듯한 표정을 띠고 다시금 가속했다. 칠흑 구체들 가운데로 돌진하여 전투기처럼 롤링하며 피하려 했다.

틀렸나, 하고 쿠로노는 입술을 깨물었다. 리리는 제국에 흥미를 느끼고 있었다. 그러니 이쪽에 맞춰 줄 거라고 생각했는데, 역시나 안일한 생각이었던 모양이다. 카난과 로버트 때도 그랬지만, 호의적인 상대 쪽이 행동을 예상하기 힘들다는 건 정말이지 아이러니한 이야기다.

피해 줘, 하고 기도하는 듯한 심정으로 주먹을 꽉 쥐었다. 칠흑 구체가 일제히 소멸했다. 다행이라고 해야 할지 스치지도 않았다. 그런데도 리리는 바로 옆으로 튕겨 날아가 나무줄기에 강하게 부딪혔다. 달려가려다가 그만뒀다. 지금은 전투 중이다. 달려가면 무방비한 모습을 드러내게 된다. 그 대신 리리를 봤다. 호흡은 있고, 출혈도 없는 듯하다. 안도하는 것과 동시에 어째서 튕겨 날아간 건가 하는 의문이 솟아올랐다. 하지만 생각하고 있을 여유는 없었다.

"잘도, 리리를!"

라라가 소리치며 팔을 휘두른 것이다. 빨간빛이 공간에 궤적을 그렸다. 쿠로노는 반사적으로 옆으로 뛰었다. 빨간빛이 강하게 반짝이고, 불꽃이 밀어닥친다. 불꽃이 지나가고 난 뒤 시선을 움직였다.

하지만 라라의 모습은 없다. 어디로 간 것인가. 의문을 품은 다음 순간, 시야에 그늘이 졌다. 라라가 틀림없다. 여기에 있으면 위험하다. 직감을 믿고 앞쪽으로 뛰었다. 한순간보다 짧은 찰나 뒤 쿵, 하는 무거운 소리가 울렸다. 땀이 왈칵 뿜어져 나왔다. 지금 공격을 맞았다면 죽었을 것이다. 일단 도박에 이긴 모양이다.

휴, 하고 안도의 한숨을 내쉰 후 뒤돌아봤다. 예상대로 라라가 있었다. 창을 지면에 꽂아 세운 상태로 움직임을 멈추고 있다. 창을 뽑고 쿠로노 쪽을 향해 돌아섰다. 라라가 눈을 가늘게 스윽 떴다. 공격이 빗나간 것으로 인해 냉정함을 되찾은 모양이다. 무의식적으로 허리에 손을 뻗었다. 당연하지만 거기에는 아무것도 없다. 도수공권으로 상대해야만 한다. 하지만 만에 하나의 가능성으로 승리했다고 쳐도 그 이후는 어떻게 할 것인가. 라라를 죽이면 루 족을 회유하는 건 불가능해지리라. 이기건 지건 끝장이다. 아니, 여기서 죽으면 모든 가능성이 사라진다. 여기선 프라이드를 내던져서라도 살아야만 한다.

어떻게 하면 좋을지 생각한 그때, 어떤 아이디어가 뇌리를 스쳤다. 무릎 꿇고 엎드려 비는 것이다. 기선을 제압하여 무릎 꿇고 엎드려 비는 것이다. 비참하게 엎드려 빌어, 죽일 가치도 없다고 판단하게 만드는 것이다. 지금의 쿠로노한테는 발을 핥아서라도 용서를 청할 각오가 있다. 그러자 라라는 뒤로 물러났다. 한층 표정을 굳게 다잡고 창을 거머쥐었다.

쿠로노는 작게 한숨을 내쉬고는 몸에서 힘을 뺐다. 라라가 살짝 몸을 굽혔다. 긴장감이 높아진다. 그 탓인지 몸이 뜨겁다. 마치 불에 구워지고 있는 것만 같다. 그때——.

"그만둬라."

족장이 한숨을 내쉬는 것처럼 말했다.

"이 녀석, 적! 리리, 부상, 입었다!!"

"주위를 봐라."

라라가 언성을 높이며 외쳤지만, 족장은 냉정함 그 자체였다. 한숨을 내쉬는 것처럼 말하고는 시선을 움직였다. 쿠로노와 라라도 그에 이끌려 시선을 움직였다. 주위 나무들이 불타고 있었다. 과연, 조금 전부터 느꼈던 열은 이것 때문이었던 모양이다.

"너의 불꽃이 나무들을 태우고 있다. 그건 우리의 양식을 불태우는 것과 같은 의미다. 가만히 내버려 둘 수 없다."

"수! 저 녀석들, 쫓아!"

라라가 소리쳤지만, 수는 따르지 않는다. 족장에게 시선을 향했다.

"쫓을 필요는 없다."

"어째서! 저 녀석들, 도망쳤다! 공격해 온다!"

라라는 족장의 말에 반론했다. 그녀의 의견은 옳다. 마을의 위치가 알려지지 않았다는 전제라면. 그러니까——.

"제국군은 마을이 있는 위치를 파악하고 있습니다."

쿠로노는 족장을 향해 돌아서서 말했다.

"지금은 방비를 굳힐 때다."

"큭……."

족장이 한숨을 내쉬는 것처럼 말했고, 라라는 분한 듯이 신음했다. 그리고 팔을 한 번 휘둘렀다. 족장의 명령에 거역할 생각인가, 하고 쿠로노는 얼굴을 감싸는 것처럼 양팔을 교차시켰다. 하지만 열은 찾아오지 않았다. 쭈뼛쭈뼛 팔을 내리고 주위를 둘러봤다. 불이 꺼져 있었다. 이것도 각인술의 힘인가. 감탄하고 있자, 어깨가 확 잡아당겨졌다. 시야 한구석에서 무언가를 포착했다. 그것이 라라의 주먹임을 깨달았을 때는 이미 늦었다. 주먹이 안면을 강타했고, 공중제비를 돌며 쓰러졌다. 라라는 그걸로는 부족하다는 것만 같이 쿠로노 위에 올라타 주먹을 마구 후려갈겨 댔다.

충격이 쿠로노를 덮쳤고, 비릿한 맛이 입안에 퍼졌다. 시선을 이리저리 움직였지만, 수는 리리를 돌보고 있고, 족장은 고개를 돌리고 있다. 라라는 여전히 주먹을 내리친다. 각인술은 쓰고 있지 않지만, 이대로는 죽고 만다.

"죽어어어어어어!"

"──!"

라라가 주먹을 내리쳤고, 쿠로노는 순간적으로 고개를 기울였다. 주먹이 허공을 갈랐고, 라라의 몸이 앞으로 기우뚱했다. 기회다. 쿠로노는 브리지 자세를 하는 요령으로 허리를 띄웠다. 라라의 몸이 한층 앞으로 기울어진다. 쿠로노는 라라의 가슴을 덥석 움켜쥐고 몸을 뒤엎었다.

"──!!"

라라가 놀란 것처럼 눈을 휘둥그레 떴다. 마운트 포지션을 취하고 있었을 터인데, 불과 몇 초 만에 입장이 역전된 것이다. 쿠로노가 히죽 웃자 라라는 몸을 움찔 떨었다.

"비, 비켜라!!"

"……잘도."

쿠로노는 라라의 말을 무시하고 중얼거렸다. 분노가 부글부글 솟구쳐 오른다.

"잘도 제멋대로 때려 줬겠다! 이쪽이 우호적으로 접하고 싶다고 말하는데도 그 태도는 뭡니까?! 이, 이이, 이 가슴 녀서어어억!"

"꺄아아아아아!"

쿠로노가 가슴에 얼굴을 파묻자, 라라는 비명을 질렀다.

"귀, 귀여운 비명 지르지 말라고! 이, 이, 야성미 넘치는 가슴 녀석!"

머리를 빙글빙글 돌려 문지르며 몸을 일으켰다. 그때, 충격이 쿠로노를 덮쳤다. 쿠로노가 쓰러지자 라라는 네발로 기는 자세가 되어 도망쳤다. 시선만을 움직여 위를 보니 족장이 이쪽을 내려다보고 있었다. 곧 쿠로노의 의식은 어둠에 삼켜졌다.

※

저녁── 가우르는 의자 등받이에 몸을 기대고 깊게 숨을 내쉬었다. 세실리를 제도에 보내고 다른 주둔지 지휘관에게도 서한을 보냈다. 이제야 겨우 한숨 돌릴── 아니, 교섭자 선정이 아직이었다. 누구로 해야 할지 고민하고 있자 목소리가 들려왔다. 창문 쪽을 보니 낯익은 인물이 지나갔다. 쿠로노의 부관── 레이라다. 앉은 자세를 바로 고치자 문이 열렸다.

"가우르 대장님, 실례하겠습니다."

"급한 용건이라면 인사는 불필요하다. 곧바로 보고를."

"넵!"

레이라는 가우르의 책상에 다가가 등을 곧게 폈다. 그리고 알레오스 산지에서 일어난 일을 이야기했다. 보고를 다 들었을 때, 가우르는 머리를 감싸 쥐고 싶은 기분이었다. 한숨 돌릴 수 있다고 생각한 참에 상황이 악화되었으니까.

"허가를 받을 수 있다면——."

"네 녀석들만으로 쿠로노 경 탈환 작전을 수행하겠다는 것이라면 허가할 수 없다."

가우르가 말을 가로막자, 레이라는 발끈한 기색을 드러냈다. 역시나인가, 하고 한숨을 내쉬었다.

"명령 위반은 중죄다. 묵과할 수는 없다. 게다가 쿠로노 경도 그걸 바라지 않을 터다."

레이라는 말이 없다. 말없이 입술을 꽉 깨물고 있다. 이것도 충성심이 높기 때문이리라. 하지만 언제까지고 견딜 수 있는 건 아니다. 기한을 지정할 필요가 있다.

"……일주일이다."

"쿠로노 님이 죽을 겁니다."

"물론 예정을 앞당길 수 있다면 그렇게 할 거다."

가우르는 서류를 서랍에 넣고 일어섰다.

"어디로 가실 생각입니까?"

"크로포드 남작한테. 쿠로노 경을 구하려면 여러 가지로 억지를 부려야 한다. 하지만 나한테는 그 연줄이 없다. 그렇다면 있는 곳에서 빌릴 수밖에 없겠지."

가우르는 레이라에게 대답하고는 밖으로 나갔다. 해가 크게 기울었다. 크로포드 남작의 저택에 도착하는 건 밤이 되리라. 하지만 쿠로노의 목숨이 걸려 있는 것이다. 갈 수밖에 없다.

※

　밤── 소리가 들린다. 여자의 비명 같은 새된 소리다. 쿠로노
는 눈을 뜨고 시선을 움직였다. 그곳은 돔 형상 공간이었다. 동굴
일까. 바위가 그대로 드러나 있고, 균열이 수없이 나 있다. 정면
에 있는 균열은 사람이 지날 수 있을 정도의 크기다. 고개를 드니
바위가 갈라진 틈으로 달이 보였다. 역시 동굴에 감금당한 모양
이다. 그것도 무릎으로 선 자세 및 양팔을 펼친 상태로. 무슨 영
문인지 상반신은 알몸이다.

　윽, 하고 쿠로노는 얼굴을 찌푸리며 자기 손목을 봤다. 새끼줄
이 손목에 감겨 있었다. 팔에 힘을 주었지만, 새끼줄은 꿈쩍도 하
지 않는다. 새끼줄을 따라 시선을 움직이자, 그곳에는 돌기둥이
있었다. 이렇게나 큰 바위와 이어져 있는 것이다. 쿠로노 정도의
힘으로 움직일 리가 없다. 머리를 푹 숙이자 리저드의 엄니로 만
든 목걸이가 가슴에서 흔들렸다.

　"……눈을 떴나."

　목소리가 울렸고 균열 사이에서 족장이 모습을 드러냈다. 족장
은 천천히 쿠로노에게 다가와 2m 정도 떨어진 곳에서 멈춰 섰다.
풍만한 가슴을 강조하는 것처럼 팔짱을 꼈다.

　"리리를 쓰러뜨릴 뿐만 아니라, 라라가 비명을 지르게 할 거라
고는 생각지 않았다."

“그건······.”

쿠로노가 말을 우물거렸고 가볍게 고개를 내저었다. 뭘까. 머리가 멍하다. 라라한테 얻어맞은 탓일까. 그게 아니면 잠든 사이에 무언가 약을 먹인 것일까. 머릿속으로 생각하는 족족 사고가 녹아 풀려나가는 듯한 감각이다.

“너는 뭘 생각하고 있지?”

“······화해를. 그게 불가능하다면, 하다못해 희생을 최소한으로 그치고 싶어.”

족장의 물음에 쿠로노는 약간 뜸을 두고 대답했다.

“루 족은 궁지에 몰려 있어. 하지만 지금이라면 유리한 조건으로 화해할 수 있어.”

“그 끝에 있는 건 예속이라고 말했을 터다. 게다가 본래라면 너희들이 토지를 빼앗은 게 원인이다. 너희들은 우리의 토지를 빼앗고, 금수 같은 생활을 강요했다. 그런 너희들과 어떻게 함께 걸을 수 있지?”

“일족을 존속시키기 위해······.”

“그건 짐승이 살아가는 방식이다. 짐승으로 살아갈 바에야 떳떳하게──.”

“거짓말이야. 당신은 망설이고 있어.”

“뭐라고?”

쿠로노가 족장의 말을 가로막고 말하자, 족장은 의아해하는 듯한 표정을 띠었다.

"당신은 수가 살았으면 좋겠다고 바라고 있어."

"무슨 말을 하는 건가 싶었는데……. 나는 족장이다. 수뿐만이 아니다. 모두가 살기를 바라고 있다. 하지만 긍지를 버리면서까지 살려고는 생각지 않는다."

"망설이고 있으니까 날 죽이지 않은 거야. 날 죽이면 수가 살 가능성이 사라지니까. 어째서냐면 수는——."

"그만 됐다! 멈춰라!"

"수는——."

"멈추라고 말했다!!"

족장은 거친 발걸음으로 다가오더니 쿠로노의 뺨을 때렸다.

"당신의 아이이기 때문이야."

"……어떻게, 알았지?"

쿠로노가 조용히 말하자 족장은 낮게 억누른 듯한 목소리로 되물었다.

"처음 만났을 때, 당신은 수의 제안을 거절했어."

"당연하다. 더럽혀진 피를 섞는 것 따위——."

"제국 사람을 굴복시킨 것으로 하면 돼."

"뭐, 라고?"

"수도, 라라도, 리리도 가축을 훔친 것을 승리라고 인식하고 있었어. 그러니까 더럽혀진 피를 섞는 게 아니라, 제국 사람을 굴복시킨 것으로 해 버리면 돼."

"그런 게 가능할 리가 없지 않나."

"그래, 당신한테는 불가능해. 당신은 남자가 있던 시절을 아는 사람이야. 그래서, 수가 일족을 존속시키려는 목적만을 위해 제국 사람의 아이를 낳는 것에 견딜 수 없었어."

"......."

족장은 반론하지 않았다. 일족의 존속을 바란다면 그것이 가장 합리적인 선택이다. 하지만 그녀는 선택할 수 없었다. 여자로서, 어머니로서의 마음이 그걸 거부했다. 그리고 족장으로서의 마음이 자기 아이를 특별 취급하는 것을 용납하지 않았다.

"족장, 당신이 모두를 설득해 주면 전부 원만하게 수습돼. 모두를 설득해 줘."

"그건 할 수 없다."

"어째서? 각인술이 있어도 전력 차이를 뒤집을 수는 없어. 멸망이 기다리고 있을 뿐이야! 일족의 긍지란 이곳에 있는 여성들과 맞바꾸어야만 할 정도로 무거운 건가! 당신은 딸의 미래를 어둠 속에 가둬 버릴 셈인가?!"

"닥쳐라!"

충격이 시야를 흔들었다. 족장한테 맞은 것이다.

"지금이라면 어떻게든 할 수 있는데, 어째서……."

"우리는 먹을 것을 둘러싸고 싸웠다. 동족끼리조차. 그뿐만이 아니다. 모두를 위해서라며 갓난아이를 죽이게 했다. 그런 비참함을 견딜 수 있었던 건 긍지와 증오가 있었기에 가능했던 일이다. 족장인 내가 이 둘을 버리라고 말하는 건 불가능하다."

족장은 조용히 말을 자아냈다. 조금 전까지 격앙하고 있었던 인물이라고는 생각되지 않는 태도다. 냉정하게 생각한 끝에 긍지를 위해 목숨을 버리는 것을 선택한 것이다. 몸에서 힘이 빠지고 쿠로노는 머리를 축 늘어뜨렸다.

"하지만, 인정하지. 나는 망설이고 있다. 까닭에 네게 미래를 맡기고자 생각한다."

"어떻게 하면 돼?"

"죽음의 시련을 받아 줘야겠다."

"죽음의 시련?"

쿠로노는 앵무새처럼 따라 하듯이 중얼거렸다. 불길한 예감밖에 들지 않는다.

"하룻밤에 각인을 새긴다."

"각인은 시간을 들여 새기는 것 아닌가?"

"각인을 새긴 직후부터 급격한 침식이 시작되고, 격통이 7일 밤낮 이어진다."

족장은 쿠로노를 무시하고 설명을 계속했다.

"생존율은?"

"9할가량 죽는다. 살아남았다고 하더라도 정신이 붕괴할 가능성이 높다."

"사실상 사형이잖아."

"그렇다. 하지만 죽음의 시련을 극복한다면 모두를 설득할 수 있다."

"거절하면?"

"경고했음에도 불구하고 너는 우리에게 해를 끼쳤다. 당장이라도 죽여야만 한다."

"어차피 죽을 거라면 도박해 보라는 건가."

"……차라리 네가 딸을 납치해서 도망쳤다면 이런 짓을 하지 않아도 됐다."

족장은 타박하는 듯한 목소리로 말했다.

"어떻게 할 테지?"

"…………하겠어."

쿠로노는 상당히 고민한 끝에 대답했다. 거절하면 살해당한다. 선택의 여지는 없다. 그렇다고 하더라도 사지에 발을 들여놓는 건 두려웠다.

"남길 말은 없나?"

"살아남으면…… 손가락 자국이 남을 정도로 가슴을 주물러 주겠어!"

족장은 어리둥절한 표정을 지었다. 어처구니없어하고 있는 것이리라. 갑자기 픕 하고 웃음을 터뜨렸다.

"죽을 때에 할 말은 골라라. 하지만, 믿음직하군. 수, 와라."

족장이 부르자 수가 균열 사이에서 나왔다. 원통 형태로 돌돌 말린 가죽을 안고 있다. 그녀는 족장 옆에 서서 이쪽을 보고 있었다.

"수, 너도 뭔가 말해 줘라."

"……너, 바보."

수가 삐친 것처럼 말했고 족장은 한숨을 내쉬었다.

"이제부터 죽음의 시련을 시작한다. 수, 준비해라."

"알았다."

수는 무릎을 꿇고는 가죽을 펼쳤다. 뼈나 돌로 만들어진 도구가 드러났다. 이 도구들로 각인이 새겨진다── 피부에 상처를 낸다고 생각하면 현기증이 났다. 구역질도 난다.

"……수."

족장이 손을 뻗자 수가 도구를 건넸다. 돌로 만들어진 도구다. 디자인 나이프 같은 형상을 하고 있다. 족장이 기도하는 것처럼 들고는 무언가를 중얼거렸다. 그러자 도구가 희미한 빛에 감싸였다. 여섯 색깔── 흰색, 검은색, 빨간색, 파란색, 노란색, 녹색 빛이 깜박인다. 매직 아이템이다. 다가와서 끝부분을 쿠로노의 가슴에 댔다. 몸이 떨린다.

"준비는 됐나?"

"안 됐다고 말하면 그만둘 거야?"

"아니, 그건 불가능하다."

쿠로노가 되묻자, 족장은 한숨을 섞으며 대답했다.

"각인은 정신에 새겨진다. 죽지 마라."

"그게 무슨 소──."

되묻는 것보다도 빠르게 끝부분이 피부에 파고들었다. 아주 약간. 종이에 손가락을 베였을 때 쪽이 그나마 더 깊으리라. 그런데도 뜨겁게 달궈진 화저(火箸)가 신경에 파고든 것만 같은 격통이

뇌를 직격했다. 너무나도 큰 격통에 숨이 막혔다. 시야가 깜박깜박한다. 숨을 쉴 수가 없다.

무리다. 마음이 꺾였다. 견딜 수 없다. 사형해도 좋으니까 그만둬 주세요. 뭐든 하겠습니다. 무엇과 맞바꾸어도 괜찮으니 이 고통을 멈춰 줬으면 한다. 아아, 그런데도 애원하는 말이 나오지 않는다. 애원할 수 없다면 하다못해 비명을 지르고 싶었다. 혀가 움찔움찔 경련한다. 혀가 꼬인다. 목 안쪽에 막혀 토할 것만 같다. 비명조차 지를 수 없다.

"계속해라."

"──!!"

도구가 한층 깊게 파고들어 쿠로노는 실금했다. 격통이 7일 밤낮 이어진다. 과연 그때까지 제정신을 유지할 수 있을까.

※

심야── 클로드가 침대에서 꾸벅꾸벅 졸고 있자, 문을 두드리는 소리가 울렸다. 안 좋은 예감이 들어 침대에서 내려왔다. 문에 다가가 문손잡이에 손을 뻗었다. 하지만 문손잡이에 손이 닿는 것보다도 빠르게 문이 열렸다. 마이라가 문을 연 것이다.

"……주인님."

"곧바로 가겠어. 이대로 괜찮겠지?"

"네, 응접실에서 기다리고 있습니다."

마이라가 작게 고개를 끄덕였고 클로드는 방을 나섰다. 복도를 빠져나와 계단을 내려가고, 응접실이 있는 1층으로 향했다. 응접실 문을 열고 안으로 들어가자, 가우르와 레이라가 소파에 앉아 있었다. 두 사람 다 심각해 보이는 얼굴을 하고 있다. 그걸로 안 좋은 예감이 들어맞았다고 생각했다. 하지만 꼴사나운 모습을 드러낼 수는 없는 노릇이다. 위에 선 자는 침착하고 무게감 있는 태도를 보여야만 한다. 클로드는 심호흡하고는 맞은편 소파에 앉았다.

"그래서, 이런 깊은 밤에 무슨 용건이지?"

"자제분—— 쿠로노 경이 야만족한테 납치당했습니다."

"……."

가우르가 말을 꺼냈고 클로드는 '진짜냐?'라고 되묻고 싶어졌다. 하지만 아슬아슬하게 말을 삼켰다. 쿠로노가 저택을 떠난 게 고작 그저께의 일이다. 설마, 그런 사태가 일어났다니——.

"주인님, 향차를 가지고 왔습니다."

어느새 다가왔는지, 마이라가 테이블에 향차가 든 컵을 내려놓았다. 클로드는 컵을 손에 쥐고 향차를 단숨에 벌컥 다 들이마셨다. 푸핫, 하고 숨을 내쉬었다. 민트인지 뭔지일까. 토해낸 숨결에 눈이 따갑다. 하지만 진정할 수는 있었다. 시선을 향하자, 마이라가 작게 흥, 하고 콧소리를 냈다. 어쩔 수 없는 사람이네요, 라고 말하는 것만 같은 태도다. 그리고 소파 뒤로 이동했다.

"그래서, 나는 뭘 하면 되지?"

"쿠로노 경을 구출하기 위해 부대를 편제하고 싶습니다."

"자경단이라면 50명 언저리쯤은 모을 수 있을 거라고 생각하지만 말이야."

클로드는 그렇게 말하고는 가우르 옆—— 레이라한테 시선을 향했다. 다급함과 절박함이 드러나는 표정을 짓고 있다. 혼자서라도 쿠로노를 구출하러 가고 싶어 하는 듯한 얼굴이다. 한숨을 내쉬었다. 어쩔 수 없다. 조건은 따지지 않겠다. 그런 생각을 하다가 얼굴을 찌푸렸다. 옛날의 자신이라면 조건을 따지며 교섭하려는 생각 따위 하지 않았을 터다. 귀족이 완전히 몸에 배어 버렸다. 싫어진다.

"OK, 조건은 따지지 않겠다. 나는 너 이외의 주둔군 지휘관의 약점을 잡고 있다. 발각되면 파멸이다. 총동원은 어렵겠지만, 각 기지에서 최소 500명은 병사를 끌어올 수 있을 거다. 나머지는 조금 전에도 말했지만, 자경단원이다."

"주변 영지에서 자경단원을 모으는 것은?"

"물론, 그것도 말은 할 거다. 가능할지 어떨지는 알 수 없지만. 그래서, 그쪽은?"

"내일에라도 교섭자를 알레오스 산지에 보내고, 제도에 서한을 보낼 것입니다만……."

"제도 쪽은 기대할 수 없다는 건가?"

"……예."

가우르는 약간 뜸을 두고 고개를 끄덕였고, 클로드는 깊게 한숨을 내쉬었다. 제국은 그물코처럼 군을 배치하고 있다. 한 곳에서 적군을 막는 사이에 포위 섬멸한다는 전략에 기초한 것이다. 이 전략에 의해 제국은 높은 방어력을 손에 넣었지만, 대신 즉응성을 잃었다. 긴급 사태가 일어나면 필연적으로 각지에 배치된 대대에서 장병을 차출할 수밖에 없다. 그걸 알고 있었기에 기대하지 않을 심산이었는데, 다시금 그런 말을 듣게 되니 맥이 탁 풀린다.

"어쩔 수 없군. 내 쪽에서도 알코르에게 서한을 보내지."

"재상 각하에게 말입니까?"

"그래. 일단 지금도 교분이 있으니까. 적어도 서한을 대뜸 쓰레기통에 버리지는 않겠지. 물론 그 녀석도 입장이 있으니까, 어디까지 도와줄지는 모르지만."

"그래도, 감사한 일입니다."

"그래, 더 감사해라."

클로드는 소파에 몸을 기대고 어깨 너머로 마이라에게 시선을 향했다.

"미안하지만 양피지를 부탁하지."

"알겠습니다."

마이라는 공손하게 고개 숙여 인사하고는 응접실에서 나갔다. 자, 그럼, 하고 클로드는 가우르를 향해 돌아봤다. 몸을 내밀고 손깍지를 꼈다. 레이라를 힐끔 봤다. 조금 전에는 알아차리지 못했지만, 안색이 나쁘다. 쿠로노가 납치당한 정신적 충격과 피로 때문일 것이다.

"느긋하게 쉬게 해주고 싶지만, 조금만 더 어울려다오."

"네, 물론입니다."

레이라는 조용히 고개를 끄덕였다.

※

2일째 낮── 그럼, 하고 여주인은 의자에서 일어나 시선을 이리저리 움직였다. 장식이 달린 가구가 시야에 들어왔다. 에크론 남작 저택에 있는 자기 방이다. 얼마 전에 10년 만에 발을 들여놓았을 때는 별 크나큰 감개를 품지 않았다. 하지만 또 한동안 돌아올 수 없다고 생각하니 아쉽게 느껴진다.

"무슨 생각을 하는 건지."

여주인은 쓴웃음을 지었다. 죽기 전까지 한 번만 본가에 얼굴을 내비쳐 두자. 그런 마음을 품고 남변경에 왔다. 그런데도 또 돌아오려고 생각하고 있다. 어찌 이리 가벼운 결의일까. 쿠로노한테 좋을 대로 당할 만도 하다.

그런 생각을 하고 있자, 쿵쿵 뛰는 발소리가 들렸다. 카난의 발소리다. 저택을 뛰어 돌아다니는 건 카난밖에 없다. 가주 자리는 카난이 이어받는 것으로 이야기를 매듭지었는데, 또 들쑤실 생각일까. 어쩔 수 없다. 두 번 다시 문제 삼지 않도록 철저하게 대화하도록 하자. 손가락을 뚝뚝 꺾어 소리를 내고 있자, 문이 기세 좋게 열렸다.

예상대로 문을 연 것은 카난이다. 양피지를 손에 들고 방에 뛰어 들어왔다. 약간 늦게 로버트가 왔다. 조용히 문을 닫고 이쪽을 향해 돌아섰다.

"언니, 사건이에요!"

"뭐야? 사건이라니?"

"어째서 시비조인가요?"

여주인이 되묻자 카난은 뒷걸음질했다.

"그래서, 무슨 일인데?"

"쿠로노 님이 야만족한테 납치당했다는 것 같아요!"

"뭐?"

"그러니까, 쿠로노 님이 야만족한테 납치당했어요."

"어째서, 그런 일이……."

"그게, 알레오스 산지를 정찰하는 중에 야만족과 전투가 벌어져서, 그래서라는 것 같아요."

카난이 양피지를 보면서 말했고 여주인은 그 자리에 주저앉을 뻔했다. 하지만 어찌어찌 참았다. 지금은 주저앉아 있을 상황이 아니다.

"양피지에 적힌 건 그것뿐이야?"

"아, 아뇨, 구출 부대를 편제할 것이니 협력해 줬으면 한다고. 어디 보자, 주둔군 지휘관만이 아니라, 클로드 님과 연명(連名)으로."

"뭐?! 그걸 왜 나한테 상담하고 있어?! 곧바로 자경단원을 이

끌고 크로포드 남작령으로 가야지!"

"무, 무리예요오."

여주인이 언성을 높이며 말하자, 카난은 한심한 목소리로 말했다.

"도움을 받은 참이면서 너는 무슨 말을 하는 거야?!"

"호통치지 말아 주세요! 그야, 저도 쿠로노 님께 은혜를 갚고 싶어요."

"그러면——!"

"우리 자경단원은 쓸모없는 녀석들이란 말이에요!"

카난은 여주인의 말을 가로막고 말했다.

"쓸모없는 정도가 아니라 완전히 걸림돌이에요! 고기 방패조차 못 돼요!"

"고기 방패라니……. 일단은 네 부하잖아."

"그래요. 부하가 아니었다면 그딴 산 원숭이들은 한참 전에 제거했을 거라고요."

카난은 부루퉁해진 듯한 어조로 말했다. 구제라니, 어지간히 자경단원이 싫은 모양이다. 뭐, 그건 됐다 치고——.

"걸림돌이라고 할 정도는 아니겠지, 걸림돌이라고 할 정도는……."

"언니는 산 원숭이들을 몰라서 그래요."

카난이 한숨 섞인 어조로 말했고, 여주인은 로버트에게 시선을 향했다. 그는 자경단 부단장을 맡고 있다. 게다가 전 제국군 군인이다. 객관적인 평가를 해줄 게 틀림없다. 로버트는 생각에 잠기는 것처럼 팔짱을 끼고——.

"사냥꾼이 그나마 전투력이 더 있겠군요."

"그것 봐요! 제가 말한 대로잖아요!!"

로버트의 평가를 듣고 카난은 득의양양하게 말했다.

"걸림돌인 건 알았는데, 아무것도 하지 않는 건 좀 아니잖아? 전투 면에서 도움이 되지 않아도 보급이다 뭐다 해서 할 수 있는 걸 하면 되잖아."

"뭘 해도 방해가 될 것 같은데요……."

"어째서 그런 쓸모없는 애들을 세금으로 먹여 살리고 있는 거야. 얼른 잘라 버려."

카난이 신음하는 것처럼 말했고, 여주인은 넌더리가 난 기분으로 말했다.

"산 원숭이들은 우리 가문에 공헌해 준 분들의 아들이나 손자예요. 아무리 쓸모없다고 해서 그리 간단히 잘라 버릴 수 없어요."

"도망간 가축을 쫓거나 부서진 울타리를 고치는 정도는 할 수 있습니다."

카난이 삐친 것처럼 말했고, 로버트가 한숨을 섞으며 거들었다.

"뭘 해도 걸림돌이 될 것 같다는 건 알았어. 하지만, 그건 그거라 치고 할 수 있는 걸 하지 않으면 아무한테서도 도움받지 못하게 될 거야."

"그건 그렇지만요……."

카난은 우물우물 중얼거리고는 로버트를 쳐다봤다.

"괜찮아?"

"후방 지원이라면 문제없이 맡을 수 있습니다."

"……그래."

카난은 생각에 잠기는 것처럼 팔짱을 꼈다. 에크론 남작령의 실질적인 전력은 로버트뿐이다. 그의 전투력이 단원의 생사와 직결된다. 신중하게 판단해야만 한다.

"……후방 지원에 지원(志願)할게요."

"괜찮겠어?"

"할 수 있는 걸 해야 한다고 말했다가, 괜찮겠냐고 말했다가, 어느 쪽인가요."

"여자 마음은 복잡하다고."

카난이 부루퉁해진 것처럼 말했고, 여주인은 고개를 딴 데로 돌렸다.

※

저녁── 존은 지팡이를 짚어지고 알레오스 산지를 나아갔다. 당연히 혼자가 아니다. 선두에는 임시 상사인 니아, 뒤에는 동료 여덟 명이 뒤따랐다. 목적은 야만족과의 해방 교섭이다. 성공할 가망은 없어 보이는 임무지만──.

"여, 여러분! 정신 바짝 다잡고 가요!"

"""""""""오──!!"""""""""

니아가 살짝 뒤집힌 목소리로 외치자, 여덟 명의 동료는 기합이 들어간 대답을 했다. 자기도 모르게 입가에 미소가 지어진다. 꽝 제비를 뽑게 된 것이나 마찬가지인 임무임에도 불구하고 사기가 높다. 그 점이 재미있어서 무심코 지원하고 말았다. 나쁜 버릇이다. 하지만 인생에는 쓸데없는 일도 필요하다. 쓸데없는 일을 하는 김에 정보 수집도 해 봤다.

이 부대의 사기가 높은 건 니아가 원인인 것 같다. 그는 주둔군 지휘관── 가우르를 존경하고 있는 듯하다. 아니, 동경한다고 해야 할까. 그 동경하는 가우르한테 일을 맡겨져 의욕이 가득 차 있는 것이다. 존한테는 이해되지 않는 감각이다.

여덟 명의 동료는 니아에 비하면 그나마 알기 쉽다. 일전에 이 여덟 명은 정찰 임무를 맡았다가, 야만족한테 호되게 당했다. 그러면 그 복수를 하는 것이 목적이냐 하면 그건 아니다. 당연하다. 그들은 훈련소 출신 일반병── 먹고 살길이 없어 병사가 될 수밖에 없었던 녀석들이다. 자기보다도 강한 상대한테 복수하겠다는 기개는 없다. 지원한 건 일종의 강박관념을 품고 있기 때문이다. 지원하지 않으면 겁쟁이로 간주하여 신뢰를 잃을 거라고 믿고 있다.

바보 같은 녀석들이다. 하지만 싫지는 않다. 이런 녀석들과 같이 있으면 자신도 바보 대열에 낀 기분이 든다. 뭐, 어디까지나 그런 기분이 드는 것뿐이지만.

오? 하고 존은 눈을 살짝 크게 떴다. 니아 앞으로 나와 지팡이로 앞길을 막았다. 니아가 어리둥절한 표정으로 이쪽을 올려다봤다.

"무슨 일 있나요?"

"아니 말이죠. 이대로 나아가는 건 쬐금 위험하다고 생각해서 말입니다."

"위험?"

니아가 앵무새처럼 반복하며 중얼거렸고, 존은 주위를 둘러봤다. 주먹 크기 돌이 눈에 들어왔다. 존은 돌을 주워 전방에 던졌다. 돌이 떨어지는 것과 동시에 지면이 빠졌다. 퍼석, 하는 소리와 함께 나타난 건 거대한 구멍이다. 자연적인 것이 아니다.

"앗——!"

"그렇게 놀라지 말아 주십시오. 단순한 함정 구멍입니다."

경악하여 눈을 휘둥그레 뜬 니아에게 설명했다. 가까이 다가가 구멍을 들여다보자, 구멍 바닥에 나무 말뚝이 몇 개나 늘어서 있었다. 당연히 끝부분은 뾰족하다. 뒤쪽에서 목소리가 났다.

"함정 구멍이라고?"

"우리가 쓸 경로가 들킨 건가?"

"어째서 들킨 거지?"

"설마, 스파이인가."

동료들이 제각기 말했지만——.

"아니, 그런 게 아니야."

존은 니아와 동료들을 향해 돌아서며 말했다.

"아마 녀석들은 닥치는 대로 함정을 설치하고 있는 거다."

"어째서 그런 걸 알 수 있는 건가요?"

"함정 설치 방식이 풋내기 같아서 말입니다."

니아의 물음에 대답하고 나서, 다른 식으로 말하는 편이 좋았으려나 하고 후회했다. 이런 식으로 말하면 마치 자기가 함정을 설치하는 전문가 같지 않은가.

"······그런가요."

니아는 진지한 표정으로 고개를 끄덕였다. 아무래도 의문으로 느끼지 않았던 모양이다.

"여러분! 조심해서 전진하도록 하죠!!"

"'''''''''''''오——!!''''''''''''

니아가 목소리를 높이자, 동료 여덟 명은 기세 좋게 대답했다. 니아가 함정 구멍을 우회하여 나아갔다. 호오, 하고 자기도 모르게 목소리가 나왔다. 함정을 본 직후임에도 불구하고 선두를 걷는 것이다. 보통 담력이 아니다. 니아의 뒤에 붙어 알레오스 산지를 나아갔다.

"존 씨, 함정은 없나요?"

"괜찮습니다."

니아가 나직이 중얼거렸고, 존은 시선을 움직이며 대답했다. 이곳저곳에 설치되어 있지만, 자신들이 나아가는 경로에는 없다. 아니, 어쩌면, 이건——.

"니아 대장?"

"뭔가요?"

니아가 걸음을 멈추고 뒤돌아봤다. 버스럭버스럭하는 소리가 울렸고, 지면이 크게 흔들렸다. 하늘에서 떨어진 창이 지면에 꽂힌 것이다. 니아가 황급히 정면을 향해 돌아보자, 바로 눈앞에 창이 있었다. 또 버스럭버스럭하는 소리가 울렸다. 반사적으로 고개를 들자, 빨간 각인을 띄운 여자가 내려오던 참이었다. 소리도 없이 지면에 내려선다. 거리는── 10m 정도 떨어져 있을까.

"아무래도 이게 진짜 목적인 듯합니다."

"진짜 목적?"

"예, 녀석들은 함정을 만들어 경로를 한정시킨 겁니다."

니아가 앵무새처럼 반복하며 중얼거렸고, 존은 설명했다. 풋내기인가 싶었는데 제법 한다. 한 방 먹었다는 게 솔직한 감상이다.

"어떻게 하시──."

"저는 가우르 대장의 부하로 니아라고 합니다! 당신들이 포로로 삼고 있는 에라키스 후작을 풀어달라는 교섭을 하러 왔습니다! 부디 이야기를 들어 주세요!!"

니아는 존이 묻는 것보다도 빠르게 외쳤다.

"떠나라! 여기, 우리의 땅!!"

"우리는 교섭을 하러 왔습니다! 부디 이야기를 들어 주세요!!"

"──!!"

여자가 사투리 억양이 심한 말로 소리쳤고, 니아가 지지 않을 세라 맞서 외쳤다. 그러자 여자는 짜증이 난 기색으로 팔을 휘둘렀다. 빨간빛이 공간에 궤적을 그렸다. 빛이 강하게 반짝이고 불꽃이 밀어닥친다. 하지만 불꽃은 니아와 여자의 중간 지점에 쏟아져 내렸다. 경고일 것이다.

"떠나라! 다음, 죽인다!!"

"──!"

여자의 말에 니아는 숨을 삼켰고, 무슨 생각을 했는지 옷을 벗기 시작했다. 상의뿐만 아니라 바지까지다. 팬티 한 장 차림이 되어 양손을 들었다.

"보는 것과 같이 무기는 가지고 있지 않습니다! 그러니 이야기를 들어 주세요!!"

니아는 양손을 들고 여자를 향해 걷기 시작했다. 여자는 멍하게 있다. 존도 같은 기분이다. 설마 팬티 한 장 차림이 될 거라고는 생각지 않았다. 니아가 불꽃 바로 근처까지 다가갔고, 여자는 정신이 들었다. 팔을 번쩍 치켜들었다.

"경고, 했다!!"

말이 채 끝나기 무섭게 팔을 내리쳤다. 빨간빛이 공간에 궤적을 그렸고, 존은 뛰쳐나갔다. 마력을 순환시켜 폭발적으로 가속한다. 니아를 품에 안고 옆으로 뛴 다음 순간, 불꽃이 쏟아져 내렸다. 휴, 하고 안도의 한숨을 내쉬었다. 하마터면 니아가 죽을 뻔한 참이었다.

"이, 이거 놔 주세요! 저한테는 가우르 대장께서 지시하신 일이──."

"됐으니까 도망칩니다!"

존은 니아를 업고는 여자한테 등을 돌리고 도망치기 시작했다.

"전진(轉進)! 전진! 이건 후퇴가 아니다!!"

"""""""""""——!!"""""""""""

존이 외치자 동료들도 몸을 돌려 도망쳤다.

"잠깐만요! 내 오오오오오옷!"

니아가 팔다리를 버둥거렸지만, 존은 아랑곳하지 않고 달렸다. 무심코 미소가 새어 나왔다. 쓸데없는 짓을 했지만, 실로 즐겁다.

※

3일째 아침—— 깡, 깡, 하는 소리에 페이는 눈을 떴다. 목검이나 나무 창을 서로 맞부딪치는 소리다. 동료들이 정원에서 훈련에 힘쓰는 것이다. 에라키스 후작령에서 남변경까지 가는 데는 1개월이 걸린다. 그만큼 훈련하지 않으면 몸과 감은 확실하게 둔해진다. 다들 둔해진 몸과 감을 예리하게 갈고닦고자 필사적으로 훈련하고 있다. 이 소리를 듣고 있으면 얼마나 쿠로노가 흠모받고 있는지 잘 알 수 있다. 그와 동시에, 훈련에 참여하고 싶다는 마음이 솟구쳐 오른다.

페이는 쿠로노의 기사다. 충성을 맹세한 상대가 야만족한테 납치당한 상황에서 태평하게 자고 있을 수는 없는 노릇이다. 이럴 때야말로 충성을 나타내야 하지 않나 생각한다. 하지만 훈련에 참여하고 싶은 마음을 필사적으로 억눌렀다. 지금의 자신은 전에 없을 정도로 피폐하다. 지금 해야만 하는 건 훈련이 아니다. 쿠로노 구출에 대비하여 몸을 완벽한 상태로 갖추는 것이다.

"……몸 상태를 정비하는 것입니다."

페이는 작게 중얼거리고 눈을 감았다. 깡, 깡, 하는 소리가 울렸다. 좋은 소리다. 여느 때와 달리 기합이 들어가 있다. 몸을 뒤척거렸다. 지금은 몸을 쉬어야 한다. 하지만 목검이나 창이 부딪치는 소리를 듣고 있으면 눈이 말똥말똥해지고 기분이 술렁인다. 훈련에 참여하고 있다. 아니, 지금은 몸을 쉬게 할 때다. 쿠로노 구출은 간단히 흘러가지는 않을 터다. 격전이 예상된다. 그때 피로가 남아 있어서야 안 될 일이다.

자야 한다. 평소에는 이불에 들어가면 아침까지 잘 수 있다. 깨어 있어야 할 때 잠들어 버리는 경우는 있어도 그 반대—— 자야 할 때 잠들지 못하는 일은 없었다. 어떻게 하면 좋을까 자문한 그때, 어릴 적의 기억이 되살아났다. 잠들지 못할 때는 염소를 세면 된다. 곧바로 염소를 세었다.

"염소가 한 마리, 염소가 두 마리……."

세 마리, 네 마리 하고 염소 수가 늘어 간다. 좀처럼 잠이 오지 않는다. 한층 더 염소를 세었다. 염소 100마리를 넘고—— 염소 100마리를 키울 수 있는 농가란 얼마나 굉장한 걸까 하고 의문이 샘솟았다. 기억을 더듬어 봤지만, 염소 100마리를 키우는 인물은 떠오르지 않는다. 자기가 기억하지 못하는 것뿐인 듯한 느낌도 들고, 에라키스 후작령에서 염소를 키우는 농가가 적었던 것뿐인 듯한 느낌도 든다. 어느 쪽이건 내심 고개를 갸웃했다.

아니, 지금은 에라키스 후작령의 농가에 관해 생각할 때가 아니다. 자는 거다. 염소를 세고 잠드는 거다. 다시금 염소를 세기 시작했다. 염소가 500마리를 넘겼을 즈음, 똑, 똑, 하는 소리가 들렸다. 문을 두드리는 소리다. 염소 세는 것을 멈추고 몸을 일으켰다.

"들어오시는 것입니다!"

"실례하겠습니다."

페이가 큰 목소리로 말하자, 마이라가 들어왔다. 은색 쟁반을 들고 있다. 그녀는 소리도 없이 다가와 침대 옆 상에 쟁반을 올려놓았다. 쟁반 위에는 도기 주전자와 컵이 실려 있다. 게다가 자극적인 냄새가 난다.

"무슨 일인 것입니까?"

"잠들지 못하여 곤란해하고 있는 듯하셨기에 향차를 가지고 왔습니다."

마이라는 그렇게 말하고 주전자를 손에 쥐고 향차를 컵에 따랐다. 우아한 몸짓이지만, 자극적인 냄새가 강해졌다. 마이라는 부드러운 미소를 띠고 컵을 내밀었다.

"드셔 보시지요."

"……."

페이는 말없이 컵을 바라봤다. 김이 솟아오른다. 자극적인 냄

새가 난다. 위험하다고 생존 본능이 호소하고 있다. 잠시 보고 있
자——.

"드셔 보시지요."

"……."

마이라가 같은 말을 반복했다. 페이는 말없이 컵을 쳐다봤다.
문득 욕탕에서 있었던 일을 떠올렸다. 드셔 보시지요, 라고 말하
고 있지만 자기한테 거부권은 없다. 어쩔 수 없이 컵을 받아 들자
마이라는 침대 옆에 있던 의자에 앉았다.

"자아, 쭈욱."

"…………잘 마시는 것입니다."

페이는 상당히 고민한 끝에 대답했다. 컵을 입가에 가까이 대
자 눈이 아팠다. 정말로 마셔도 괜찮은 걸까. 마이라를 훔쳐봤다.
그러자 그녀는 작게 고개를 끄덕였다. 전혀 신용할 수 없다. 하지
만 인제 와서 사양하겠다고는 말할 수 없다. 결의를 굳히고 한 모
금 마시자, 목이 타는 것처럼 아팠다. 토해낼 뻔했지만, 어찌어찌
다 마셨다. 식도가, 위가 뜨거워진다.

"어떠셨습니까?"

"자, 자극적인 맛인 것입니다."

콜록, 하고 가볍게 사레들리며 대답했다. 내뱉는 숨이 또 자극
적이다.

"이건 무엇인 것입니까?"

"시험 제작 중인 오리지널 블렌드입니다."

마이라는 페이를 바라보며 흠흠, 하고 고개를 끄덕였다.

"언젠가 상품화하고 싶다고 생각하고 있습니다만, 현재로서는 그 영역에 도달하지 못한 듯합니다. 페이 님, 마시기 힘드시다면 남기셔도 상관없습니다."

"죄송한 것입니다."

"아뇨아뇨, 신경 쓰지 마시길."

페이가 컵을 내밀자, 마이라는 손으로 컵을 받아 들고 쟁반 위에 올려놓았다. 그리고 일어서서는 쟁반을 들어 올렸다.

"그러면 느긋하게 양생하여 주십시오."

"마음 씀씀이, 황송한 것입니다."

"실례하겠습니다."

마이라는 공손하게 고개 숙여 인사하고는 방에서 나갔다. 페이는 휴, 하고 숨을 내쉰 뒤 침대에 쓰러졌다. 어쩐지 지치고 말았다. 눈을 감자 수마는 금방 찾아왔다.

※

저녁── 깡, 깡, 하는 소리가 울린다. 레이라는 애써 평정을 가장하며 크로포드 저택 정원을 걸었다. 시선을 움직이자 부하가 목검이나 나무 창을 맞부딪치고 있었다. 이른 아침부터 훈련하고 있는 탓이리라. 움직임이 생기를 잃은 것처럼 보인다.

그 사실에 불만을 느꼈다. 어째서 더 필사적으로 하지 않는 것인가. 어째서 피로 정도로 건성으로 하고 마는 것인가. 쿠로노의 위기다. 팔이 올라가지 않게 될 정도로, 피로로 움직이지 못하게 될 정도로 훈련해야만 하는 것 아닌가, 하고.

짜증을 느끼며 걷고 있자, 스노우의 모습이 눈에 들어왔다. 단검 크기 목검을 한 손에 들고 대련 중이다. 상대는 흑표범 수인——엣지다. 스노우는 스피드와 풋워크로 교란하려 했지만, 피로 때문이리라. 움직임이 둔하다. 더 나아가 상대는 실전 경험자, 게다가 타이가 다음가는 실력자다. 엣지는 최소한의 움직임으로 공격을 피하고 스노우에게 반격했다. 목검이 몸에 맞았고, 스노우는 엉덩방아를 찧었다. 좀처럼 일어서려 하지 않는다.

얼른 일어서서 무기를 쥐세요! 적은 기다려 주지 않아요!! 라고 소리치려 한 그때, 뒤에서 잘그락거리는 소리가 들렸다. 뒤돌아 보니 타이가가 서 있었다. 결의 같은 것을 느끼게 한다.

"슬슬 훈련을 마무리하는 편이 좋겠소이다."

"——!!"

당신은 쿠로노 님을 구출하고 싶지 않은 건가요?! 그런 말이 목까지 치밀어 올랐다.

하지만 레이라는 아슬아슬하게 말을 삼켰다.

"어째서죠?"

"이 이상은 오버 워크이외다."

타이가는 평소보다 낮은 목소리로 말했다. 하다못해 태양이 저물 때까지 훈련해야 하지 않나 생각한다. 하지만 그런 말을 해도 타이가는 수긍하지 않으리라.

"······알겠습니다. 오늘 훈련은 여기까지로 하죠."

"제안을 받아들여 주어서 고맙소이다."

타이가는 고개를 꾸벅 숙인 뒤 부하를 향해 돌아섰다.

"각자들! 이걸로 훈련은 종료되었소이다! 내일 피로가 남지 않
도록 푹 쉬는 것이오! 그러면, 해산하겠소이다!"

타이가가 큰 목소리로 외치자, 부하들은 움직임을 멈췄다. 휴,
하고 숨을 내쉬었다.

"좋아, 꽤 감을 되찾기 시작했어."

"쿠로노 님 구출까지 마무리 지을 수 있을지 걱정인데."

"멍청아, 거긴 기합과 근성으로 커버하는 거라고."

부하들은 그런 말을 나누며 크로포드 저택으로 향했다. 그 모
습에 짜증이 치밀었다.

"다들 열심히 하고 있소이다."

"······알고 있습니다."

타이가가 작게 중얼거렸고, 레이라는 조금 뜸을 두고 대답했
다. 다들 열심히 하고 있다고 말하지만, 더 필사적으로 해야 하는
것 아닌가 하고 생각하고 만다.

"그럼, 소인도 가겠소이다."

"저는 훈련을 하고 나서 돌아가겠습니다."

"알겠소이다. 모쪼록——."

"몸을 움직이고 싶은 기분이에요."

레이라는 타이가의 말을 가로막고 말했다. 무리하지 않도록. 그가 하고 싶은 말은 알고 있다. 하지만 이대로 저택에 돌아가도 몸을 쉴 수는 없으리라.

"……알겠소이다."

"죄송합니다."

"괜찮소이다."

타이가는 엄니를 드러내며 웃었고, 크로포드 저택으로 향했다. 레이라는 한숨을 내쉬고 아무도 없어진 정원을 바라봤다.

※

4일째 밤── 클로드가 밖으로 나오자 텅, 하는 소리가 울렸다. 정면을 똑바로 바라보며 눈을 가늘게 떴다. 시선 끝에서는 레이라가 활 훈련을 하고 있었다. 엘프의 청각은 예리하다. 클로드를 알아차렸을 터이지만, 조금도 돌아보려 하지 않는다. 그만큼 절박한 것이리라.

어깨의 힘을 좀 더 빼라고 조언해 주고 싶었지만, 그런 말로는 레이라를 멈출 수 없을 것이다. 그녀의 세계── 그 중심에 있는 건 쿠로노다. 쿠로노가 있으니까 고상해질 수 있고, 용감해질 수 도 있다. 말하자면 태양이다. 그 태양을 잃으려 하고 있다. 절박해지는 게 당연하다. 레이라가 특수한 게 아니다. 누구든 자기 안에 태양을 가지고 있다. 사랑하는 사람이거나, 신이거나, 국가거나—— 자신을 지탱하는 무언가를 품고 살아간다.

나의 태양은 뭘까, 하고 머리를 긁적이며 구 크로포드 저택으로 향했다. 젊었을 적이었다면 폭력이라고 바로 대답했을 것이다. 강한 힘을 써먹기 위해 용병이 되었다. 그걸 생각하면 폭력이어도 이상하지는 않지만——.

"……아무래도 다른 느낌이 든단 말이지."

클로드는 작게 중얼거리고는 구 크로포드 저택 앞에서 멈춰 섰다. 문은 투박한 자물쇠로 잠겨 있다. 자물쇠를 열고 안에 들어가, 얼굴을 찌푸렸다. 먼지투성이다. 연 1회 청소로는 부족한 모양이다.

"빛이여."

클로드는 천장을 올려다보며 말했다. 천장에 설치한 조명용 매직 아이템이 희미하게 빛났다. 수명이 얼마 남지 않은 것이다. 발밑에 주의하며 이동했다. 방 한구석에서 한쪽 무릎을 꿇고 바닥나무판을 들어 올렸다. 바닥 밑에 있던 건 커다란 상자다. 끌어올려 뚜껑을 여니 흠집투성이 갑옷이 모습을 드러냈다.

더는 쓸 일은 없다고 생각했는데 말이지, 하고 쓴웃음을 지은 그때, 뒤에서 삐걱거리는 듯한 소리가 울렸다. 뒤돌아보니 마이라가 서 있었다. 일부러 소리를 낸 것이리라. 무슨 말을 들을 거라 생각했는데, 말없이 이쪽을 보고 있다.

"……뭔가 말하라고."

"싸울 생각이십니까?"

"아들이 붙잡혀 있는데 보고만 있을 수는 없잖아."

"……."

질문에 대답했지만, 마이라는 말이 없다. 묵묵히 클로드를 보고 있다. 거북하다.

"걱정하지 말라고. 이래 보여도 젊었을 적에는 살육자(슬러티)라고 불렸어. 공백기가 좀 있지만 약해진 야만족 따위한테 뒤처지지는 않아."

"주인님은 거울을 보고 계십니까?"

"매일 보고 있지."

"그렇습니까."

마이라는 한숨을 섞으며 말했다.

"하고 싶은 말이 있으면 말해. 신경 쓰이잖냐."

"이미 말씀드렸습니다. 아무쪼록 죽음을 서두르지 마시기를."

마이라는 공손하게 고개 숙여 인사하고는 몸을 돌렸다. 나 참, 나는 머리가 나쁘니까 이해할 수 있도록 말하라고. 그렇게 생각하며 클로드는 자기 얼굴을 만졌다.

※

5일째 저녁── 파나가 집무실에 들어가자, 알코르 재상은 서한을 읽고 있었다. 말을 걸어도 헛수고이기에 벽 쪽에 서서 서한을 다 읽는 것을 기다렸다. 잠시 후 알코르 재상은 서한을 책상에

내려놓고, 깊은 한숨을 내쉬었다. 무슨 일이 있었던 것일까. 의문스럽게 느끼고 있자, 알코르 재상이 이쪽으로 시선을 향했다.

"……남변경에서 온 서한이다."

"무슨 말이야?"

"이 서한을 말하는 거다."

그렇게 말하면서 서한에는 눈길도 주지 않는다. 의자 등받이에 몸을 기대고 눈을 감는다.

"그러고 보니 하말 자작 영애가 제도에 왔다는 이야기를 들었는데……."

"그것과는 별건이다. 아니, 완전히 별건인 건 아니지만……. 듣자니 에라키스 후작이 야만족한테 납치당했다는 모양이다."

알코르 재상의 말에 파나는 얼굴을 찌푸렸다. 낌새가 전해진 것일까. 알코르 재상은 한쪽 눈을 떴다. 얼굴을 찌푸리고 있다는 걸 알 터인데, 이유를 물으려고 하지 않는다.

"사람을 부리는 게 험하네. 그렇게나 인재가 없어?"

"나는 아무것도 하지 않았다."

알코르 재상은 발끈한 듯이 말했다.

"그래서, 어쩔 거야?"

"……."

에라키스 후작을 구하기 위해 군을 파견할 생각이 있는지 물었지만, 알코르 재상은 말이 없다. 두 눈을 감고 배 위에서 손깍지를 꼈다. 이대로 잠들어 버리는 것 아닐까 하고 생각하기 시작했을 즈음에 겨우 입을 열었다.

"군은 쉽게 움직일 수 없다."

"지인의 아들이잖아?"

"……."

알코르 재상은 대답하지 않는다. 묵묵히 눈을 감고 있다. 무언의 시간이 흘러간다. 젊었을 때라면 있기 불편하다고 느꼈으리라. 하지만 이제 젊지는 않고, 이런 할아범이라고 생각하면 별로 거북하지는 않다. 한층 시간이 흐르고——.

"할 수 있는 한의 일은 하지. 클로드 경과 에르아 경에게 원망받고 싶지 않으니."

알코르 재상은 변명처럼 말하며 몸을 일으켰다.

※

6일째 낮—— 수는 접시 모양 갈판과 갈돌을 이용하여 신중하게 약초를 갈아 으깼다. 평소라면 좀 더 거칠게 처리하지만, 이번에는 그럴 수는 없다. 지금 만드는 약은 한 번밖에 만든 적이 없고, 자칫 잘못하면 자신에게 피해가 미친다. 신중하게, 자신에게 되뇌며 약초를 갈아 으깨고 있자, 뒤에서 빛이 비쳐 들어왔다.

손을 멈추고 어깨 너머로 뒤를 보니 리리가 문을 닫던 참이었다. 그녀는 말없이 화로 오른편에 앉았다. 고민거리가 있는 것이리라. 골똘히 생각에 잠긴 듯한 표정을 짓고 있다. 라라와 싸움이

127

라도 한 것일까. 약을 빨리 만들고 싶지만, 상담에 응하는 것도 주의의 일이다. 어쩔 수 없이 말을 걸었다.

"라라는 뭐 하고 있어?"

"모두와 같이 함정을 만들고 있어요. 제국 사람이 교섭이라 칭하며 찾아오기에, 그 대책이라는 것 같아요. 그렇기는 해도, 얼마나 도움이 될지 알 수 없지만요……."

수의 물음에 리리는 한숨을 섞으며 대답했다. 싸움을 앞두고 예민해진 모양이다. 솔직히 의외였다. 그녀는 라라에 필적하는 전사다. 그런 그녀가 예민해질 거라고는 상상조차 하지 않았다.

"리리는 어떻게 할 거야?"

"……이제 틀렸을지도 모르겠네요."

리리가 나직이 중얼거렸다. 질문에 대한 대답이 아니다. 얼마 전의 자신이라면 그렇지 않다고 부정했으리라. 하지만 지금은 공감에 가까운 마음을 품고 만다. 문득 의문이 솟아올랐다. 리리는 패배를 예감하고 있는 모양이다. 그런데도 도망치려 하지 않는다.

"어째서, 도망치지 않아?"

"저는 루 족의 전사예요. 도망칠 수는 없어요."

리리는 의연한 태도로 대답했다. 바보 같은 것을 묻고 말았다. 멸망이 운명지어져 있다고 해도 이곳은 고향이다. 도망칠 수 있을 리가 없다.

"그런데, 쿠로노 씨는?"

"……."

리리가 떠올린 듯이 물어봤다. 쿠로노가 죽음의 시련을 극복할 수 있다면 싸움을 피할 수 있다고 생각하는 것이리라. 하지만 수는 대답할 수 없다. 대답할 수 있을 리가 없다. 리리는 깊은 한숨을 내쉬고는 일어섰다.

"저도 함정을 만들고 올게요."

"틀렸을지도 모른다고 말했으면서?"

"아주 조금이라도 멸망을 미룰 수 있다면 뭔가가 바뀔지도 몰라요. 설령 쿠로노 씨가 죽음의 시련을 극복하지 못하더라도."

그렇게 말하고, 리리는 약하게 웃었다.

※

7일째 밤── 창백한 빛이 쏟아져 내리고 있다. 달빛이다. ＊＊＊는 지면을 바라봤다. 거기에는 벌레가 있다. 날개가 난 벌레. 수분을 보급하고 있는 것일까. 축축한 흙 위에서 날개를 움직이고 있다. 뭐라고 하는 이름이었을까. 떠올릴 수 없다. 어떻게든 기억해 내려 했다.

"……망가졌나."

목소리가 들려와 고개를 들었다. 그러자 거기에 여자 두 명이 있었다. ＊＊과 ＊다. 기억이 흐릿하게 되살아난다. 그건 언제 일이었을까. 몇 초 전이었던 같은 느낌도 들고, 수백 년 전의 일이었던 것 같은 느낌도 든다.

밤이 밝아 올 즈음, **은 각인을 다 새겼다. 하룻밤 사이의 일이 ***에게는 영겁처럼 느껴졌다. 그만한 격통이었다. 죽을 수 있다면 얼마나 행복했을까. 앞으로의 수십 년과 맞바꾸어도 수지가 맞을 거라는 생각조차 들었다.

하지만 죽음을 바랄 정도의 격통은 시작에 불과했다. 약간의 시간을 두고 각인의 침식이 시작되었다. 각인을 새겼을 때의 고통이 달군 화저를 신경에 처박는 듯한 것이라면, 각인의 침식에 의한 고통은 새빨갛게 달궈진 강철제 벌레가 무리를 이루어 신경을 마구 파먹는 듯한 것이었다.

도저히 의식을 유지할 수 없다. *** · ****라는 의식을 구축하는 요소가 뿔뿔이 흩어지고 오감이 의미를 잃었다. 이 상태가 계속된다면 그나마 다행이었을 것이다. 하지만 그렇게는 되지 않았다. 각인의 침식에는 파(波)가 있었던 것이다.

맨 처음에는 즐거운 것을 생각하고자 했다. 그렇게 하면 고통을 극복할 수 있으리라고 생각한 것이다. 불가능했다. 당연하다. 각인이 새겨졌을 때조차 앞으로의 수십 년과 맞바꾸어서라도 고통에서 벗어나고 싶다고 생각한 것이다. 약간 즐거운 것을 생각한 정도로 극복할 수 있을 리가 없다. 그런 간단한 것을 깨닫지 못하게 되어 있었다.

다음으로 ***를 생각하려고 했다. 처음 얼마간은 잘 풀렸다. 하지만 문득 깨닫고 보니 ***를 미워하고 있었다. 어째서 자신이 이렇게나 괴로워하고 있는데도 ***는 구해주지 않냐고 엉뚱한 원한을 품고 있었다.

아니, 엉뚱한 원한이라는 생각조차 하고 있지 않았다. 당연하다는 듯이 증오하고 있었다. 그러니 ***를 생각하는 것을 그만뒀다. 필사적으로 머리에서 쫓아냈다. 이내 ***를 잊었다. 그러자 편해졌다.

그래서 ****도, ***도 생각하지 않기로 했다. 더 편해졌다. 여러 가지 것들을 생각하지 않도록 했다. 그리고 깨닫고 보니 *** · ****가 되어야만 한다는 것도, *** ****였다는 것도 잊고 있었다.

*를 쳐다봤다. 그녀한테 사과해야만 한다. 언제였던가 그녀를 심하게 욕했다. 아프고 괴로워서 자기 생각밖에 할 수 없었다. 그래서 사과하고 싶었다. 하지만 말이 나오지 않는다. **도, *****도 잊고 말았다. 입을 어떻게 움직이면 좋은지도 알 수 없다.

"7일 동안 잘 버텼다. 하지만, 이제 참지 않아도 좋다."

**이 다정하게 말을 건넸다. 어쩐지 기쁘다.

"곧 마지막 침식이 시작된다. 그 고통은 지금까지의 것과는 비할 바가 못 된다. 아마도 지금의 너한테는 불필요하겠지만……."

**이 눈짓하자 *가 이쪽으로 다가왔다. *가 손을 내밀었다. 손바닥에는 환약 같은 것이 있었다. 이걸 삼키라는 말일까.

"독이다. 마지막 침식이 시작되면 마시는 게──."

**은 끝까지 말하지 못했다. 각인이 강하게 빛난 것이다. 고

통이, 열이 밀어닥친다. 사고가 푹석푹석 무너져 내린다. 이젠 아무것도 알 수 없다. 다만, 독을 마시면 끝낼 수 있다는 건 알았다. 새끼줄을 억지로 잡아 뜯었다. 살점도 떨어져 나갔지만, 아무래도 좋다. 빨리, 빨리빨리빨리빨리 이 고통을 끝내고 싶었다.

"──!!"

*가 독을 지면에 떨어뜨렸다. 개처럼 엎드려 독을 삼켰다. 그때, 가슴에서 뭔가 흔들렸다. 엄니로 만들어진 목걸이다. 누구의 엄니일까. 뻔하다. ***의 엄니다. 작별할 때 유품으로 건네받았다. 그의 최후를 기억한다. 적의 공격을 혼자 몸으로 받아내며 적 지휘관을 향해 돌진했다. 그런데도 이름을 기억해 낼 수 없다.

아아, 젠장! 누구의 엄니지. 결코 잊어서는 안 되는 것이었는데. 적 기병의 공격에 머리가 날아간 **, 눈을 뜬 채 죽은 ***── 제기랄, 제기랄! 이름, 이름이다. 기억을 뒤졌다. 아니, 필사적으로 끌어당겼다. 자신을 그러모아── 쿠로노는 구토했다. 위액과 함께 독을 토해냈다.

족장과 수가 놀란 것처럼 눈을 휘둥그레 떴다. 각인이 한층 강하게 빛났다. 고통과 열이 증가했다. 쿠로노는 이를 악물고 버텼다. 하지만 그걸로는 부족하여 머리를 쥐어뜯었다. 아프다, 괴롭다. 자신을 내팽개치고 싶어진다. 목숨과 맞바꾸어 편해지고 싶다고 바랄 것 같아진다. 하지만──.

"싫어!"

쿠로노는 외쳤다. 지면에 머리를 부딪치고, 그 고통으로 자신

을 붙들어 맨다. 죽음을, 망각을 거절한다. 이제 두 번 다시 모두의 이름을 잊지 않는다. 하고 싶은 일이 있다. 해야만 하는 일이 있다. 아무리 꼴사나워도, 아무리 추레해도 살아야만 한다. 스스로 목숨을 내팽개쳐 버렸다간 뭘 위해서 부하들이 죽어 갔는지 알 수 없게 된다.

"레오! 호르스!! 리저드!!!"

쿠로노는 목걸이를 꽉 쥐었다. 엄니가 손에 파고들어 피가 흘렀다.

※

8일째 아침── 마이라는 걸으면서 시선을 이리저리 움직였다. 급거 알레오스 산지 기슭에 설치된 전선 기지에는 4,000명을 넘는 병사── 남변경에 주둔하는 제국군 3,700명, 각 영지의 자경단원 400명, 쿠로노의 부하 55명이 정연히 늘어서 있다. 특히 쿠로노의 부하는 사기가 높다. 멀리서 보고 있는 것만으로도 팽팽하게 곤두선 분위기가 전해져 온다. 명령이 내려지면 발사된 화살처럼 알레오스 산지에 돌진하리라. 그만큼 쿠로노를 소중히 생각하는 것이다. 아마도 그건 클로드도, 가우르도 마찬가지일 터다. 두 사람은 협력하여 4,000명을 넘는 병사를 이곳에 모았다. 그것만으로도 두 사람이 진심임을 알 수 있다.

자신에게 쿠로노는 어떤 가치를 지니는가, 하고 마이라는 자문했다. 쿠로노와는 4년 남짓 알고 지낸 사이가 된다. 그가 다리를 접질린 클로드(마이라는 클로드가 연기하고 있었던 게 아닌가 의심하고 있지만)를 데리고 돌아왔을 때는 감사했다. 그 나름대로 다. 얼마간의 사례를 건네고 인연을 끊을 생각이었다. 집안 관리인을 맡는 오르트도 같은 의견이었다. 아마도 클로드도 같은 의견이었을 터다. 의견을 달리했던 건 지금은 죽고 없는 에르아뿐이었다.

재정 사정에 여유가 있었기도 해서 마이라를 비롯한 사람들은 의견을 굽혔다. 결과적으로 말하면 자신들은 옳은 선택을 했다고 생각한다. 쿠로노는 에르아의 마음을 구원했다. 그녀의 마음을 구원함으로써 마이라나 다른 사람들도 구원해 준 것이다. 인제 와서 새삼스럽지만 생각한다. 그녀는 태양이었다고.

"……그 글러 먹은 인간이 훌륭한 수컷으로 성장했군요."

그 정도라면 즐길 수 있을 것 같다. 자기가 즐기기 전에 죽어 버리면 참을 수 없다. 게다가 쿠로노가 죽으면 후계자가 없어진다. 제국은 크로포드 남작령을 접수하려 할 것이다. 용납할 수는 없는 노릇이다. 즉, 자신에게도 쿠로노는 중요하다는 것이다. 그런 생각을 하며 천막 안으로 들어갔다. 천막 안에는 클로드가 있었다. 지난날의 장비를 걸친 클로드는 한기가 들 정도의 살기를 몸에 두르고 있었다.

하지만 이 상태라면 마이라가 지적한 것에 대해서는 눈치채지 못했을 것이 분명하다. 작게 한숨을 내쉬었다. 어쩔 수 없다. 기합을 넣고 싸우기로 하자.

"……뭐지?"

"슬슬 시간일까 하고."

아아, 하고 클로드는 짧게 대답하고 밖으로 나갔다. 그때——.

"야만족이 왔다!"

"뭔가를 업고 있어!"

"사람이다! 사람을 운반해 왔다!"

병사들이 소리쳤다. 클로드가 튕겨 나가는 것처럼 뛰어나갔고, 마이라는 뒤를 쫓았다. 전선 기지 밖으로 나오자 야만족 여자들이 강을 건너 이쪽으로 다가오던 참이었다. 선두에 서 있는 건 머리카락이 긴 여자다. 그 뒤에 네 명의 여자가 뒤따랐다. 여자 네 명은 들것을 운반하고 있었다. 맨 뒤에는 머리카락이 짧은 소녀가 있었다. 머리카락이 긴 여자가 멈춰 섰다. 하지만 들것을 운반하는 여자들은 멈추지 않았다. 10m 정도 나아가 들것을 지면에 내려놓았다. 그러고 나서 머리카락이 긴 여자가 있는 곳으로 되돌아갔다.

들것 위에 쿠로노가 있었다. 쉬어 버린 듯한 냄새, 바지에는 얼룩이 있고, 이마는 찢어져 말라 버린 이파리 색깔 혈흔이 얼굴을 더럽히고 있었다. 클로드는 쿠로노에게 달려가 무너져 내리는 것처럼 무릎을 꿇고 앉았다. 떨리는 손으로 쿠로노를 안아 올렸다. 역시, 하고 마이라는 생각했다. 살육자라 불렸을 무렵의 클로드였다면 쿠로노를 거들떠보지도 않고 야만족을 베고자 달려들었을 것이다.

"오, 오오——!!"

클로드는 통곡했다. 그건 단 한 명의 아들을 잃은 아버지의 모습이었다. 살육자는 더는 없다. 그리고 무음살인술의 마이라도. 싸울 수 있는 시기는 한참 전에 끝나고 말았다.

하지만 그건 싸우지 않는다는 의미가 아니다. 클로드가 머리카락이 긴 여자를 노려봤다.

"나의, 우리의 아들을 잘도!"

클로드가 일어서서 검을 뽑았다. 그때, 쿠로노의 부하가 따라붙었다. 레이라가 화살을 메기자, 그에 호응하는 것처럼 다른 멤버도 무기를 들었다. 마이라는 시야 한구석에서 가우르의 모습을 포착했다. 이쪽으로 달려오고 있다. 사이에 끼어들어 싸움을 멈출 생각일까. 만약 그럴 생각이라면 유감이라고밖에 말할 방도가 없다. 자신들은 어지간한 일로는 멈출 수 없고, 그 자신이 움직일 계기가 될지도 모르기 때문이다. 그때——.

"……으음."

희미한 목소리가 들렸다. 클로드가 정신이 번쩍 든 것처럼 시선을 내렸다. 그러자 쿠로노가 귀찮은 듯이 눈을 뜨고 있었다. 카랑, 하는 소리가 울렸다. 클로드가 검을 떨어뜨린 것이다. 재차 무릎을 꿇고 앉아 눈물을 흘렸다.

"살아, 살아 있었던 거냐."

"아버지, 부축 좀 해줘."

그래, 하고 클로드는 고개를 끄덕이고 쿠로노를 일으켜 세웠다. 매달려 있는 듯한 상태지만, 그러지 않으면 설 수 없는 것이리라. 가우르가 그제야 도착했다. 곤혹스러워하고 있는 것 같지만, 현재 상황을 이해하고 있는 듯 잠자코 있다.

　"다들, 무기를 거둬."

　쿠로노가 말하자 그의 부하는 일제히 무기를 거뒀다. 머리카락이 긴 여자한테 시선을 향했다.

　"족장, 약속을 지켜."

　"손가락 자국이 남을 정도로 가슴을 주무르겠다, 였던가?"

　머리카락이 긴 여자가 흥, 하고—— 콧방귀를 끼었다.

　"물론, 그것도 중요하지만——."

　"알고 있다."

　족장은 한숨을 섞으며 말하고는 발을 내디뎠다. 쿠로노와 여자들 사이에서 멈춰 서서——.

　"들어라! 침략자의 후예들!!"

　큰 목소리로 외쳤다. 주변이 쥐 죽은 듯 조용해졌다.

　"우리—— 루 족은 죽음의 시련을 극복한 용사 쿠로노의 말을 받아들여, 제국과 함께 걷는 길을 선택했다! 하지만 이건 패배가 아니다! 우리는 복속도, 예속도 하지 않는다! 함께 살아가는 길을 모색하는 것뿐이다!"

　족장은 쿠로노를 쳐다봤다.

　"이걸로 됐나?"

"왜 싸움을 거는 듯한 말투야?"

"패배한 게 아니라고 말했을 뿐이다."

쿠로노가 되묻자, 족장은 발끈한 듯이 말했다. 하핫, 하고 가우르가 웃었다.

"네 녀석이라는 남자는……."

"걱정시켜서, 미안."

"정말이지 그 말대로다. 하지만, 무사해서 다행이군."

"이 꼴이 무사해 보여?"

"그야 약간 지치긴 했겠지만……."

족장은 쿠로노를 향해 가죽 주머니를 던졌다.

"우리는 이만 돌아가겠다. 이걸 받아라."

잡으려 했지만, 팔이 살짝 떨렸을 뿐이었다. 대신 클로드가 잡았다.

"뭐야, 이건?"

"진통제다. 불에 태워서 써라."

흥, 하고 족장은 콧방귀를 끼는 듯한 소리를 내고는 몸을 돌렸고, 알레오스 산지를 향해 걷기 시작했다.

"잠깐, 기다려라!"

"뭐지?"

가우르가 외쳤고, 족장은 멈춰 섰다. 성가신 듯이 시선을 향했다.

"어떻게 함께 살아갈 것인지 아직 협의가 끝나지 않았다."

"우리와 할 이야기가 있다면 너희들이 그곳으로 와라. 그것이

예의라는 거다."

"으음, 알았다. 그러도록 하지."

가우르가 신음하듯이 말했고, 족장은 다시 걷기 시작했다. 그
녀를 따라 여자들이 걸음을 내디뎠다. 마이라는 하늘을 올려다봤
다. 하늘은 지긋지긋할 정도로 맑게 개어 있었다. 휴, 하고 한숨
을 내쉬었다. 끝난 거다, 라고 왠지 모르게 느꼈다.

제국력 431년 7월 중순── 길이 산 정상까지 이어져 있다. 사람이 간신히 엇갈려 지나갈 정도의 좁은 길이다. 게다가 길옆은 급경사면이다. 길을 잘못 디디면 실족하고, 도중에 멈추지 않으면 바위에 강하게 부딪히게 되리라. 좁을 뿐만 아니라 위험한 길이다. 그 대신 조망은 최고다. 푸른빛이 감도는 풍경은 어쩐지 두려우면서도 아름답다.

가우르가 쾌청한 기분으로 걷고 있자, 뒤에서 신음 같은 소리가 들렸다. 짐승이 끙끙거리는 소리인가. 아니. 다르다. 멈춰 서서 뒤돌아보니 니아가 구부정한 자세로 걷고 있었다. 짐은 짊어지고 있지 않다. 그런데도 당장이라도 죽을 것 같은 표정으로 신음하고 있다. 그래도 앞은 보이는 것이리라. 가우르 앞에서 멈춰섰다.

"왜 그러지? 당장이라도 죽을 것 같은 얼굴이군?"

"……가우르 대장님, 돌아가요."

니아는 몹시 맥 빠진 목소리로 말했다. 또인가, 하고 가우르는 넌더리가 난 기분으로 한숨을 내쉬었다. 입을 열면 '돌아가요' 소리를 한다. 달리 할 말은 없는 것일까.

"알겠나, 니아? 이건 중요한 임무다. 우리 하기에 따라서는 제국과 루 족의 미래가 결정된다. 그러니 우는소리를 늘어놓지 마라."

"그건 알고 있지만요……."

니아는 우물우물 중얼거렸다.

"알고 있다면 뭐가 문제지? 교섭으로 몇 번이나 다니지 않았나."

"에라키스 후작이 고문당해서 빈사 상태로 돌아온 게 문제예요!"

"고문? 누구한테 들은 거냐?"

"다들 그렇게 얘기한다고요!"

가우르가 묻자, 니아는 큰 목소리로 대답했다. 용감하게 교섭 역할을 맡았다는 이야기를 듣고 제법 한다고 생각했는데, 소문 이야기를 듣고 완전히 겁먹어 버린 모양이다. 그리고 보니 아직 한 번도 쿠로노한테 병문안을 가지 않았다. 클로드에 의하면 순조롭게 회복하고 있다는 듯하니 루 족과의 교섭이 끝나면 문안하러 가도록 하자.

"애초에 어째서 저인가요? 저 같은 것보다 세실리 님이 더 적역이에요. 뭐, 아직 제도에서 돌아오지 않았지만요……."

"세실리는 군을 그만뒀다."

예?! 하고 니아는 고개를 들었다. 놀란 듯한 표정을 짓고 있다.

"저기, 가우르 대장님, 귀 상태가 좀……. 그게, 그만뒀다니, 세실리 님이?"

"그 말대로다."

가우르는 대범하게 고개를 끄덕였다. 니아는 멍해졌다.

"어째서요?"

"내가 재차 제도에 서한을 보낸 게 마음에 들지 않았던 모양이다."

"고작 그런 걸로……?"

니아가 얼굴을 찌푸렸다. 가우르도 같은 기분이지만──.

"이미 그만둬 버린 건 어쩔 수 없다."

"그야, 그렇지만요……."

니아가 어깨를 푹 떨궜다. 가우르가 몸을 돌리고──.

"그래서 다음 부관에 네 녀석을 추천했다."

"자연스럽게 엄청난 말을 하지 않았나요?"

나직이 중얼거리고는 걷기 시작하자, 니아가 쫓아왔다.

"아니, 아무 말도 안 했다만?"

"다음 부관으로는 절 추천했다고 하셨어요."

"그게 뭐 어쨌다는 거지?"

"어째서 절 고르신 거죠? 저보다 걸맞은 사람들이 잔뜩 있잖아요. 그 왜, 용병대 사람들이라든가. 다들 귀족이고──."

니아는 자기가 얼마나 부관에 어울리지 않는지를 막힘없이 이야기했다. 가우르는 니아의 말을 반쯤 흘려들으며 산 정상을 향했다. 좋은 날씨다. 그런 생각을 하고 있자, 누군가가 당기는 느낌이 들었다. 무슨 일인가 싶어 멈춰 서서 어깨 너머로 뒤를 봤다. 그러자 니아가 짐을 붙잡고 있었다.

"위험하다. 손을 놔라."

"가우르 대장님이 제 말을 들어 주시면 놓을게요."

"듣고 있었다."

"흘려듣고 있잖아요!"

역시나 상가의 삼남이라고 해야 할까. 내 상태를 빈틈없이 파악하고 있었던 모양이다.

"알았다. 설명하지. 그러니까 손을 놔라."

"약속이에요."

"알고 있다."

니아가 손을 놓았고, 가우르는 한숨을 쉬고 니아 쪽을 향해 돌아섰다.

"뭐부터 이야기하면 되지?"

"어째서 절 부관으로 추천하신 건가요?"

흠, 하고 가우르는 팔짱을 꼈다. 네 녀석이 적역이기 때문이라고 말해도 납득하지 않을 게 분명하다.

귀찮지만, 순서대로 설명하자.

"일단 이건 기밀이다만……. 알코르 재상한테 쿠로노 경이 루족을 설득했다고 보고했더니, 알레오스 산지 정상에 요새를 세우도록 명령받았다."

"어째서 이런 곳에 요새를 세우는 거죠? 보급은 어떻게 하려고요?"

"남쪽의—— 드라드 왕국과 전쟁이 일어났을 때를 대비해서다. 이번 건으로 네 녀석도 실감했겠지만, 우리 군은 즉응성에 난점이 있다. 요새를 쌓아 두지 않으면 쉽게 뚫려서 적이 교두보를 쌓아 버리겠지."

니아는 멍하게 있다. 심정은 이해한다. 적대 관계가 아닌 나라와의 전쟁을 상정하다니 이해의 범주 밖일 것이다. 하지만 위에 선 자는 그걸 생각해야만 한다.

"설마, 가우르 대장님은 그걸 위해서?"

"음, 뭐, 그렇지."

니아가 눈을 반짝반짝 빛내며 말했고, 가우르는 약간 허세를 부렸다. 아버지한테 실력을 인정받고 싶어서, 라고 사실대로 말하는 건 창피하다.

"알레오스 산지 요새는 내 대대—— 주둔군이 지킨다만, 그 점을 설명했더니 기병들이 그만두겠다는 말을 꺼냈다. 아무래도 말을 탈 수 없게 되는 게 싫은 모양이다."

"저기, 세실리 님도 그렇지만, 조금 더 만류하려는 노력을⋯⋯."

"네 녀석이 하고 싶은 말은 안다. 하지만 싫다고 하는 사람을 붙들고 말려도 별수 없지."

가우르는 어깨 너머로 산 정상을 바라봤다. 문득 라라를 떠올렸다. 그녀와의 싸움은 즐거웠다. 하지만 제국과 루 족은 융화의 길을 걷기 시작했다. 자웅을 겨룰 기회는 돌아오지 않으리라. 아니, 돌아오지 않도록 해야만 한다.

"이제부터는 루 족과 사이좋게 지내야 하니까 말이다."

"——!!"

가우르가 나직이 중얼거리자 니아가 숨을 삼켰다. 니아 쪽을 향해 뒤돌아섰다. 그러자 니아는 감격한 듯한 표정을 띠고 있었다.

신에게 기도를 올리는 것만 같이 손깍지를 끼고 있다.

"가우르 대장님은 루 족을 위해 세실리 님을 비롯한 사람들을 만류하지 않았던 거군요?!"

응? 하고 가우르는 내심 고개를 갸웃했다. 세실리는 만류할 틈도 없었고, 기병은 지금 시점에서 불평을 제기하고 있기에 설득해도 또 불평할 거라는 생각에 만류하지 않았던 것뿐인데——.

"그 말대로다."

"가우르 님, 정말로 자비가 깊으시군요."

"자비라는 말을 쓰지 마라. 제국과 루 족은 함께 걷는 사이라고."

"넵! 죄송합니다!!"

니아는 등을 쭉 펴고 말했다. 눈을 반짝이고 있다. 착각하고 있는 것 같지만, 오히려 형편이 좋나. 가우르는 니아의 어깨에 손을 올려놓았다.

"니아, 네 녀석은 내가 기대한 남자다. 네 녀석이라면 부관 임무에 견딜 수 있으리라고 믿고 있다."

"——!!"

니아는 숨을 삼켰다. 사실은 비교적 가벼운 느낌으로—— 군량 관리를 시키고 있고, 교섭 역할도 시켰으니까, 그냥 나머지도 니아를 시키면 되지 않을까 하는 느낌으로 결정한 것이지만, 잠자코 있었다. 세상에는 비밀로 해 두는 편이 좋은 일도 있는 것이다. 니아의 어깨에서 손을 뗐다.

"대답은 어떻게 됐지?"

"넵! 분골쇄신, 노력하겠습니다!!"

니아는 경례하며 말했다. 약간 흐트러진 경례다. 언젠가 제대로 된 경례 방법을 가르쳐 주자. 몸을 돌려 산 정상을 향해 걷기 시작했다. 한동안은 순조롭게 나아가고 있었지만, 하아~, 하아~, 하는 소리가 들려왔다. 호흡 소리다. 물론 가우르의 것이 아니다. 그렇다면 답은 정해져 있다. 니아다.

"괜찮나?"

"괘, 괜찮습니다."

보조를 늦추고 묻자, 니아는 숨을 헐떡거리며 대답했다. 도저히 괜찮은 것처럼 들리지는 않는다. 어딘가에 쉴 장소는 없을까, 하고 눈을 가늘게 떴다. 다행이라고 해야 할지, 조금 더 나아가면 길폭이 넓어진다. 저곳이라면 쉴 수 있을 것 같다.

"저기서 쉰다."

"네, 넵."

평소라면 강한 척하겠지만, 어지간히 힘든 것이리라. 니아는 순순히 따랐다. 뒤에 있는 니아한테 신경을 쓰며 길을 나아가, 길폭이 넓어진 장소에 도착했다.

"좋아, 휴식이다."

"네에~."

가우르가 뒤돌며 말하자, 니아는 주저앉았다. 가우르는 허리에 매단 수통을 내밀었다. 니아는 망설이는 듯한 기색을 보였지만, 수통을 받아서 들었다. 조심스럽게 입을 댄다. 가우르는 짐을 내리고 하늘을 올려다봤다. 태양은 중천에 접어들려는 위치에 있다. 꼬르륵, 하고 배에서 소리가 났다. 그러고 보니 밤이 밝아 올 즈음에 주둔지를 나오고 나서 아무것도 먹지 않았다.

"식사를 하겠다."

"저기, 지금, 그다지 식욕이……."

"식욕이 없어도 먹어 둬라. 여차할 때 버티지 못한다."

가우르는 빵과 말린 고기를 니아에게 건넸다. 니아는 난처한 듯한 표정을 띠고 있었지만, 지면에 앉아 말린 고기를 입에 물었다. 가우르도 지면에 앉아 빵을 베어 물었다. 평소보다 맛있게 느껴지지만, 베일리 상회에 당한 건을 떠올리면 복잡한 기분이 든다. 문득 의문이 솟아올랐다. 그건——.

"베일리 상회가 추가 요금을 청구할 거라고 생각하나?"

"으응? 우물우물……."

가우르가 의문을 입 밖에 꺼내자, 니아는 빵을 입에 문 채 시선을 향했다. 식욕이 없다고 말했던 주제에, 라는 생각이 안 드는 것도 아니다.

"삼키고 나서 말해라."

"감하합니하."

니아는 빵을 삼키고 수통에 입을 댔다. 목이 꿀꺽꿀꺽 움직였고——.

"무슨 말인가요?"

"요새까지 군량을 옮기게 했을 경우, 베일리 상회가 추가 요금을 청구하겠는가?"

"당연히 청구할 겁니다."

"당연한가."

가우르는 얼굴을 찌푸렸다. 얼마나 부정을 저질러 왔는지 알수 없지만, 부당하게 얻은 이익을 환원해도 벌을 받지는 않을 터인데──.

"그 비용을 절약하고 싶다면 저희가 옮길 수밖에 없어요……."

니아는 주위를 둘러보고 한숨을 내쉬었다. 말하고자 하는 바는 이해한다. 이들이 짐을 옮긴다고 쳐도 길이 너무 험하다. 실족하여 죽을 수도 있다.

"차라리 길을 정비하는 게──."

"우리는 아직 함께 걷는 길을 모색하는 단계니까, 그건 어렵겠지."

"그렇겠죠."

니아는 재차 한숨을 내쉬었다.

"루 족한테서 식량을 사는 건…… 무리겠네요."

"수렵 채집으로 생활하고 있는 듯하니, 그렇겠지. 애초에 통화의 개념이 통할지 어떨지."

"돈이 없는 세상이라니, 저는 상상도 안 되네요."

"상가 출신이 보기에는 더더욱 그렇겠군."

으음~, 하고 가우르와 니아는 신음했다. 지금은 식량 걱정을 하고 있지만, 사실은 요새를 건설하는 단계부터가 문제다. 이 상태로 요새를 지을 수 있을지 어떨지 불안해진다.

"식량에 관한 건 교섭이 잘 풀리고 나서 생각하겠다."

"천릿길도 한 걸음부터, 로군요."

"그래. 하나하나 쌓아나가자고."

네, 하고 니아는 고개를 끄덕였다. 가벼운 대화를 나누며 식사를 끝내고——.

"자, 슬슬 전진할까."

"네!"

니아가 기운 좋게 대답했다. 가우르는 짐을 짊어지고 턱짓했다.

"여기서부터는 네 녀석이 먼저 가라. 뒤에 있으면 발이 미끄러졌을 때 도울 수 없으니까 말이다."

"네, 넵! 알겠습니다!!"

니아는 고개를 끄덕끄덕하고는 산 정상을 향해 걷기 시작했다.

※

해가 크게 기울기 시작했을 즈음, 가우르와 니아는 정상 부근에 도착했다. 시선을 이리저리 움직였다. 정보가 확실하다면 마을에 내려가기 위한 새끼줄이 있을 터인데——.

"가우르 대장님, 이거 아닐까요?"

"그건 단순한 말뚝이다."

니아가 발밑을 가리켰지만, 그곳에 있던 건 나무 말뚝이다. 줄은 없다. 문득 족장의 말을 떠올렸다. 그녀는 할 말이 있다면 너희들이 오라고 말했다. 그게 예의라고도.

"우리를 시험하려는 모양이군."

"네? 어째서 그런 짓을 하는 거죠?"

"오랫동안 제국과 루 족은 적대했다. 우리가 어디까지 진심인지 가늠하려는 거지."

"과연, 역시나 가우르 대장님이에요."

웃기지도 않는 짓이군. 하지만 죽음의 시련을 견딘 쿠로노를 생각하면 가벼운 편이다. 충분히 조심하면 죽을 일은 없으니까.

"어떻게 하죠?"

"이런 일도 있을까 싶어 줄을 가지고 왔다."

"용의주도하시네요."

"이 정도는 기본이다."

다소 겸연쩍음을 느끼며 짐을 내리고 줄을 꺼냈다. 줄 끝부분을 잡고 아래쪽을 내려다봤다. 구름이 껴 있어 루 족의 집락은 보이지 않는다. 뭐, 쿠로노도 오르내렸다고 하니까, 가우르도 가능할 것이다. 그런 생각을 하고 있자──.

"가우르 대장님, 저는 여기서 기다리고 있어도 될까요?"

"무슨 말을 하는 거냐, 네 녀석은?"

니아가 터무니없는 말을 하여, 가우르는 진지한 얼굴로 지적했다.

"그도 그럴 게, 위험하잖아요."

"고작 이런 줄타기를 못 해서야──."

어쩌겠다는 거냐는 말을 애써 삼키고, 니아를 찬찬히 바라봤다. 여자애처럼 가냘픈 몸이다. 도중에 힘이 다해 줄을 놓칠 것만 같다.

"그럼, 이렇게 하지. 네 녀석한테 줄을 묶고 내가 내려보낸다."

"그거라면 어찌어찌……."

니아는 불안함을 드러내며 고개를 끄덕였다.

"좋아, 손을 들어라. 줄을 묶겠다."

"네!"

니아가 양손을 들었고 가우르는 줄을 묶었다.

"조금 느슨하지 않나요?"

"괜찮다. 날 믿어라."

"아니, 그렇지만──."

"괜찮다."

가우르는 니아의 말을 가로막고 말했다. 확실히 조금 느슨하지만, 꽉 묶는 방법 같은 건 모른다. 아마, 몇 번 다시 한들 마찬가지다.

"네 녀석이 내려가는 걸음에 맞춰서 줄을 내려보내겠다. 밑에 도착하면 줄을 두 번 당겨라."

"…………알겠습니다."

니아는 상당한 틈을 두고 고개를 끄덕였다. 눈동자에서 빛이 사라진 것처럼 보인다. 하지만 신경 쓰고 있어도 별수 없다. 턱짓했다.

"가라."

"놓으시면 안 돼요."

"맡겨 둬라."

니아는 울 것 같은 얼굴로 절벽을 내려가기 시작했다. 가우르는 그에 맞춰서 줄을 내려보냈다. 상당히 가볍다. 이런 정도면 문제없이 내려보낼 수 있으리라. 아니, 예단은 금물이다. 신중하게 줄을 내려보냈다. 갑자기 줄이 가벼워졌다. 밑에 도착한 것일까. 신호를 기다리고 있자, 줄이 두 번 당겨졌다. 무사히 도착한 모양이다.

다음은 가우르 차례다. 무릎을 꿇고 앉아 말뚝에 줄을 매려 했다. 그 순간, 다시 줄이 당겨졌다. 무슨 생각일까. 의아하게 여기고 있자, 꽈악, 꽈악꽈악꽈악 하고 줄이 당겨졌다. 무슨 일이 일어나고 있는지는 알 수 없다. 하지만 심상치 않은 사태가 니아한테 일어나고 있는 모양이다. 설마 습격당한 것일까. 이윽고 줄이 강하게 당겨졌다. 곤란하다. 줄을 빼앗긴다. 이를 악물고 어떻게든 버텼다. 하지만 절벽으로 질질 끌려갔다. 이 무슨 힘인가. 마치 여러 명을 상대로 줄다리기를 하는 것만 같다. 말뚝에 다리를 걸치고 전력으로 저항했다.

하지만 힘은 강해지기만 할 뿐이다. 이대로는 절벽에서 떨어진다. 젠장! 하고 가우르는 악다구니를 내뱉고 줄에서 손을 놓았다. 줄이 절벽 아래로 사라질 때까지 10초도 걸리지 않았다.

"……바로 구하러 가야."

가우르는 일어섰다. 하지만 방금 막 줄을 잃어버린 참이다. 아무리 그래도 맨몸으로 이 절벽을 내려가기는 어렵다. 어떻게 하면 좋나 하고 시선을 이리저리 움직였고, 조금 떨어진 장소에도 말뚝이 꽂혀 있는 걸 알아차렸다. 말뚝에서 무언가가 드리워져 있다. 신중하게 다가갔다. 그건 새끼줄이었다. 나무껍질을 엮어 만든 새끼줄이 말뚝에서 드리워져 있었다. 맙소사. 설마 이렇게나 가까이에 마을로 내려가기 위한 새끼줄이 있었을 줄이야. 피로 때문에 집중력이 저하되어 있었던 게 틀림없다.

"니아, 지금 간다."

가우르는 줄을 붙잡고 천천히 내려갔다. 체력적으로는 문제없다. 문제는 줄이다. 내려갈 때마다 끼익, 끼이익, 삐걱대는 듯한 소리를 내는 것이다. 솔직히 살아도 산 느낌이 들지 않았다. 줄이 끊어져서 추락사 같은 건 너무나도 한심하다. 다행히 줄이 끊어지는 일은 없었다. 무사히 지면── 절벽에서 튀어나온 암반 위에 내려섰다.

"……조그마한 집락이군."

가우르는 주위를 둘러보고는 나직이 중얼거렸다. 규모는 50호 정도, 조잡한 오두막이 늘어서 있다. 차라리 슬럼가가 더 문화적일 것 같다.

"──대장님! 가우르 대장님!!"

갑자기 목소리가 울렸다. 니아의 목소리다. 목소리가 난 쪽을 보니 니아가 이쪽으로 달려오던 참이었다. 뒤에는 여자가 있다. 루 족 여자들이다.

"살려——!!"

도움을 요청하려 한 것이리라. 하지만 마지막까지 다 말하지 못했다. 루 족 여자한테 붙잡힌 것이다. 여자들한테 둘러싸여 이리 치이고 저리 치이고 있다. 평소라면 도와줬겠지만, 어설프게 개입하면 싸움이 될 것 같다. 게다가 이제부터 우호 관계를 쌓으려는 상대한테서 니아를 빼앗아도 괜찮은 걸까 하는 망설임도 있었다.

구해야만 하나 망설이고 있자, 여자가 니아를 안고 뛰쳐나왔다. 녹색 각인이 떠올라 있다. 루 족 여전사 리리다. 그녀는 기뻐 보였지만, 니아는 축 늘어져 있다. 어째서인지 팬티 한 장 차림이 되어 있었다.

아~, 하고 여자들은 아쉬워하는 듯한 목소리를 냈고, 제각기 다른 방향으로 흩어졌다. 다행이다. 이거라면 진정하고 이야기할 수 있을 것 같다. 조용히 다가가자——.

"——!!"

리리는 니아를 안은 채 잽싸게 뒤로 물러났다.

"그 녀석은 내 부하다. 사냥감이 아니야. 놓아주지 않겠나."

"싫어, 이거, 내 거."

리리는 니아를 꽉 껴안은 채 말했다. 가슴이 머리 위에 올라가 있다. 니아가 축 늘어져 있는 탓인지 상당히 중량이 있는 것처럼 보였다. 어쩌면 좋을지 고민하고 있자——.

"뭘 하고 있지."

목소리가 울렸다. 이 목소리는 들은 기억이 있다. 족장의 목소리다. 목소리가 난 쪽을 보니 족장이 가까이 다가오던 참이었다. 그래도 리리는 니아를 놓으려 하지 않았다. 어지간히 마음에 든 것이리라. 족장은 멈춰 서서 리리에게 시선을 향했다.

"그 남—— 아이를 놓아줘라."

"싫어, 이거, 내 거. 이야기, 듣겠어."

"무례가 없도록."

"——! 족장, 감사해!"

족장이 한숨을 섞으며 말하자 리리는 들뜬 목소리로 말하고는 오두막(아마도 그녀의 집이리라)으로 향했다. 가우르는 니아가 오두막에 끌려가는 것을 잠자코 보고 있었다. 족장은 더할 나위 없을 정도로 깊은 한숨을 내쉬고는 가우르를 쳐다봤다.

"제법 늦었군."

"인사가 늦은 것은 사과하지. 우리도 사정이 있다."

"그런가. 뭐, 인사하러 온 것만으로도 그나마 낫군. 따라와라. 여기는 춥다."

족장은 몸을 돌리고 걷기 시작했다. 바람이 불었고 가우르는 몸을 부르르 떨었다. 확실히 춥지만, 이건 장소를 바꾸기 위한 방편이리라. 족장이 멈춰 서서——.

"왜 그러지? 빨리 와라."

"알고 있다."

가우르는 족장 뒤를 쫓았다. 루 족 여자들이 그늘에서 이쪽을 보고 있다. 적의는 느껴지지 않는다. 흥미진진해하는 느낌이다. 적대적인 행동을 취하는 것도 각오하고 있었는데, 이렇게나 선뜻 풀리면 맥이 빠지고 만다. 아니, 하고 머리를 가로저었다. 이건 쿠로노가 목숨을 걸고 얻은 성과다. 이걸 잊으면 안 된다.

앞서가는 족장의 인도를 받으며 도착한 곳은 가죽제 텐트였다. 텐트 앞에는 낯익은 여자가 서 있었다. 루 족 여전사 라라다. 낌새가 변한 걸 깨달은 것이리라. 족장은 멈춰 서더니 어깨 너머로 시선을 보냈다.

"라라를 알고 있는 건가?"

"한 번 겨룬 적이 있다."

족장의 물음에 대답했다. 가능하면 말을 나눠 두고 싶은데——.

"그럼, 인사해 둬라."

"괜찮겠나?"

"상관없다. 인사가 끝나면 텐트에 들어와라."

"감사하지."

흥, 하고 족장은 콧방귀를 끼는 듯한 소리를 내고는 텐트에 들어갔다. 가우르는 라라를 봤다. 손바닥으로 자기 목을 눌렀다. 난감하다. 무슨 말을 하면 좋을지 모르겠다. 싸운 적이 있는 사이임을 생각하면 당연하다는 느낌은 든다. 하지만 이대로 잠자코 있어도 해결되지 않는다. 다가가서, 결의를 굳히고 말을 걸었다.

"오랜만이군."

"——!!"

말을 걸자 라라는 잽싸게 뒤로 뛰어 물러났다. 그 눈동자에는 적의와도 비슷한 빛이 깃들어 있다. 충격은 없었다. 오히려 그 서투른 면에 공감을 느낄 정도다.

"그리 경계하지 마라. 지금의 우리는 적 사이가 아니다."

"너, 나를, 이용하나?"

무슨 말을 하는 거지, 네 녀석은? 하고 가우르는 자기도 모르게 되물을 뻔했다. 아니, 하고 머리를 내저었다. 자신의 상식으로 판단해서는 안 된다. 불과 2주 전까지 적 사이였던 것을 생각하면 이용할 생각으로 말을 걸었다고 여겨져도 어쩔 수 없다.

"오해가 있는 것 같은데, 나는 신뢰 관계를 양성하기 위해——."

"너희들, 거짓말쟁이."

라라는 가우르의 말을 가로막고 말했다.

"나는 거짓말 따위 하지 않는다."

"쿠로노, 나, 흥미 있다, 말했다. 하지만……. 나, 너희, 믿지 않는다!"

라라는 언성을 높이며 그 자리에서 떠나갔다. 쿠로노와 라라 사이에 무슨 일이 있었던 것일까. 캐묻고 싶었지만, 긁어 부스럼이 될 가능성이 있다. 가우르는 멀어져 가는 그녀의 뒷모습을 지켜보는 것밖에 할 수 없었다. 우리는 서로를 이해할 수 있었다. 그럴 터였는데. 그 감각은 환상이었던 것일까. 한숨을 내쉬고 텐트에 들어가자, 족장이 의자에 앉아 기다리고 있었다.

"오래 기다리게 했군. 교섭을 시작하지."

"라라의 목소리가 들렸다만?"

"문제없다."

"……그런가."

족장은 그렇게 말하고는 팔걸이를 받침 삼아 턱을 괴었다. 침묵이 내리깔린다. 왠지 모르게 진정이 되지 않는다. 가우르는 거북한 분위기에 견디지 못하고 입을 열었다.

"라라한테서 너희를 믿지 않는다는 말을 들었다."

"무리도 아니지."

"대체, 무슨 일이 있었던 거지?"

"라라에 관한 건 교섭과 상관없다고 생각한다만?"

족장은 얼버무리는 것처럼 말했다. 큭, 하고 말문이 막혔다. 확실히 상관없지만──.

"나는 루 족과 우호적인 관계를 쌓기 위해 왔다."

"라라 개인을 위해 결단을 뒤집을 생각은 없다."

큭, 하고 가우르는 또다시 말문이 막혔다. 언질을 받아냈다고 기뻐해야만 하리라. 하지만 어째서인지 기뻐할 수가 없었다. 무슨 일이 있었는지 신경 쓰인다. 게다가──.

"……어떠한 왕이건 백성을 소홀히 할 수는 없다."

"그 끝에 있는 것이 멸망이라면 이야기는 달라진다고 생각한다만?"

"불평불만은 최악의 타이밍에 분출하는 법이다. 게다가 이 문제를 방치해서는 우리 관계에 좋지 않겠지."

가우르가 짜증을 느끼며 대답하자, 족장은 유쾌한 듯이 큭큭 웃었다.

"……용사 쿠로노가 라라를 유혹했다."

가우르는 하아? 하고 무심코 되물었다.

"용사 쿠로노가 라라를 유혹했다고 말했다."

"어째서 그런 짓을?"

"우리를 설득하는 데 라라가 방해된다고 생각한 모양이더군."

"쿠로노 경, 대체 무슨 짓을……."

가우르는 신음했다. 신음할 수밖에 없었다. 방해된다면 설득해야지, 정을 이용하다니? 용납할 수 있는 일이 아니다. 후우, 하고 족장이 숨을 내쉬었다.

"그만큼 필사적이었던 거다. 너무 그리 책망하지 마라."

"하지만 제국군 군인으로서, 아니, 귀족으로서 할 행위가 아니다."

"후후, 그런가."

족장은 유쾌한 듯이 웃고는——.

"하지만, 이 건은 너희 문제다. 교섭을 개시하도록 하지."

"……그러지."

가우르는 약간 뜸을 두고 고개를 끄덕였다. 내치는 듯한 말투에 발끈했지만, 이건 상대가 문제 삼지 않겠다고 눈감아주는 것이다. 좋든 싫든 납득할 수밖에 없다.

"우리나라는 알레오스 산지를 루 족의 자치구로 삼을 생각이다."

"흠, 직설적이군."

"에둘러 말하는 건 좋아하지 않거든. 게다가 알코르 재상에게서 호출을 받았다. 그전까지 가능한 한 이야기를 정리해 두고 싶다."

"서두르다가는 일을 망친다."

족장은 어처구니없다는 듯이 말했지만, 가우르는 딱히 교섭 전문가가 아니다. 어설프게 계책을 부리기보다도 정직하게 이야기하는 편이 좋다. 알코르 재상도 그렇게 생각하기에 교섭을 맡긴 것이다.

"자치란 무슨 의미지?"

"알레오스 산지를 루 족의 영지로 인정하겠다는 말이다."

"정말이지 관대한 제안이군."

족장은 비아냥거리는 것처럼 입꼬리를 치켜올렸다.

"그래서, 우리한테 뭘 하라고?"

"요새 건설과 군 주류를 허가해 주었으면 한다."

"바로 2주 전까지 적대했던 상대를 품 안에 들이라고?"

"군 주류에 관해서 말하자면, 어느 영지든 다를 게 없다. 다만, 신참자에 대한 압박은 강하다. 루 족 출신자가 이곳 주류군 책임자가 되는 건 아마 몇십 년이나 후가 될 거다."

"너는 정말로 교섭이 서툴군."

"어쩌겠나. 그게 나인 것을."

족장이 또다시 어처구니없다는 듯이 말했지만, 가우르는 가슴을 폈다.

"요새를 짓겠다고 했는데, 남쪽 녀석들과 싸울 생각인가?"

"그들을 알고 있나?"

"우리는 너희들하고만 싸운 게 아니다."

"그런가……."

가우르는 약간 뜸을 두고 고개를 끄덕였다. 드라드 왕국과 싸운 적이 있다는 건 제국을 배신할 가능성은 작다는 건가. 그런 생각을 했다가, 곧바로 생각을 고쳤다. 잘해 나갈 수 있을지 어떨지는 자기들 하기 나름이다. 애초에 이곳에 그걸 교섭하러 온 것이다.

"그래서, 제안은 어떻지?"

"확실히 나쁘지는 않지만……."

가우르의 말에 족장은 고민하는 듯한 표정을 띠었다. 아마, 연기다.

"우리는 아직 서로를 모른다."

"이제부터 차차 알아 가면 된다."

"흠, 전향적이라 다행이군."

"무슨 생각을 하고 있지?"

"별 대단한 건 아니다."

족장이 씨익 웃었고, 가우르는 얼굴을 찌푸렸다. 안 좋은 예감이 들었다.

　　　　　　　　　　　※

　가우르가 텐트에서 나오자 달이 떠 있었다. 교섭은 잘 풀렸다. 몇 가지 조건을 받아들이게 됐지만, 요새 건설과 군 주류는 인정받았다. 게다가 물자 운반에 관해서도 가망이 섰다.

　"떠나기에는 늦은 시간이다. 오늘은 묵고 가도록 해라."

　뒤에서 목소리가 울렸다. 뒤돌아보니 족장이 의자에 앉아 이쪽을 보고 있었다.

　"말해 두겠지만——."

　"알고 있다. 이건 선의다."

　족장은 가우르의 말을 가로막고 말했다. 거짓말하기는, 하고 마음속으로 내뱉었다.

　"거절해도 상관없지만, 산의 밤은 춥다."

　"야영 준비는 해 왔다."

　"호오, 용의주도하군. 하지만 지금부터라면——."

　"알았다. 호의를 받아들이지."

　이번에는 가우르가 족장의 말을 가로막고 말했다. 확실히 지금부터 야영 준비를 하는 건 위험하다. 그녀의 호의를 받아들일 수밖에 없다.

　"어디로 가면 되지?"

　"빈집이 있다. 라라한테 안내시키지."

　"마음 씀씀이에 감사한다."

"흥, 마음에도 없는 말을."

족장이 콧방귀를 꼈고, 가우르는 위에 짐을 두고 온 걸 떠올렸다.

"왜 그러지?"

"짐을 위에 두고 오고 말았다."

"그쪽은 리리한테 가지러 가게 시키지."

"감사한다."

"일일이 고맙다고 하지 않아도 된다."

족장은 한숨을 내쉬는 것처럼 말하고는 손뼉을 쳐서 소리를 냈다. 그러자 라라가 어둠에서 모습을 드러냈다. 언제부터 대기하고 있었던 것인가. 자기도 모르게 움찔하고 말았다.

"라라, 손님을 빈집에 안내해라. 모쪼록 실수가 없도록."

"……알았다."

족장이 단단히 일러두는 것처럼 말하자, 라라는 뜸을 두고 고개를 끄덕였다. 마지못해서 한다는 느낌이지만, 쿠로노 건을 들은 후라면 타박할 생각이 들지 않는다. 라라가 따라오라고 말하는 것처럼 턱짓하고는 걷기 시작했다. 세 걸음도 채 가기 전에——.

"리리한테 손님의 짐을 가지러 가도록 전해라."

족장이 추가 지시를 내렸다. 라라는 움직임을 딱 멈췄다.

"…………알았다."

"부탁하마."

라라는 족장의 말에 고개를 끄덕이고는 걸음을 내디뎠다. 가우르는 텐트 문을 닫고 뒤를 쫓았다. 저녁 식사 때인 것이리라. 연기가 떠다니고 있다. 훈제라도 된 듯한 기분이다. 문득 라라가 신경 쓰였다. 그녀는 족장한테서 이야기를 들었을까. 들었다고 한다면 지금 무슨 생각을 하고 있을까. 그런 생각을 하다가, 작게 고개를 흔들었다. 지나치게 의식하고 있다. 게다가 가우르는 그녀를 훌륭한 전사라고 생각한다. 우선은 거기서부터 시작해야만 한다.

"……네 녀석을 만나고 싶었다."

"──!!"

가우르가 조용히 말을 걸자, 라라는 몸을 움찔 떨었다.

"아니, 네 녀석과 다시 대결해보고 싶었다."

"……."

라라는 말이 없다. 묵묵히 걷고 있다. 친해질 생각은 없다는 것일까, 그게 아니면 이쪽의 의도를 가늠하지 못하고 있는 것일까. 어느 쪽이든 신경 쓰지 않겠다.

"그때는 방해꾼이 끼어들었으니까."

"……."

역시, 라라는 말이 없다. 하지만 아랑곳하지 않고 가우르는 자기 마음을 입에 담았다.

"네 녀석은 훌륭한 전사다. 내가 이길 거라는 보장은 없지만, 네 녀석을 꺾을 수 있다면 자랑스러운 기분이 들 게 틀림없다."

"──!!"

라라가 멈춰 서서 뒤돌아봤다. 싸움을 거는 듯한 눈매다. 어째서인지 얼굴이 새빨갛다. 몸도 떨리고 있다. 주절주절 너무 많이 떠들었을까.

"너……."

"뭐지?"

"너, 추잡!"

"잠깐 기다려라, 왜 그렇게 되지?"

라라가 언성을 높였고, 가우르는 무심코 되물었다.

"하고 싶다, 끝내준다, 굴복시킨다, 자랑하고 싶다…… 너, 추잡!"

"……."

가우르는 어안이 벙벙해졌다. 하지만 곧바로 어떤 사실을 깨달았다. 족장은 유창하게 말하지만, 라라나 리리는 사투리가 심하다. 잘 알아들을 수 없을 때도 있을 정도다. 반대로 이쪽의 말도 잘 알아듣지 못하는 경우가 있는 것 아닐까 하고. 분명 라라는 알아들은 말—— 해보고 싶다, 훌륭하다, 꺾다, 자랑스럽다를 연결하여 의미를 유추한 게 틀림없다.

"오해다."

"——! 거짓말인가?!"

"아니다! 나는 거짓말 따위 하지 않는다!!"

"변태!"

변태—— 그 말에 가우르는 의외일 정도로 충격을 받았다. 뭐라고 할지, 새파랗게 어린아이한테 매도당한 듯한 기분이다. 라라가 어깨를 씩씩거리며 걷기 시작했다.

"기다려라!"

"나, 간다!"

가우르가 걸음을 내딛자, 라라는 뒤돌아보면서 팔을 휘둘렀다. 가우르의 앞길을 막는 것처럼 불꽃이 뿜어져 올라왔다. 다행히 불꽃은 곧바로 꺼졌지만, 라라는 사라지고 없었다. 이문화 커뮤니케이션은 어렵군, 하고 멍하게 생각했다. 그건 제쳐 두고——.

"……빈집은 어디지."

"뭐, 하고 있어?"

가우르가 나직이 중얼거리자 목소리가 들렸다. 리리의 목소리다. 목소리가 난 쪽을 보니 리리가 서 있었다. 축 늘어진 니아를 안고 있다. 헤어졌을 때는 팬티 한 장 차림이었는데, 지금은 옷을 입고 있다. 아무래도 옷을 돌려받은 모양이다.

"족장한테서 빈집에 묵으라는 말을 들었다만, 안내해주던 라라를 화나게 했다."

"거기, 비었어."

리리가 턱짓하여 집을 가리켰다.

"고맙군. 아아, 그리고 위에 짐을 두고 와 버렸는데……."

"가지러, 갈게."

리리는 고개를 끄덕이고는 녹색 각인을 띄웠다. 몸이 둥실 떠오른다. 니아가 꿈실꿈실 움직였다. 아무래도 같이 가고 싶지 않은 모양이다.

"미안하지만, 니아를 두고 가 주지 않겠나?"

"니아, 내 거."

"날고 있을 때 니아가 날뛰면 위험하다."

"······알았어. 두고 갈게."

리리는 마지못한 느낌으로 손을 놓았다. 니아가 지면에 털썩 주저앉았다.

"나, 갈게."

"잘 부탁한다."

리리는 고개를 끄덕이고는 날아올랐다. 눈 깜짝할 사이에 멀어졌다.

"니아, 설 수 있겠나?"

"··········네."

가우르가 다가가 손을 내밀자 니아는 가우르의 손을 꽉 잡고 일어섰다. 어지간히 가혹한 취급을 받은 것이리라. 휘청휘청하고 있다. 가우르는 니아를 부축하며 빈집 문을 열었다. 처음부터 그럴 생각이었던 것이리라. 화로에는 불이 붙어 있고, 그 주위에는 모피가 놓여 있다. 가우르는 화로 앞에 니아를 앉히고 자신은 그 반대편으로 갔다. 모피 위에 앉아 휴, 하고 한숨을 내쉬었다.

"니아, 괜찮나?"

"괜찮아 보이시나요?"

"괜찮군."

"큭, 남의 일이라 생각하시고!"

가우르의 말에 니아는 분한 듯이 신음했다.

"교섭은 어땠나요?"

"대체로 잘 풀렸다."

"그런가요."

니아는 휴, 하고 한숨을 내쉬고는——.

"제게 뭔가 숨기고 있지 않나요?"

"아무것도 숨기고 있지 않다. 뭐, 몇 가지 조건을 받아들이게 됐지만……."

"숨기고 있잖아요?!"

"그냥 말하지 않았을 것뿐이다."

"억지 논리예요."

니아는 삐친 것처럼 입술을 삐죽 내밀며 말했다. 제법 스스럼 없는 태도를 보이게 되었다. 그 점에 느끼는 바가 없는 건 아니지만, 좋은 변화라 생각하기로 했다.

"그래서, 어떤 조건인가요?"

"곧바로 어떻게 하라는 이야기는 아니다."

"어떤, 조건을, 제시하던가요?"

니아는 몸을 내밀고 땅속에서 울리는 듯한 목소리로 말했다. 원래 목소리가 귀엽기에, 땅속까지 그다지 거리가 멀지 않을 것 같지만——.

"실은——."

"그런 조건을 받아들여도 괜찮은 건가요?"

가우르가 조건에 관해 설명하자 니아는 의아해하는 표정을 띠었다.

"강제할 생각은 없고, 시키지 말라고 전해 뒀다."

"그야 그렇다고요. 하지만, 그렇다면 어째서 그런 조건을 제시한 걸까요?"

"처음에는 관계를 형성하여 부족을 지키려는 건가 생각했지만······."

"아아, 그렇게 생각할 수도 있네요."

니아는 감탄한 것처럼 말했다.

"아마 약속을 지킨다는 보증을 원한 것이겠지. 그리고······."

"그리고?"

"족장은 더는 부족을 유지할 수 없다고 생각하는 거다."

니아가 앵무새처럼 되풀이하며 중얼거렸고, 가우르는 자신의 추측을 입에 담았다.

"어째서인가요?"

"사람 수를 생각하면 알지 않나? 이만큼 줄어들면 부족의 부흥은 사실상 요원하다. 멸망을 피할 수 없다면 하다못해 존재했다는 증거를 남기고 싶다고 생각해도 이상하지는 않아."

"너무 미련이 없는 것 같은 느낌이 드는데요······."

니아는 투덜거리는 것처럼 말했다. 영 납득이 되지 않는 모양이다.

"니아, 카누치를 알고 있나?"

"뜬금없이 뭔가요?"

"질문에 대답해라."

"그야 알고 있어요. 유명한 대장장이 문파잖아요. 상가 관계자가 카누치를 모르면 그건 가짜예요."

니아는 약간 발끈한 듯이 말했다.

"이름의 유래는 알고 있나?"

"평범한 이름이 아닌 건가요?"

"아니다. 카누치란 대장장이를 의미하는 말이라는 모양이다."

"어디 말인가요?"

"그건 모르지만, 나는 제국에 합병된 부족의 말이 아닐까 생각하고 있다. 아마도 카누치의 선조도 남길 수 있는 건 남기고자 생각한 거겠지."

"아아, 그 말을 듣고 보니——!!"

니아는 목소리를 높이며, 번뜩 깨달은 듯한 표정을 띠었다.

"어쩌면, 그것도 같은 맥락이었던 건가요?"

"그거? 아아, 여자들한테 이리 치이고 저리 치였던 건인가."

"어떤가요?"

"아니, 그건 관계없겠지."

"그런가요."

니아는 휴, 하고 안도의 한숨을 내쉬고——.

"하지만, 그런 목적이어도 딱히 괜찮지 않나?"

"괜찮지 않아요! 그런 식으로 희롱당하는 건 더는 싫단 말이에요!"

니아는 엄청나게 험악한 표정으로 말했다. 더는 싫다는 건 비슷한 꼴을 겪은 적이 있다는 건가. 혹시 누군가로부터 도망치기 위해 군에 들어온 것일까. 있을 법하다. 장사를 시작할 자금을 벌기 위해서라는 이유보다는 훨씬 감이 팍 온다.

그때, 털썩하는 소리가 들렸다. 소리가 난 쪽을 봤다. 그러자 문이 열려 있었다. 저절로 열린 게 아니다. 리리가 서 있다. 게다가 슬픈 듯한 표정을 띠고. 아차. 조금 전의 대화가 들리고 만 모양이다.

"……니아, 나, 싫어?"

"아, 아니, 그런 게 아니에요!"

리리가 슬픈 듯이 말하자, 니아는 일어서서 매우 당황한 기색으로 말했다.

"니아, 나, 싫어, 아니야?"

"시, 싫지 않아요."

"좋아?"

"그게…….."

리리가 힐끔 시선을 향하며 말했고, 니아는 말을 머뭇거렸다.

"역시, 싫어?"

"아, 아뇨, 조, 조조, 좋아해요! 그래도, 이런 건──."

"니아, 좋아!"

리리는 니아의 말을 가로막고 말했다. 그뿐만이 아니다. 뛰어

들어와 니아를 부둥켜안은 것이다. 니아는 풍만한 가슴에 얼굴이 파묻혀, 후읍후읍하며 괴로운 듯이 호흡하고 있다. 문 쪽을 보니 짐이 놓여 있었다. 먼저 먹을까, 하고 가우르는 일어섰다.

이른 아침—— 쨱쨱, 하는 소리가 들린다. 작은 새가 지저귀는 소리다. 페이는 몸을 벌떡 일으키고 시선을 이리저리 움직였다. 네 개 있는 침대 중 두 개가 비어 있었다. 레이라와 여주인은 이미 일어난 모양이다. 사람이 있는 침대는 자기 것과 스노우 것이다. 스노우를 깨우지 않도록 침대에서 내려와 군복으로 갈아입었다.

쿠로노가 크로포드 저택으로 돌아오고 2주가 지났다. 순조롭게 회복 중이기는 하지만, 아직 침대에서 일어나지 못하고 있다. 헌신적으로 간호하는 레이라나 여주인, 마이라한테는 미안하지만 아주 약간 안도하는 자신이 있다. 몸을 자유롭게 움직일 수 있었다면 틀림없이 야한 짓을 요구할 것이다. 관계를 맺은 후에 이런 말을 꺼내는 건 면목 없지만, 조금만 더 시간을 들여 스텝 업 하고 싶다. 그건 그렇다 치고——.

"슬슬 대련을 요청해도 괜찮을 무렵인 것입니다."

페이는 나직이 중얼거리고는 주먹을 꽉 쥐었다. 요 2주간, 사부는 바쁘게 움직이고 있었다. 대련해달라는 말을 꺼낼 수 있는 분위기가 아니었다. 하지만 2주라는 건 좋은 단락이 아닐까 하고 생각한다.

"자, 대련을 요청하는 것입니다."

들뜬 기분으로 방을 나섰다. 벌써 아침 식사를 만들기 시작하고 있는 것이리라. 구수한 냄새가 콧구멍을 자극했다. 아침 식사는 뭘까 생각하다가 작게 고개를 흔들었다. 아침 식사는 중요하다. 하지만 사부와 대련하는 건 그 이상으로 중요하다.

"스승님은 어디인 것일까요?"

사부의 모습을 찾아 걸어 다녔다. 한 걸음, 두 걸음── 세 걸음째에 뒤에서 어깨를 붙잡혔다. 무심코 움찔하고 말았다. 약간 들떠 있었다고는 해도, 전혀 기척을 느끼지 못했다. 어떻게 하면 이런 행동이 가능한 것일까.

"페이 님, 뜻하지 않게 마주치는군요."

부드러운 목소리가 울렸다. 들은 적이 있는 목소리다. 땀이 뿜어져 나왔다. 뒤돌아보고 싶지 않다. 이대로 걸어가고 싶다. 하지만 그게 불가능하다는 것도 알고 있었다. 어깨 너머로 뒤를 보자 마이라가 미소를 띠며 서 있었다.

"무, 무무, 무슨 용건인 것입니까?"

"도련님이 무사히 돌아오시고 2주가 지났습니다."

"무, 무사하지는 않은 것입니다?"

"그랬지요. 저도 참, 무심코 깜박하고 있었습니다."

페이가 지적하자 마이라는 쿡쿡 웃었다. 안 좋은 예감이 든다. 도망쳐야 한다. 하지만 그 타이밍을 잡을 수 없다. 어떻게 하면 좋나 자문한 때, 번뜩이는 것이 있었다.

"마이라 님은 쿠로노 님을 간호하지 않아도 괜찮은 것입니까?"

"조금 전에 말씀드렸습니다만, 이미 2주가 지났습니다. 제가 보살펴야 할 시기는 한참 전에 지났습니다."

큭, 하고 페이는 신음했다. 실패였다. 주의를 전혀 돌릴 수 없었다. 이렇게 된 이상은 손을 뿌리치고 도망칠 수밖에 없다. 무릎을 살짝 굽혔다. 아니, 살짝 굽히려는 생각이었다고 해야 할까. 생각했던 것 이상으로 무릎을 굽히고 말았다. 마이라가 손에 힘을 준 것이다. 틀렸다. 이래서는 도망칠 수 없다.

"페이 님, 혹시 도망치려고 하지 않았습니까?"

"그, 그그, 그렇지 않은 것입니다!"

"안심했습니다."

어쩌면 좋지, 하고 페이는 이리저리 생각했다. 기사회생의 한 수는 떠오르지 않는다. 이럴 줄 알았으면 평소 머리를 쓰는 연습을 해둘 걸 그랬다. 하지만 지금은 후회하고 있을 때가 아니다. 기사회생의 한 수가 무리라도 시간을 벌 방법을 생각해야만 할 때다. 시간을 번다── 대화다. 대화로 시간을 버는 것이다.

"그러고 보니──."

"슬슬, 페이 님께서는 약속을 지켜 주셨으면 하여."

마이라는 페이의 말을 가로막고 말했다. 시간을 벌기는커녕 본론이 나오고 말았다. 약속── 메이드 수업을 하라는 것이다. 안 좋은 예감이 적중했다. 설마 이 타이밍에 그 얘기를 꺼낼 거라고는 생각지 않았다. 완전히 방심하고 있었다. 아니, 분명 이쪽이 방심하는 타이밍을 기다리고 있었다. 어쩌지? 하고 자문했다. 답은 나오지 않는다. 대화다. 대화로 시간을 버는 것이다.

"약속이라니 무엇인 것입니까?"

"정말로, 잊고 계신 겁니까?"

페이가 묻자 마이라는 되물었다. 이성은 대화로 시간을 벌어야 한다고 호소하지만, 본능은 순순히 인정해야 한다고 호소하고 있다. 어느 쪽에 따라야 하는가.

"…………메이드 수업인 것입니다."

"기억하고 계신 듯하여 안심했습니다. 만약 페이 님이 잊었다고 말씀하셨다면 저는 그걸 기억해 내주시기 위한 노력을 해야만 하던 참이었습니다."

페이는 상당히 고민한 끝에 본능에 따랐다. 올바른 판단이었던 것이리라. 부드러운 마이라의 목소리에서 공포를 느끼고 있으니까. 갑자기 몸이 가벼워졌다. 마이라가 어깨에 올려뒀던 손을 뗀 것이다. 페이 앞으로 나서서, 어깨 너머로 페이 쪽을 봤다.

"그러면 이쪽으로. 메이드복을 준비하여 두었습니다."

"……네인 것입니다."

페이가 대답하자, 마이라는 걷기 시작했다. 한숨을 내쉬고 뒤를 쫓았다. 복도를 지나 계단을 오르고, 문 앞에서 마이라는 멈춰섰다.

"이쪽이 제 방입니다."

"……실례하는 것입니다."

마이라가 문을 열고 안에 들어갔고 페이도 그 뒤를 따랐다. 방

중앙 부근까지 가서 시선을 움직였다. 메이드이기 때문일까. 마이라의 방은 객실에 비하면 다소 좁았다. 아니, 책상 외에도 다른 테이블이 있다. 그래서 좁게 느껴진 것이다.

"어째서 테이블이 있는 것입니까?"

"향차를 마시기 위해서입니다."

"책상에서 마시면 안 되는 것입니까?"

"당연합니다."

마이라는 그렇게 말하고는 옷장으로 다가갔다. 책상에서 마시면 안 되는 이유는 알려주지 않는 모양이다. 옷장을 열고 메이드복을 찾았다. 지금부터라도 도망칠 수 없을까 생각하고 있자──.

"아아, 여기 있었습니다."

마이라가 말했고 페이는 어깨를 푹 떨궜다. 시간이 다 됐다. 끝장이다. 체념하고 메이드 수업을 끝내는 것에 전념하자. 밝지 않는 밤은 없는 것이다. 그리 생각하니 조금이지만 긍정적인 기분이 들었다. 마이라는 페이에게 다가오더니 침대 위에 메이드복을 내던졌다. 너무한 대응 아닌가 하고 생각했지만──.

"자, 수업 시간입니다. 얼른 갈아입어 주십시오."

마이라는 냉담한 어조로 말했다. 아니, 미세하게 이쪽을 내려다보는 듯한 느낌이 있다. 메이드 수업은 이미 시작되었다는 것인가. 이쪽을 내려다보는 듯한 어조도 일부러 그러는 것임이 분명하다. 정신에 부하를 줘서, 새로운 가치관을 박아 넣을 셈인가. 그렇다면──.

저는 인형인 것입니다, 하고 페이는 스스로에게 되뇌었다. 완벽하게 인형이 됨으로써 정신에 가해지는 부담을 경감하고, 새로운 가치관이 주입되지 않도록 하는 것이다.

"대답이 없습니다만?"

"네인 것입니다."

페이는 약간 뜸을 두고 대답했다.

"그리고 수업 기간에는 저를 교관이라고 불러 주십시오. 아시겠지요?"

"네, 교관님인 것입니다."

페이는 고개를 끄덕였다.

"좋습니다. 그럼, 얼른 메이드복으로 갈아입도록 하세요."

"네, 교관님."

순종적인 태도를 취했기 때문이리라. 마이라는 어딘가 부족한 듯한 어조로 말했다. 페이는 군복을 벗고 메이드복을 손에 쥐었다. 그럴 생각이었는데, 메이드복은 아직 침대 위에 있다. 원피스가 아니었던 것이다. 손에 든 메이드복을 펼쳤고——.

"——!!"

무심코 숨을 삼켰다. 안 된다. 자신은 인형이다. 인형은 놀라거나 하지 않는다. 하지만, 준비된 메이드복은 인형을 인간으로 되돌릴 정도의 임팩트를 가지고 있었다. 시선을 향하자 마이라는 빙긋이 웃었다.

"빨리 환복을 끝마쳐 주십시오."

"큭, 하지만, 이건……."

페이는 신음했다. 신음할 수밖에 없었다.

"메이드가 입으면 그것이 곧 메이드복입니다."

"으그극……."

페이는 메이드복을 펼친 채 신음했다.

※

쿠로노는 침대에 누워 천장을 올려다봤다. 크로포드 저택에 있는 자기 방 천장이다. 연기가 천장 부근을 떠다니고 있다. 화재가 아니다. 족장한테서 받은 약초를 불에 태운 연기다. 이 약초를 불에 태우면 통증이 누그러지고 매우 편안한 기분이 든다. 위험한 풀이면 어쩌나 불안해서 마이라한테 확인했더니, 진통 작용이 있는 일반적인 약초라는 듯하다. 그래도 불안은 씻어낼 수 없다. 부디 의존성이 없기를, 하고 기도하는 나날이다. 손을 들어 천장에 비추었다. 그것만으로도 근육통을 몇 배로 늘린 것 같은 통증이 느껴졌다. 근육의 파열과 염증── 근육이 찢어졌다는 말을 듣고 깜짝 놀라기는 했지만, 안정을 취하고 있으면 한 달 정도로 낫는 듯하다. 마이라는 각인으로 근력을 한계까지 끌어냈기 때문일 거라고 말했는데──.

"……완치되고 나서면 에라키스 후작령에 돌아갈 수 있는 건 9월인가."

"쿠로노 님, 무슨 문제가 있으신가요?"

옆에서 목소리가 울렸다. 통증을 참으며 시선을 옆으로 향하자, 레이라가 의자에 앉아 이쪽을 보고 있었다. 허벅지에 역사 자료집을 올려놓고 있다.

"아니, 아무것도 아니야."

"9월이라고 말씀하셨던 것 같은데요?"

"아아, 응. 야만족이라고 할지, 루 족 문제는 해결됐지만 좀처럼 돌아갈 수 없구나 싶어서."

"지금은 안정을 취하세요."

레이라가 미간을 살짝 찡그리며 말했다. 난처해하는 것 같기도 하고 기뻐하는 것 같기도 한 미묘한 표정이다.

"……9월인가."

쿠로노는 천장을 올려다보며 중얼거렸다. 카도 백작령을 생각했다. 그 무렵에는 항구가 완성되어 있으리라. 그렇게 되면 한층 더 많은 세수를 기대할 수 있다. 어디까지나 기대다. 상인이 항구를 이용해 주지 않으면 적자다. 채산이 맞지 않는다면, 하고 생각하는 것만으로도 위가 아파진다. 하지만 그 이상으로 신경 쓰이는 문제가 있다. 그건―― 9월이 되면 해수욕을 할 수 없다는 점이다.

물론 8월 중에 돌아간다고 해도 해수욕이 현실적이지 않다는 건 알고 있다. 케페우스 제국에는 해수욕 관습이 없는 것이다. 당연하지만 해수욕 관습이 없기에 수영복도 존재하지 않는다. 꿈을 실현하기 위해서는 많은 허들을 넘어야만 한다.

하지만, 그렇기는 하지만, 쿠로노는 해수욕을 하러 가고 싶었다. 헤엄치지 않아도 된다. 올해는 수영복도 참겠다. 꺄아, 꺄아, 우후후, 하며 서로 물을 뿌리고 싶었다. 물에 닿은 옷이 피부에 찰싹 달라붙는 모습을 마음껏 즐기고 싶었다. 리얼충 같은——아니, 귀족으로서 나태하고 퇴폐적이며 찰나적인 쾌락에 몸을 맡기고 싶었다. 문란한 한여름의 경험을 해보고 싶었다. 그런데도 이렇게 천장을 올려다보는 중이다. 괴롭다. 너무 괴롭다. 눈물이 또르륵 흘렀다.

갑자기 오른손에 통증이 느껴졌다. 시선을 내리자, 검은빛이 떠올라 있었다. 각인이다. 각인이 제멋대로 떠오른 것이다.

"——!"

"괜찮아."

레이라가 숨을 삼켰지만, 쿠로노는 평정을 가장하며 말했다. 각인이 손목을 통과하여 팔꿈치로 뻗었다. 통증도 심해지고 있지만, 허둥대서는 안 된다. 심호흡을 반복하며 사라지라고 마음속으로 명령했다. 그러자 각인이 사라졌다.

"봐, 괜찮았지?"

"살아도 산 느낌이 들지 않았어요."

쿠로노가 오른손을 들고 어필하자 레이라는 휴, 하고 안도의 한숨을 내쉬었다.

"언제가 되면 제어할 수 있게 될까요."

"그리 오래 걸리지는 않을 거야."

레이라는 한숨을 섞으며 중얼거렸고, 쿠로노는 낙관적으로 대답했다. 저택에 돌아왔을 즈음에는 전혀 제어하지 못했지만, 지금은 스스로 지울 수 있게 되었다. 이 상태라면 완전히 제어할 수 있는 날도 머지않을 터다. 각인 건은 괜찮다 치고——.

"빨리 내 영지로 돌아가고 싶네."

"조금 전에도 말씀드렸습니다만, 지금은 안정을 취하세요."

네~에, 하고 쿠로노는 맥 빠진 대답을 했다. 레이라는 난감한 듯이 미간을 찡그리고는, 의자에 다시 앉았다. 역사 자료집을 보고 있는 것이리라. 페이지를 넘기는 소리가 울린다. 아직 일본어를 가르치지 않았기에 사진을 보고 있는 것뿐이지만, 그래도 재미있는 모양이다. 페이지를 넘기는 소리가 딱 멈췄다. 뭔가 있었던 걸까.

"왜 그래?"

"아뇨……."

말을 걸자 레이라는 작게 고개를 가로저었다.

"사양하지 않아도 돼."

"하지만……."

"괜찮아."

"그러면 배려에 기대도록 하겠습니다."

레이라가 몸을 내밀고 역사 자료집을 가리켰다. 농기구가 게재된 페이지다.

"이건 무엇일까요?"

"그건 천치(千齒) 벼훑이네."

"천치 벼훑이요?"

"으음 그러니까, 벼를 탈곡하는 도구야. 그 틈새에 벼를 통과시켜서 탈곡하는 거지."

레이라가 앵무새처럼 되풀이하며 중얼거렸고, 쿠로노는 통증을 참으며 몸짓을 섞으며 설명했다.

"벼, 말인가요?"

"쌀을 말하는 건데, 노점에서 본 적 없어?"

"듣고 보니……."

짚이는 데가 있는 것이리라. 레이라는 고개를 끄덕끄덕했다.

"벼는……. 보리랑 비슷하다면 비슷하려나?"

"그러면 보리에도 쓸 수 있는 걸까요?"

"어떠려나?"

쿠로노는 고개를 갸웃했다. 벼훑이는 벼를 탈곡하기 위한 도구라는 이미지가 있는데——.

"돌아가면 골디한테 부탁해서 시험해 볼게."

"저기, 그러려던 셈은……."

"아니, 생산성을 올릴 수 없으려나 하고 생각한 것뿐이니까."

송구스러워하는 듯한 레이라한테 쿠로노는 이유를 설명했다. 보리를 탈곡할 때는 가락홀태라 불리는 두 개의 막대기를 사용한다. 천치 벼훑이를 보리에 쓸 수 있다면 시간을 대폭 절약하게 된다.

그렇게 되면 빈 시간에 다른 일을 할 수 있을 터다.

"……레이라가 있어서 다행이야."

"가, 감사합니다."

레이라는 수줍어하는 듯한 미소를 띠었다. 원래 세계에서는 천치 벼훑이를 쓰지 않게 되었을 테고, 쿠로노도 농업과 연이 없었다. 레이라가 없었다면 천치 벼훑이의 존재를 잊고 있었을 게 분명하다.

"이제 됐어?"

"네, 감사합니다."

레이라는 의자에 다시 앉아 재차 페이지를 넘기기 시작했다. 잠시 후 똑똑, 하는 소리가 울렸다. 문을 두드리는 소리다. 레이라가 의자에서 허리를 띄웠고──.

"자, 자, 실례할게."

레이라가 의자에서 일어서는 것보다도 빠르게 여주인이 쟁반을 들고 들어왔다. 엉덩이로 문을 닫고 그대로 가까이 다가온다. 쿠로노가 통증을 참으며 몸을 일으키자, 여주인은 침대에 앉았다. 그리고 쿠로노의 허벅지 위에 쟁반을 올려놓았다.

"안주인, 쿠로노 님은 다친 사람이에요. 더 상냥하게 대해 주세요."

"그래그래, 다음부터는 그렇게 할게."

레이라는 나무라는 것처럼 말했지만, 여주인은 아랑곳하지 않았다. 쿠로노는 쟁반을 내려다봤다. 거기에는 보리죽이 담긴 그

릇과 숟가락이 있었다.

"또 보리죽인가."

"또 보리죽이라 미안하게 됐네. 그야 나도 더 공들인 요리를 만들고 싶지만, 쿠로노 님의 위장이 약해진 상태라고 하니까 어쩔 수 없이 만들고 있는 거잖아."

"으……. 미안해."

"알면 됐어, 알면."

흥, 하고 여주인은 콧방귀를 끼는 듯한 소리를 내고는 숟가락을 손에 쥐었다.

"혼자서 먹을 수 있어."

"말은 그렇게 하지만, 요전에는 각인이 멋대로 떠올라서 숟가락을 으스러뜨려 버렸잖아."

"한 번뿐이야."

"됐으니까!"

여주인은 언성을 높이고는 숟가락으로 보리죽을 떴다. 그리고 쿠로노의 입가로 옮겼다.

"입 벌려 봐. 아~앙 하는 거야, 아~앙."

"……아~앙."

쿠로노가 입을 벌리자, 여주인은 숟가락을 입에 넣었다. 쿠로노가 입을 다물자 숟가락을 빼내어 다시 보리죽을 떴다. 참으로 익숙한 동작이다. 그건 괜찮은데──.

"레이라 씨, 시선이……."

"뭔가요?"

"아뇨, 아무것도 아닙니다."

시선을 견디다 못해 말을 걸었다. 하지만 뾰로통해진 듯한 레이라 앞에서 굉침(轟沈)했다. 여주인은 이쪽 낌새를 신경 쓰는 기색도 보이지 않고 숟가락으로 보리죽을 떴다.

"죽을 뻔하다 살아난 참이면서, 또~ 너덜너덜해져서 말이야."

"으윽……."

여주인은 숟가락을 입에 밀어 넣고, 쿠로노가 입을 다문 타이밍에 빼냈다. 저택에 돌아오고 나서 줄곧 상냥했는데 이 타이밍에 잔소리를 들을 줄이야. 하다못해 완치될 때까지 다정하게 대해 줬으면 한다.

"좀 더 자신을 소중히 여겨 줘."

"나라고 좋아서 죽을 뻔한 꼴을 겪고 있는 건……. 아니, 아무 것도 아닙니다."

쿠로노는 반론하려다가 입을 다물었다. 여주인이 노려보고 있었기 때문이다. 그것도 눈물이 글썽글썽한 눈으로.

"걱정 끼쳐서, 미안합니다."

"정말로 말이야."

여주인은 투덜투덜 불평하며 보리죽을 쿠로노의 입가로 옮겼다. 물론 하고 싶은 말은 있다. 하지만 여자의 눈물에는 이길 수 없는 것이다.

"자, 아~앙이야, 아~앙."

아~앙, 하고 쿠로노는 여주인의 말에 따라 입을 벌렸다. 같은 동작을 반복하여, 스스로 먹는 것보다 배 이상의 시간을 들여 보리죽을 다 먹어 치웠다.

"잘 먹었습니다."

"그래, 변변찮은 식사라 미안해."

여주인은 숟가락을 내려놓고는 쟁반을 들고 일어섰다. 그때, 똑똑, 하는 소리가 울렸다. 문을 두드리는 소리다. 누구일까.

"들어와!"

"……실례하겠습니다."

쿠로노가 큰 목소리로 외치자, 마이라가 문을 열고 들어왔다.

"수고가 많으십니다, 교관님!"

레이라가 기세 좋게 일어서서 깊숙이 머리를 숙였다. 상황을 이해하지 못한 것이리라. 여주인은 멍하게 있다. 그렇긴 해도, 그건 쿠로노 역시 마찬가지다. 마이라는 부드러워 보이는 미소를 띠고 다가왔다. 무심코 앉은 자세를 바로 고쳤다.

"도련님, 오래 기다리셨습니다."

"……뭘를?"

쿠로노가 고개를 갸웃하자 마이라는 깊이 한숨을 내쉬었다.

"유감입니다. 저는 이 순간을 기다리고 또 기다리느라 어젯밤엔 제대로 잠들지 못하는 상태였습니다만, 설마 도련님이 약속한 건을 잊어버리셨을 줄이야……."

"약속? 헉──!!"

앵무새처럼 되풀이하며 중얼거리다가, 번뜩 깨달았다. 약속이란, 즉——.

"설마, 마이라 씨?!"

"그렇습니다."

마이라는 가슴에 손을 대고 말했다. 그때, 페이가 모습을 드러냈다. 단, 얼굴만이다. 벽 뒤편에 몸을 숨기고 방을 들여다보고 있다. 눈이 마주쳤다. 그러자 페이는 얼굴이 새빨개져서 쏙 들어가고 말았다. 기대가 높아진다. 어떤 파렴치한 차림을 하고 있을까. 빨리 보고 싶다. 그런데도 마이라는 움직이려 하지 않는다. 애태울 생각인가. 어찌 이런 일이. 자유롭게 움직일 수 있다면 확인하러 갈 수 있는데. 그러나, 하지만, 이 서서히 말려 죽이는 듯한 느낌은 싫지 않다. 그렇기는 해도 인내에는 한도가 있다. 마침내 한계가 도달했을 때 마이라가 손뼉을 짝 쳤다.

"……페이."

"우으……."

마이라가 이름을 부르자 페이가 벽 뒤에서 얼굴을 내보였다.

"여, 역시, 이 차림은 창피한 것입니다. 마이라 님, 아무쪼록 자비를……."

"페이!"

"으으, 알고 있는 것입니다."

마이라가 살짝 어조를 강하게 했다. 그러자 페이는 당장이라도 울 것 같은 얼굴로 벽 뒤에서 모습을 드러냈다. 무심코 눈을 휘둥그레 떴다. 그건 메이드복이라 부르기에는 너무나도 이질적이었다. 상하로 분할되어 천 면적은 적고, 그리고 선정적이다. 하지만, 그러나 하지만, 그건 메이드복인 것이다. 쿠로노의 영혼이 메이드복이라고 인정해 버렸다.

"어떠신지요?"

"큭……. 후, 후후, 훌륭해!"

쿠로노는 통증을 참고 박수를 보냈다.

"작업복인 메이드복을 세퍼릿, 아니, 비키니화하는 폭거! 그러나, 하지만, 그 점이, 그 점이 좋아! 게다가――."

"히익!"

쿠로노가 눈을 가늘게 뜨자 페이는 귀엽게 비명을 질렀다. 이게 어쩐 일일까요. 그 페이가 부끄러운 듯이 뺨을 빨갛게 물들이고 있는 것 아니겠습니까.

"미미(美味)! 질 좋은 수치를 맛보았어!"

"칭찬해 주셔서 아주 기쁘게 생각합니다. 하지만……."

"아직도 뭔가가?"

"그건 직접 눈으로 확인해 주시기를."

이유를 묻자 마이라는 은근한, 아니, 도발적인 태도로 말했다. 살짝 발끈하여 페이를 봤다. 부끄러운 듯이 몸을 배배 꼬고 있지만, 딱히 변한 점은――.

"혹시――!!"

무심코 숨을 삼켰다. 그러자 마이라는 빙긋 웃었다.

"호, 호호, 혹시, 노브라입니까?!"

"글쎄요, 제 입으로 말씀드리기엔……."

큭, 하고 쿠로노는 신음했다. 하지만 위화감을 느꼈다. 마이라는 뭐라고 말했던가. 제 입으로 말씀드리기엔, 이라고 확실히 말했다. 즉, 그건──.

"크흠, 페이, 호, 호호, 혹시 노브라입니까?"

"──!!"

쿠로노가 헛기침하며 묻자, 페이는 숨을 삼켰다. 얼굴이 새빨개져 있다. 틀림없다. 노브라다. 브래지어를 차고 있지 않은 것이다.

"훌륭해, 정말로 훌륭해. 역시나 마이라야. 아주 잘 알고 계셔."

"도련님이야말로."

"너희들, 뭘 하는 거야."

크후후, 하고 쿠로노와 마이라가 서로 얼굴을 마주 보며 웃자, 여주인이 어처구니없다는 듯이 말했다.

"어라, 질투일까요?"

"뭐? 뭘 질투한다는 거야?"

"젊음에."

"난 아직 스물 언저리라고!"

마이라가 나직이 중얼거리자, 여주인은 언성을 높였다.

"셰라 님만 괜찮으시다면 저쪽의 메이드복을 드리겠습니다만?"

"필요하겠냐, 저런 거!"

"알겠습니다. 그럼 답변은 남변경을 출발하기 전까지라는 것으로."

"아니, 필요 없다고 했잖아!"

여주인은 큰 목소리로 소리치고는 고개를 홱 돌렸다. 그런가, 필요 없는 건가. 어쩔 수 없다. 마이라한테 시선을 향하고 작게 고개를 끄덕였다. 그러자 그녀도 마주 고개를 끄덕였다.

"뭘 하는 거야?!"

"아니, 안주인이 필요 없다고 하니까 나라도 받아 두려고."

"나는, 저런 거, 절대로, 안 입을 거야!"

여주인은 쿠로노를 노려보고는 으르대는 것처럼 말했다. 쳇, 하고 혀를 찼다. 하지만 기회는 돌아올 터다. 그 기회를 놓치지 않도록 하자. 뭐, 그건 그렇다 치고 오늘은 페이의 비키니 메이드 차림을 만끽하자.

"나 참, 이러니까 남자라는 것들은."

여주인이 투덜거렸고 마이라가 쿡쿡 웃었다. 홱 하는 소리가 겹쳤다. 여주인이 기세 좋게 마이라 쪽을 봤고, 마이라가 기세 좋게 여주인한테서 고개를 돌린 소리다.

"불만이라도 있어?"

"아뇨, 아무것도."

여주인이 으르렁거리며 말하자, 마이라가 태연하게 대꾸했다. 긴장이 고조된다. 자기도 모르게 마른침을 삼킨 그때, 여주인이 입을 열었다.

"얼른 군복으로 갈아입으면 되잖아."

"갈아입고 싶은 마음은 간절한 것입니다만……."

페이는 신음하듯이 말하고는 마이라를 쳐다봤다.

"메이드 수업을 하겠다고 약속한 것입니다."

"그런 차림으로 메이드 수업 같은 게 가능할 리 없잖아. 게다가 오늘은 카난이랑 다른 사람들이 오니까 그런 차림 하고 있으면 제정신인지 의심받을 거야."

"카난이랑 다른 사람들?"

"쿠로노 님은 듣지 못한 거야?"

무심코 중얼거렸다. 그러자 여주인은 의아하다는 듯이 미간을 찡그리고는 마이라에게 시선을 향했다.

"요양에 전념하시길 바랐기에 도련님께는 말씀드리지 않았습니다만, 루 족 건으로 회합을 열겠다는 이야기가 되었습니다."

"그러면 내가 여기서 이러고 있을 수 없—— 윽!"

쿠로노는 침대에서 내려오려다가 신음했다.

"도련님, 안심하세요."

마이라가 다가와 어깨에 손을 올려놓았다. 누워 있으라는 말인가.

"걱정되는데."

"심정은 이해합니다. 하지만 주인님을 믿어 주십시오."

"…………알았어."

상당히 고민한 끝에 쿠로노는 고개를 끄덕였다. 루 족과 어떻게 접할 것인가. 그건 아버지나 다른 사람들이 정할 일이다. 침대에 눕자 마이라가 얇은 모포를 걸쳐 주었다. 페이한테 시선을 향했지만, 여주인이 이동하여 쿠로노의 시선을 가렸다.

"아아, 조금만 더 페이의 비키니 메이드 차림을 보고 싶었는데."

"아직도 그 소리야?!"

"그, 그렇지만……."

여주인이 몸을 약간 앞으로 기울이며 말했지만, 쿠로노는 미련을 끊을 수 없었다. 잠깐, 하고 생각을 고쳤다. 이건 여주인한테 비키니 메이드 차림을 시킬 기회가 아닐까. 좋아, 그걸로 가자. 신중하게, 지극히 자연스럽게 이야기를 꺼내는 것이다.

"저기―― 윽!"

쿠로노는 외마디소리를 냈다. 여주인이 손가락으로 코끝을 튕긴 것이다.

"뭐 하는 거야?"

"안 좋은 예감이 들어서."

여주인은 자기 몸을 꽉 껴안고는 몸을 부르르 떨었다. 레이라가 쭈뼛쭈뼛 입을 열었다.

"쿠로노 님, 괜찮으시다면――."

"잠깐!"

여주인이 레이라의 말을 가로막았다.

"뭐죠?"

"레이라 아가씨가 입겠다는 이야기라면 그만둬 줘."

"어째서인가요?"

"어째서기는! 레이라 아가씨가 그걸 하면 내게도 불똥이 튄다고."

"그건⋯⋯."

여주인이 타이르는 것처럼 말하자 레이라는 말을 머뭇거렸다. 레이라가 조금만 더 힘내 줬으면 하지만, 이것이 원인이 되어 둘의 사이가 틀어지는 건 곤란하다.

"게다가 남자가 하는 말을 척척 쉽게 들어 주면 안 돼."

"그런 건가요?"

"그럼. 해달라는 대로 다 해주면 만만하게 본다고. 좋은 여자는 애태우기를 잘해야 해. 적어도 나는 그렇게 생각하고 있어."

여주인이 지론을 이야기한 직후, 픕 하는 소리가 울렸다. 마이라가 웃음을 터뜨린 것이다. 그 웃음이 어지간히 신경에 거슬렸는지 여주인이 마이라를 찌릿 노려봤다.

"또 뭐야?"

"셰라 님이⋯⋯. 아뇨, 아무것도 아닙니다."

"할 말 있으면 똑바로 말하라고."

"정말로 괜찮겠습니까?"

"으⋯⋯."

마이라가 진지한 얼굴로 되묻자, 여주인은 작게 신음했다. 그러고 보니 여주인은 경험 풍부한 누님이라는 이미지를 연출하고 있다. 그다지 경험이 없다는 사실이 들통나면 권위가 실추된다.

"한 번 더, 묻겠습니다만──."

마이라는 도중에 입을 다물었다. 귀를 움찔거리며 움직였다.

"유감입니다만, 시간이 된 모양입니다."

마이라는 공손하게 고개 숙여 인사하고는 몸을 돌렸다. 그대로 방에서 나갔다. 후우우, 하고 페이가 숨을 내쉬었다. 어지간히 긴장하고 있었던 것이리라.

"그런데——."

"히익!"

마이라가 벽 뒤에서 얼굴을 내보였고, 페이는 비명을 질렀다.

"메이드 수업은 이제 막 시작한 참입니다. 결코 잊지 마시길."

"……네인 것입니다."

페이는 약간 뜸을 두고 고개를 끄덕였다.

※

낮—— 카난은 상자형 마차 창문으로 밖을 바라봤다. 크로포드 남작령의 경치가 천천히 흘러간다. 이전에는 크로포드 남작령에는 산 원숭이가 없어서 좋겠어, 라고 생각하며 침울해져 있었지만, 지금은 약간이지만 기분이 편하다. 요전에 아버지—— 와즈가 어머니와 함께 제도에서 돌아온 것이다. 솔직히 말하면 더 빨리 돌아와 줬으면 했다. 그러면 언니가 가주 자리를 잇는 방향으로 이야기를 끌고 갈 수 있었는데. 정말로 유감이다.

언니 이야기는 제쳐 두고, 아버지는 자경단 약체화를 크게 한탄했다. 귀족이 되고 31년이 지났지만, 근저에 있는 가치관은 용병── 혼돈의 시대를 살아온 인간이다. 약한 녀석은 자기주장을 밀고 나갈 수 없다. 그것이 아버지의 입버릇이다. 이 논리로 따지면 카난이 규탄당해도 이상하지 않지만, 아무 말도 듣지 않았다. 분명 크로포드 남작이 어머니한테도 편지를 보내 준 것이리라. 아버지는 어머니한테 폐를 끼쳐 왔기에 고개를 들 수 없는 것이다. 그런 이유로 아버지는 자경단원을 다시 단련시키고 있다.

"산 원숭이들이 반 정도로 줄어들어 준다면 더할 나위 없겠네."

후후후, 하고 카난은 웃었다. 산 원숭이들은 아버지가 이끌던 용병단 단원의 자식들이나 손자다. 말하자면 에크론 남작가의 공로자다. 지금까지 줄곧 에크론 남작가에 헌신해 준 사람들에게 보답해야 한다고 생각했다. 하지만 지금은 이미 충분히 보답하지 않았나 하는 생각이 든다. 그 우울한 나날로 돌아가고 싶지 않다. 산 원숭이들을 돌보는 건 이제 싫다.

카난은 손거울을 꺼내 들여다봤다. 화장도, 헤어스타일도, 의상도 완벽하다. 이거라면 맞선도 잘 풀리는 것 아닐까. 아니, 조금 성급한가. 안 좋은 소문이 가라앉아 잠잠해질 때까지 조금 더 시간이 걸릴 터다.

문득 쿠로노에 관한 것이 뇌리를 스쳤다. 듣자니 야만족 회유에 성공하긴 했으나, 고문을 당해 침대에 누워 있다는 듯하다. 사과할 겸 문안을 가는 것도 괜찮으려나 하고 생각했다. 그에게는 레더 아머 차림밖에 보여준 적이 없었고, 좋은 느낌이 될 가능성도 제로가 아니다. 손거울에 시선을 향하며 얼굴 각도를 바꿔 봤다.

응, 이거야말로 귀족 영애다. 무심코 입가에 미소가 지어졌다.

어떤 식으로 인사할지를 생각하고 있자, 똑똑 하는 소리가 울렸다. 누군가가 창문을 두드린 것이다. 창문을 보니 말에 탄 로버트가 마차와 나란히 달리고 있었다. 무슨 일이 있었던 것일까. 의아해하며 창문을 열었다.

"아가씨, 뭘 하러 가는 건지 알고 계시는 겁니까?"

"물론 알고 있어."

로버트가 어처구니없다는 듯이 말했고, 카난은 살짝 발끈하여 받아쳤다.

"그럼, 확인차 목적을 말씀해 주십시오."

"로버트, 얼마나 날 못 믿는 거야."

하도 저질렀으니까 무리도 아니지만, 하고 카난은 한숨을 내쉬었다.

"말씀해 주시죠."

"그래그래, 우리는 야만족 건으로 이야기를 나누기 위해 크로포드 저택에 가는 도중이야."

"야만족이 아니라 루 족입니다."

"같은 거잖아?"

아가씨, 하고 로버트는 여봐란듯이 한숨을 내쉬었다.

"루 족과는 우호적인 관계를 쌓아야 합니다."

"알고 있어. 상대를 멸칭으로 부르면 우호 운운할 상황이 못 된다고 말하고 싶은 거지?"

"그걸 알고 계신다면, 똑바로 행동해 주십시오."

"큭, 네 말은 가끔 내 마음을 깊게 후벼파."

"그거 실례했습니다."

로버트는 말 위에서 머리를 꾸벅 숙였다. 분명 그가 군에서 출세하지 못한 건 신랄한 말투 때문임이 틀림없다. 물론 입 밖으로는 꺼내지 않는다. 그 정도로 하고 싶은 말을 거침없이 할 수 있다면 자경단원도 우쭐거리지 않았을 텐데 말입니다, 하고 도로받아칠 게 뻔하다.

마차가 속도를 낮췄다. 크로포드 남작 저택이 가까워진 것이다. 마차가 천천히 커브를 틀었고 문을 빠져나갔다. 그 앞에 있던 건 간소한 정원이다. 마차가 멈추고 잠시 후 문이 열렸다. 문을연 것은 로버트다. 공손하게 고개를 숙인 뒤 손을 내밀었다.

"아가씨, 내리시지요."

"고마워."

로버트의 손을 잡고 마차에서 내렸다. 현관에 시선을 향하자, 크로포드 가문의 메이드── 마이라가 나오던 참이었다. 솔직히 말하면 그녀가 조금 껄끄럽다.

"카난 님, 잘 와 주셨습니다."

"감사합니다."

마이라가 공손하게 고개 숙여 인사하자, 카난은 스커트를 집어 올리고 인사했다.

"다들 이미 기다리고 계십니다. 이쪽으로 드시지요."

"……네."

마이라가 몸을 돌려 걷기 시작했고, 카난은 그 뒤를 따랐다. 영주끼리의 대화이기에 로버트는 따라오지 않는다. 앞장서서 가는 마이라한테 인도를 받으며 크로포드 저택에 들어갔고, 현관홀을 빠져나오고 복도를 지나 문 앞에서 멈춰 섰다.

"자, 들어가 주십시오."

마이라가 문을 열자, 정사각형 모양으로 배치된 긴 테이블에 일곱 명의 남성── 리파이오스 남작, 카가치 남작, 질란트 남작, 브올 남작, 겐노우 남작, 레위 남작, 크로포드 남작이 앉아 있었다. 크로포드 남작이 이쪽에 시선을 향했다.

"오오, 왔나. 빈자리에 앉아."

"감사합니다."

카난은 크로포드 남작에게 감사 인사를 하고는 빈자리에 앉았다. 뒤에서 텅, 하는 소리가 울렸다. 마이라가 문을 닫은 것이리라. 크로포드 남작이 입을 열었다.

"우선, 고맙다. 너희들 덕분에 아들이 무사히 돌아올 수 있었다."

"아뇨아뇨, 저희는 아무것도 하지 않았습니다."

크로포드 남작이 등을 쭉 펴고 머리를 숙이자, 질란트 남작이 쓴웃음 비슷한 미소를 띠며 대답했다. 어조는 부드럽지만 흉상(凶相)의 소유자다. 옴팡눈에 콧마루가 넓다. 아마 어린아이가 보면 울 것이다. 일곱 명 중에서는 인텔리 기질인 면이 있고, 그 때문인지 의논의 장에서는 의사 진행 같은 역할을 맡는 경우가 많다.

"그런데 어째서 저희를 부르신 겁니까?"

"너희들도 들었을 거라고 생각하지만, 야만족, 아니, 루 족 건이다. 내 아들이 설득해서 제국과 함께 걷는 길을 모색하기로 되었다."

"""""""""......""""""""".

카난를 비롯한 사람들은 대답하지 않았다. 물론 카난 나름의 답은 나와 있다. 하지만 새로운 정보가 나오지 않으리라는 보장도 없다. 그러니 지금은 상황을 살펴보는 데 전념한다.

"제국은 뭐라고?"

"타우르의 아들한테서 들은 이야기다만, 알레오스 산지를 녀석들의 영지로 인정하겠다는 모양이다."

"어차피 우리 때랑 마찬가지로 이용하겠다는 속셈일 게야."

질란트 남작의 물음에 크로포드 남작이 대답했다. 그러자 겐노우 남작이 거칠게 내뱉듯이 말했다. 수염을 잔뜩 기르고 있지만, 정수리는 맨들맨들하다. 카난이 여덟 명 중에서 최연소라고 한다면 겐노우 남작은 최고령이다. 나쁜 사람은 아니지만, 나이 때문인지 조금 외고집인 면이 있다.

"그야 알코르 녀석도 이용할 생각이 없다면 그런 말은 안 하겠지."

"흥, 우리랑 마찬가지로 쓰고 버려지는 게 결말일 게야."

크로포드 남작의 말에 겐노우 남작은 불쾌하다는 듯이 콧방귀를 꼈다.

"그렇게 되면 친근감이 솟아나겠네."

"친근감? 제정신인가?"

레위 남작이 엉뚱한 말을 했고, 브올 남작이 얼굴을 찌푸렸다. 마음은 이해한다. 과거 루 족과 서로 죽고 죽였던 것이다. 친근감이 솟는 편이 이상하다.

"……제국의 입장은 알았다. 나머지는 우리가 어떻게 할지다."

"그렇군. 적이 아니라 이웃이 되는 거니까 말이지."

리파이오스 남작이 나직이 중얼거렸고, 카가치 남작이 맞장구를 쳤다. 리파이오스 남작은 과묵한 인물이지만, 본질을 지적하는 것 같은 발언을 할 때가 많다. 카가치 남작은 무드 메이커일까. 어수룩한 말투로 자리의 분위기를 누그러뜨려 준다.

카난은 말없이 이야기를 들었다. 젊어서 그런 것도 있지만, 논의에서 어떠한 역할을 짊어지면 좋을지 잘 알 수 없기 때문이다. 질란트 남작이 크로포드 남작을 봤다.

"클로드 경은 이미 입장을 결정하셨습니까?"

"그래. 나는……."

크로포드 남작은 고개를 끄덕였고, 거기서 말을 끊었다.

"나는 우호적인 관계라는 걸 모색해도 괜찮지 않을까 생각한다."

"흥, 우호적인 관계인가. 살육자(슬러터)라 불렸던 남자가 원만해졌군."

"그야 31년이나 지났잖나. 클로드 경도 변하겠지."

겐노우 남작이 거칠게 내뱉듯이 말했고, 레위 남작이 절절한 어조로 말했다.

"……제국에 따르겠다는 건 아닌 모양이군."

"뭐, 그렇지."

리파이오스 남작이 나직이 중얼거렸고, 크로포드 남작은 의자 등받이에 몸을 기댔다.

"우선, 우리가 싸웠던 세대는 이미 죽었어."

"그래서 사이좋게 지내자고?"

크로포드 남작의 말에 브올 남작이 재차 얼굴을 찌푸렸다.

"이유 중 하나는 되잖냐?"

"그렇지만, 우리는 살해당한 사람의 유족들이 아직 남아있습니다. 부모의 죄는 자식에게 이어지지 않는다는 논리로 납득시키는 건……."

카가치 남작이 고개를 끄덕였지만, 질란트 남작은 떨떠름한 표정을 짓고 있다.

"나머지는, 그래. 알레오스 산지에 나는 약초를 손에 넣을 수 있다는 것도 크지만, 가장 큰 이유는 소금이다. 알레오스 산지에는 암염 광상이 있어."

"""""""""——!!"""""""""

카난을 비롯한 사람들은 숨을 삼켰다. 남변경은 바다에 접해 있지만, 그곳은 깎아지를 듯한 절벽으로 되어 있다. 상당한 높이가 있고, 해저 지형은 복잡하게 얽혀 있으며 파도도 높다. 그 때문에 소금을 입수하려면 다른 영지를 경유해야만 했다. 소금이 없으면 인간은 살아갈 수 없다. 남변경은 주변 영주, 나아가서는 제국에 생존권을 장악당해 있는 것이다.

"만약 암염 이야기가 사실이라면——."

"뭐야, 안 믿고 있는 거냐."

"걱정이 많은 성격인 겁니다."

크로포드 남작이 말을 가로막았고, 질란트 남작은 쓴웃음을 지었다.

"암염 이야기가 사실이라면 루 족 분들과 우호적인 관계를 쌓아야만 하겠지요."

"……제국이나 주변 영주의 안색을 살피지 않아도 되는 건 좋군."

"그래. 암염이 있으면 좀 더 강한 자세로 교섭할 수 있어."

"하지만, 어느 정도 양이 있는지."

"흥, 한 줌이라도 교섭 도구로는 쓸 수 있다."

"오랜만의 좋은 뉴스네."

질란트 남작이 눈짓하자 리파이오스 남작, 카가치 남작, 브올 남작, 겐노우 남작, 레위 남작이 제각기 말했다. 루 족과 우호적인 관계를 쌓는다는 걸로 이야기가 정리될 것 같다. 그때, 크로포드 남작이 이쪽을 봤다.

"너는 어떻지?"

"저도 찬성이에요."

카난은 가슴에 손을 대고 말했다.

"제대로 생각했나?"

"물론이에요."

작게 고개를 끄덕였다. 독자 노선을 관철하여 자기 영지만 이익을 얻지 못하는 건 싫고, 무엇보다 타인에게 생존권을 장악당하지 않아도 되는 데 매력을 느낀다.

"그러면 루 족과 공존공영하는 관계를 지향한다는 걸로 괜찮겠습니까?"

"""""""""이의 없음."""""""""

질란트 남작이 물었고, 카난을 비롯한 사람들의 목소리가 겹쳤다.

"그렇기는 해도 면식이 없는 우리가 공존공영을 호소해도 경계당할 뿐이겠지요. 그러니——."

"알았어, 알았어. 당분간은 내가 창구가 되지."

크로포드 남작이 질란트 남작의 말을 가로막고 말했다.

"괜찮겠습니까?"

"괜찮고 뭐고 처음부터 그럴 생각이잖아?"

"예, 뭐, 그렇죠. 보시다시피 저는 이런 얼굴이라."

"잘도 말하는군."

흥, 하고 크로포드 남작은 콧방귀 끼는 소리를 냈다. 질란트 남작이 앉은 자세를 바로 했다.

"어쨌든 크로포드 남작이 창구가 되어 주신다고 하니, 저희는 영민 설득에 전념하지요. 그러면——."

"……영민 설득이 고생이겠군."

"싸웠던 세대는 죽었어. 어떻게든 되겠지."

"나 참, 낙관적인 녀석이군."

"야만족들과 손을 잡는 날이 오리라고는 생각지 않았다."

"그래도, 자경단이 되고자 하는 사람도 줄어들었으니까 말이지. 때마침 잘됐어."

질란트 남작이 해산을 선언하기 전에 리파이오스 남작, 카가치 남작, 브올 남작, 겐노우 남작, 레위 남작은 일어서서 방을 나갔다.

"정말이지, 저 사람들은……."

"항상 이렇잖아?"

"그렇긴 하지만 말입니다."

크로포드 남작의 말에 질란트 남작은 살짝 발끈한 듯한 표정을 띠었다. 한숨을 내쉬고는 어깨를 푹 떨궜다. 화내 봤자 별수 없다고 생각한 것이리라.

"그럼 뒷일은 맡기겠습니다."

"그래, 너도 부탁한다."

"잘 알겠습니다."

질란트 남작은 한숨을 내쉬고는 방에서 나갔다. 이걸로 방에 남은 건 카난과 크로포드 남작뿐이다. 크로포드 남작이 의자에서 일어나──.

"응? 아직 안 가는 거냐?"

"네, 네에……."

카난은 말을 머뭇거리다가, 결의를 굳히고 입을 열었다.

"자제분── 쿠로노 님의 병문안을 가려고 합니다만, 어떨는 지요?"

"아, 그렇게 해. 2주 전에 비하면 현격히 좋아졌으니까, 괜찮을 거야."

"감사합니다."

카난은 일어서서 크로포드 남작에게 고개 숙여 인사했다. 방을 나와 현관홀로 향했다. 현관홀로 나오자──.

"어라, 카난이잖아."

"으엑, 언니."

언니와 마주치자 카난은 얼굴을 찌푸렸다.

"너무하네. 친언니를 만났는데, 그 얼굴은 뭐야."

"……그래서, 말한 거예요."

카난은 웅얼웅얼 중얼거렸다. 다행히 언니의 귀에는 닿지 않은 모양이다.

"논의는 끝난 것 같네."

"네, 무사히 끝났어요."

"그럼 얼른 돌아가."

"언니야말로 친동생한테 너무한 말투네요."

"친동생이기 때문이야."

흥, 하고 언니는 콧방귀 끼는 듯한 소리를 냈다. 자기한테 이 언니의 10분의 1만큼이라도 유들유들함이 있었다면, 하고 생각한다.

"그래서, 무슨 용건이 남았는데?"

"쿠로노 님의 병문안을⋯⋯."

카난이 쑥스러워하며 말하자 언니는 떨떠름한 표정을 지었다.

"왜 그런 표정을 짓는 건가요?"

"속마음이 훤히 보인다고. 보나 마나 로맨스가 생겨날지도, 라든가 생각하고 있겠지."

"그런 생각 안 해요. 저는 에크론 남작가의 당주로서──."

"핑계는 됐어."

언니는 카난의 말을 가로막더니 앞으로 쑥 나섰다. 뒷걸음질칠 뻔했지만, 어찌어찌 참았다.

"여기선 속을 터놓고 이야기하자고. 로맨스가 생겨날지도 모른다고 생각하고 있지?"

"그렇지 않아요."

카난은 언니의 시선을 정면에서 받아내며 말했다.

"정말로?"

"⋯⋯⋯⋯조금 기대하고 있어요."

카난은 눈을 돌리고, 엄지와 검지로 틈을 만들었다.

"입의 침도 마르기 전에 앞서 했던 말을 뒤집는 거 아니야!"

"물어본 건 언니잖아요!"

언니는 소리쳤고, 카난도 맞서 소리쳤다.

"조금은 오기를──."

"로맨스를 기대해도 괜찮잖아요! 저는 쭉, 쭉── 언니가 쿠로노 님과 농탕치고 있었을 때도 쭈~욱 산 원숭이들을 상대하고 있었다고요! 레더 아머를 입고, 검을 차고, 게다가 노메이크업으로! 이렇게나 제대로 된 차림을 하는 것도 오랜만이라고요! 귀엽다고! 예쁘다는 말을 듣고 싶단 말이에요!!"

카난은 언니의 말을 가로막고 거침없이 말했다. 언니는 멍해졌다.

"칭찬받고 싶어요, 귀족 영애로서."

"칭찬받고 싶다니……."

"중요! 중요! 칭찬 엄청 중요해요!"

카난이 양 주먹을 위아래로 흔들며 말하자, 언니는 떨떠름한 표정을 지었다.

"카난, 너무 비꼬여 버렸잖아."

"큭……. 괜찮잖아요, 비꼬여도."

"로맨스가 시작된다는 건 수많은 애인 중 하나가 된다는 소리라고. 그런 걸로 만족해?"

"……."

"어딜 보는 거야?!"

카난이 말없이 가슴을 보자, 언니는 뒷걸음질 치며 가슴 앞에서 양팔을 교차시켰다.

"언니, 언니가 하고 싶은 말은 자~알 알겠어요."

"정말로 알고 있는 거야?"

"알고 있어요! 하지만, 그건 가진 사람의 논리예요! 언니는 연하 남자친구와 농탕치고 있었으니까 모르는 거라고요!"

카난이 주먹을 꽉 쥔 그때, 덜컥하는 소리가 울렸다. 문이 열리는 소리다. 반사적으로 문 쪽으로 시선을 향하고, 언니 등 뒤에 숨었다.

※

마차가 멈췄다. 크로포드 남작의 저택에 도착한 것이다. 가우르는 맞은편 자리에 시선을 향했다. 거기서는 니아가 양 무릎을 감싼 채 앉아 있다.

"니아, 내려라."

"……."

말을 걸었지만 니아는 대답하지 않았다. 그러기는커녕 움직이려고도 하지 않는다.

"니아, 도착했다."

"——!!"

가우르가 몸을 내밀어 어깨를 흔들자, 니아는 몸을 움찔 떨었다. 두리번두리번 주위를 둘러봤다. 아무래도 자기가 처한 상황을 이해하지 못하고 있는 모양이다.

"가우르 대장님, 여기는 어딘가요?"

"크로포드 남작의 저택이다."

"예? 왜 제가 여기 있죠?"

"네 녀석은⋯⋯."

가우르는 관자놀이를 누르고 한숨을 내쉬었다.

"루 족과의 교섭 결과를 전하러 간다고 설명하지 않았나?"

"그랬던가요?"

"그래."

가우르는 재차 한숨을 내쉬고는 마차 문을 열고 밖으로 나갔다. 바람이 불어, 눈을——.

"아얏!"

"——!!"

가늘게 뜨려고 하던 차에 니아가 절규했다. 깜짝 놀라 뒤돌아봤다.

"왜 또 갑자기 소리를 지르는 거냐?"

"저, 리리 씨랑 사귀는 약속을 해 버렸어요⋯⋯!"

"그래, 그런 약속을 했었지."

가우르가 시선을 올리며 오늘 아침의 기억을 더듬었다. 아침 식사를 끝내고, 이제 하산하려던 때가 되자 리리가 울기 시작한 것이다. 가짜 울음같았지만, 니아는 가짜 울음이란 걸 간파하지 못하고 사귄다는—— 교제한다는 약속을 하고 말았다.

"어째서 말리지 않은 건가요?!"

"네 녀석이 꺼낸 말을 나더러 어떻게 말리라는 거냐."

"그렇긴 하지만요! 그렇긴 하지만요!! 그때의 저는, 그게, 제정신을 잃고 있었다고 할지, 정상이 아니었다고요."

니아의 목소리는 뒤로 갈수록 점점 작아져, 마지막 부분은 거의 알아들을 수 없었다. 물론 가우르는 니아가 정상적인 판단력을 잃었다는 걸 눈치채고 있었지만——.

"남자로서 책임을 져라."

"설마, 이걸로 족장과의 약속을 지켰다고 생각하는 건 아니죠?"

가우르가 등을 돌리고 걸음을 내디디자, 니아가 나직이 중얼거렸다. 땀이 왈칵 뿜어져 나왔다. 그 말대로였다. 하지만 들리지 않는 척하고 계속해서 걸었다.

"아?! 가우르 대장님, 기다려 주세요!"

"……."

뒤에서 니아의 목소리가 울렸지만, 역시 말없이 걸어갔다. 현관이 가까워진다. 거기서 귀에 소리가 들려왔다. 여자 목소리가 들린 것이다. 말다툼하고 있는 것일까. 좋은 예감은 들지 않지만, 나중에 다시 온다는 선택지는 없다. 문을 열고 안으로 들어갔다. 그러자 현관홀에 여자 두 명이 있었다. 둘 다 본 기억이 있다. 한 명은—— 노우지 황제 직할령 전선 기지에서 쿠로노와 서로 끌어안고 있던 여자다. 분명 안주인이라 불리고 있었다. 어째서 그녀가 이곳에 있는 것인가. 곧바로 답이 나왔다. 아마도 그녀는 쿠로노의 정부인 것이리라. 그렇게 생각하면 수긍이 간다.

또 한 명은—— 안주인과 매우 닮았다. 하지만 가슴은 작고 드레스를 입고 있다. 그녀는 이쪽을 알아차리자 안주인 등 뒤에 숨었다. 가우르는 군복을 만졌다. 무리도 아닌가. 남변경 사람은 군인한테 좋은 인상을 가지고 있지 않고, 가우르도 좋은 인상을 가져 주기 위한 노력을 하지 않았다. 당연한 귀결이다.

"어라, 당신은······."

아, 아~, 하고 안주인은 목소리를 냈다. 이름이 나오지 않는 것이리라. 당연한가. 그녀와는 제대로 이야기한 적이 없다. 가우르는 조용히 다가가 고개를 숙였다. 군인으로서는 경례가 올바를 것이다. 하지만 여기서는 일반적인 대응을 유념해야 한다.

"황송합니다. 저는 가우르라고 합니다."

"이거······."

크흠, 하고 안주인은 헛기침을 했다.

"격식 차린 말투를 쓰지 않으셔도 괜찮습니다."

"신경 쓰게 해서 미안하네. 나는 셰라, 안주인이라 불러 줘."

"잘 부탁드립니다. 안주인, 님."

"하핫, 님은 필요 없어."

안주인이 명랑하게 웃었고 가우르는 손을 내밀었다. 굳게 악수했다. 손을 놓고 안주인 뒤로 시선을 향했다. 안주인 뒤에서 여자가 이쪽을 보고 있다.

"그쪽 부인은?"

"내 뒤에 있는 건── 아얏!"

갑자기 안주인이 비명을 질렀다. 뭔가 당한 것일까. 뒤에 있는 여자를 뿌리치려 했지만, 뿌리칠 수 없다. 한동안 뿌리치려 했지만, 포기한 것이리라. 움직임을 멈췄다. 여자가 무언가를 중얼거렸고 안주인이 얼굴을 찌푸렸다.

"뒤에 있는 건 내 동생이야. 이름 정도는 알려줘도 괜찮다고 생각하는데, 아무래도 낯을 가리는 성격이라 말이지."

"……아뇨."

가우르는 약간 뜸을 두고 말했다. 무슨 낯가림이 그렇냐고 딴지를 걸고 싶었지만, 남변경 사람은 군인한테 좋은 인상을 가지고 있지 않다. 그걸 생각하면 무리도 아니라는 생각이 든다.

"그래서, 오늘은 무슨 용건이야?"

"루 족과의 교섭 결과를 쿠로노 경에게 보고하려고 왔습니다."

"하항~, 성실하네."

"황송합니다."

여주인이 쿡쿡 웃었다. 이전의 자신이라면 바보 취급당했다고 느꼈을 테지만, 지금은 신경 쓰이지 않는다. 나쁜 기분은 아니라는 생각마저 든다.

"하지만 보고라면 클로드 님한테도 하는 편이 좋지 않겠어?"

"……그렇군요."

가우르는 약간 뜸을 두고 고개를 끄덕였다. 이제부터 클로드——남변경의 영주들과 접할 기회가 늘어난다. 신뢰 관계를 양성하기 위해서도 정보를 공유해야 한다. 그건 그렇다 치고, 하고 가우르는 안주인을 찬찬히 바라봤다.

"내 얼굴에 뭔가 묻어 있어?"

"아뇨, 빤히 쳐다봐서 죄송합니다."

안주인이 고개를 갸웃했고 가우르는 사과했다. 클로드한테 보고하는 편이 좋다고 말하는 점을 봐서 보통 사람은 아니다. 겉멋으로 쿠로노의 정부를 하는 건 아니라는 건가.

"송구합니다만, 클로드 경은──."

"오?! 타우르의 아들 녀석이잖냐."

장소를 물어보려 했을 때, 목소리가 울렸다. 클로드의 목소리다. 목소리가 난 쪽을 보니 클로드가 잰걸음으로 다가오던 참이었다.

"클로드 경, 그때는 신세를 졌습니다."

"됐어, 됐어. 그래서, 오늘은 무슨 용건이지?"

"쿠로노 경의 병문안을 겸해서 교섭 결과를 전하러 찾아왔습니다."

"그거 좋은 타이밍이군."

"무슨 일이 있습니까?"

"지금 막, 우리도 방침을 결정한 참이야."

우리── 남변경이라는 것이리라.

"그래서, 그쪽은 어떤 상태였지? 이쪽은 내가 교섭 창구가 되어 루 족과 공존공영을 지향하겠다는 걸로 이야기가 정리되었다만……."

"그것 말입니다만──."

가우르는 제국의 의향이나 교섭 내용에 관해 숨김없이 전했다. 클로드는 감탄한 것처럼 고개를 끄덕이고 있었지만, 족장이 제시한 조건을 듣더니 얼굴을 찌푸렸다.

"마음은 이해하지만……. 괜찮은 거냐?"

"강요는 하지 않겠다는 약속이기에."

"그거야, 뭐어, 그렇겠지만 말이다."

안 좋은 예감이 드는데, 하고 클로드는 얼굴을 찌푸렸다.

"그건 그렇다 치고, 용케 이야기를 정리할 수 있었군요."

"응? 뭐가 말이냐?"

"루 족과의 공존공영을 지향한다는 이야기입니다."

"그건, 뭐어, 시대가 변했다는 거지."

"……과연."

가우르는 약간 뜸을 두고 고개를 끄덕였다. 아마도 클로드는 거짓말을 하고 있다. 하지만 캐묻지는 않는다. 가우르한테는 힘이 없다. 앞으로도 클로드, 나아가서는 남변경의 힘을 빌리게 된다. 다소의 묵인은 필요하리라.

"그런데, 쿠로노 경은?"

"자기 방에서 자고 있다. 어이, 마이라!"

클로드가 큰 목소리로 불렀다. 현관홀에 울려 퍼지는 커다란 목소리다. 달각, 하는 소리가 울렸다. 반사적으로 뒤돌아보니 여주인과 또 한 명의 여자가 나가던 참이었다. 신경을 쓰게 만들어 버린 것일까. 그런 생각을 하고 있자——.

"……주인님, 그렇게나 큰 목소리를 내지 않으셔도 들립니다."

"——!!"

갑자기 뒤에서 목소리가 들렸다. 놀라서 뒤돌아보자 어느새 다가왔는지, 엘프 메이드—— 마이라가 서 있었다.

"타우르의 아들을 쿠로노의 방으로 안내해줘."

"알겠습니다. 그럼, 이쪽으로."

마이라가 걷기 시작했고 가우르는 그녀 뒤를 쫓았다. 계단을 올라가다가, 어떤 걸 알아차렸다. 전혀 기척이 느껴지지 않는다. 층계참에서 멈춰 서서 어깨 너머로 뒤돌아봤다. 니아가 없다. 마차에서 내렸을 때는 있었는데——.

"무슨 일 있으십니까?"

가우르가 멈춰 선 걸 알아차린 것이리라. 마이라가 말을 걸었다. 니아에 관해 물어봐야 할지 조금 고민한 끝에——.

"……아니, 아무것도 아니다."

그렇게 말하고는 정면을 향해 돌아섰다. 마이라는 계단 도중에서 멈춰 서서 이쪽을 내려다보고 있었다. 잠시 후 다시 계단을 오르기 시작했다. 그녀의 뒤를 쫓아 계단을 오른다. 계단을 다 오르고 복도를 지나, 어떤 문 앞에서 멈춰 섰다. 마이라가 문을 노크했다. 그러자——.

"들어와!"

문 너머에서 목소리가 들렸다. 마이라가 문을 열었고 가우르는 방으로 들어갔다. 쿠로노는 침대에 누워 있었다. 페이의 손을 빌려 몸을 일으켰다.

"……역시, 갈아입었습니까."

마이라가 나직이 중얼거렸다. 목소리에 불만이 배어 나오고 있다. 어깨 너머로 뒤를 봤지만——.

"뭔가 하실 말씀이라도?"

"아니, 아무것도 아니다."

그녀가 무표정하게 고개를 갸웃했고 가우르는 정면—— 쿠로노를 향해 돌아봤다. 그대로 다가가자 뒤에서 탁, 하는 소리가 울렸다. 마이라가 문을 닫은 것이리라.

"앉으세요, 앉으세요인 것입니다."

"실례하지."

페이가 의자를 내밀었고 가우르는 그 의자에 앉았다. 페이가 문 쪽에 시선을 향했다. 뭘 보고 있는 것일까. 신경 쓰여 문 쪽을 보니 마이라가 문 옆에 서 있었다.

"가우르 경, 오늘은 어쩐 일입니까?"

"아, 아아……."

가우르는 쿠로노 쪽을 돌아봤다.

"루 족과의 교섭이 일단락되어서 말이다. 문안하는 겸 전해주러 온 거다."

"일부러 감사합니다."

쿠로노는 앉은 자세를 바로 하고 고개를 꾸벅 숙였다.

"자, 그럼 무엇부터 이야기해야 할까."

"신경 쓰이는 점이 있으면 질문하겠습니다."

"알았다. 그러면——."

가우르는 쿠로노가 알레오스 산지에서 돌아오고 난 이후의 일을 가능한 한 시계열에 따라 이야기했다. 족장과의 약속에 관해서는 덮어 두었지만——. 휴우, 하고 쿠로노는 안도의 한숨을 내쉬었다.

"안심했나?"

"예, 제국도, 루 족도, 아버지를 비롯한 다른 사람들도 전향적인 모양이라 안심했습니다. 드라드 왕국과의 전쟁에 대비한다는 부분이 좀 불안합니다만……."

"그건……."

가우르는 말을 머뭇거렸다. 하지만 알코르 재상은 도움이 될 것으로 생각했으니까 알레오스 산지를 루 족의 영지로 삼는 것을 인정한 것이다. 과거의 일을 생각하면 최대한의 양보를 했다고 말할 수 있는 것 아닐까.

"너의 걱정은 지당하지만, 당분간은 내가 책임자를 맡을 거다. 나쁘게는 하지 않으마."

"그건 감사합니다만…… 괜찮은 겁니까?"

"뭐가 말이지?"

"기껏 전공을 올렸는데 근위기사단에 돌아가지 않아도 괜찮나 싶어서 말입니다."

"상관없다. 논공행상 때도 그 뜻을 말할 생각이다."

"논공행상입니까."

"확인차 말해 두겠다만, 네 녀석도 참가해야 한다."

"예?! 저도 말입니까?"

"당연하다. 네 녀석이 참가하지 않으면 내가 공로를 독점하려 했다고 욕을 먹잖나."

"그건 참아 주시는 걸로……."

"네 녀석이야말로 좀 참아 줬으면 하는군."

가우르는 작게 고개를 가로저었다.

"그래도, 저는——."

"찬성! 찬성인 것입니다!"

거절하려는 것인지, 쿠로노가 입을 열었다. 하지만 그 말은 페이한테 가로막혔다.

"아니, 그렇지만, 난 아직 몸이——."

"괜찮습니다! 괜찮은 것입니다!! 여차할 때는 제가 등에 업는 것입니다!! 그러니까, 제도에, 제도에 가는 것입니다!!"

페이가 재차 쿠로노의 말을 가로막았다.

"솔직히 알코르 재상과 알포트 전하를 만나는 건 좀."

"큭……."

쿠로노가 나직이 중얼거리자 페이는 분한 듯이 신음했다. 하지만 납득하지는 않은 것이리라. 미련이 남은 눈으로 쿠로노를 보고 있다.

"안 되는 것입니까?"

"……페이 님."

페이가 작게 중얼거린 다음 순간, 마이라가 페이의 어깨에 손을 올렸다. 히익! 하고 페이가 비명을 질렀다. 놀란 건 가우르도 마찬가지다. 어느새 이동한 것일까.

"어째서 그렇게 제도에 가고 싶은 겁니까?"

"그, 그건……."

"설마, 약속을 깰 생각인 건?"

"그, 그렇지 않은 것입니다!"

페이는 황급히 부정했다. 무슨 말인지 잘 모르겠지만, 시선이 이리저리 흔들리고 있다. 분명 약속을 지키고 싶지 않은 것이리라.

"그러면, 어째서?"

"그, 그건……."

마이라가 부드럽게 물었지만, 페이는 대답하지 못했다. 입을 다물고, 바쁘게 눈을 움직이고 있다. 이쪽에 시선을 향했는데, 내게 도움을 요청하지 말라고 말하고 싶다.

"이유가 없다면──."

"──!!"

마이라가 중얼거렸고, 페이는 번뜩였다는 듯한 표정을 띠었다. 아무래도 기사회생의 한 수를 떠올린 듯한 모양이다. 제 무덤을 파는 결과가 되지 않는다면 좋겠는데──.

"쿠로노 님이 목적을 달성하기 위해서는 출세가 필요한 것입니다!"

"……."

마이라는 말이 없다. 말없이 페이의 어깨에 손을 올리고 있다.

침묵이 내리깔린다. 어색한 침묵이다. 잠시 후 침묵을 깨는 것처럼 마이라가 한숨을 내쉬었다.

"……도련님의 출세를 위해서라면 어쩔 수 없군요."

"그러면 당장이라도 출발하는 것―― 아힉!!"

"어쩔 수 없습니다만, 무슨 일에든 절차라는 것이 있습니다."

"그건 이해한 것입니다만, 목덜미에 숨을 불어 넣지 말아 주셨으면 하는 것입니다."

페이는 마이라한테서 거리를 벌리고 양손으로 목덜미를 문질렀다.

"절차라니?"

"에르아 님께 인사를 드리고 난 이후로 해주십시오."

"아, 그러네."

미안, 하고 쿠로노가 중얼거렸고 마이라는 난감하다는 듯한 표정을 띠었다.

"그러면 저는 저녁 준비를 하고 오겠습니다."

"응, 잘 부탁해."

"맡겨 주십시오."

마이라는 공손하게 고개 숙여 인사하고는 문을 향해 걷기 시작했다.

"이야기는 이상입니까?"

"네 녀석한테 신경 쓰이는 점이 없다면 말이지."

"……딱히 없습니다."

쿠로노는 생각에 잠기는 듯한 기색을 보인 뒤 말했다.

"그런가. 실은 아직 말하지 않은 것이 있다."

"어째서 말하지 않고 있었던 겁니까?"

"조금 말하기 어려워서 말이지."

"자리를 비키는 편이 좋은 것입니까?"

가우르는 쿠로노의 질문에 대답했다. 그러자 페이가 물어봤다. 자리를 비켜 달라고 하는 편이 좋을까. 가우르는 약간 고민하다가──.

"아니, 여기 있어도 상관없다. 어차피 금방 알게 될 테니까 말이지."

"알겠는 것입니다."

페이는 등을 쭉 펴고 말했다. 크흠, 하고 가우르는 헛기침했다. 니아나 클로드에게 이야기했을 때는 아무것도 느끼지 못했는데, 묘하게 긴장된다.

"……애인을 더 둘 생각은 없나?"

"반대반대반대인 것입니다!"

가우르가 말을 꺼내자, 페이가 큰 목소리로 외쳤다. 게다가──.

"그건 무슨 말이지요?"

"──!"

뒤에서 마이라의 목소리가 울려 가우르는 몸을 움찔 떨었다. 방을 나간 줄 알았는데, 그렇지 않았던 모양이다. 뒤돌아보려 했으나──.

"부디, 그대로."

"큭⋯⋯."

그것보다도 빠르게 마이라가 어깨에 손을 올려놓아 가우르는 신음했다. 그녀는 어깨에 손을 올려놓고 있을 뿐이다. 그런데 뒤돌아볼 수 없다. 무도의 달인은 손을 대는 것만으로도 대상의 움직임을 봉인할 수 있다던데, 그것일까.

"도련님께는 저라는 애인 후보가 있습니다만⋯⋯."

"나는 애인으로 삼겠다는 말은 하지 않았는데?"

"설명을."

쿠로노가 딴지를 걸었지만 마이라는 아랑곳하지 않았다.

"⋯⋯루 족은 혈연을 얻고 싶어 한다."

"그건 압니다. 사람이 부족하니까요. 저를 납치한 것도 아이 만들기를 위해서였고요."

"아니, 그런 의미가 아니다."

"그러면 무슨 뜻입니까?"

가우르가 부정하자, 쿠로노는 의아하다는 듯이 미간을 찡그렸다.

"루 족이 원하는 건 피의 결속이다. 혈연을 담보로 한 동맹이라고도 하지."

"즉, 정략결혼을 하고 싶다는 겁니까?"

"그래. 그렇게 이해해도 문제없다."

가우르는 고개를 끄덕이려 했으나, 그러지 못했다. 마이라가 어깨에 손을 올려놓고 있는 탓이다.

"……마이라."

"알겠습니다."

쿠로노가 지적하자 마이라가 손을 뗐다. 그 순간, 몸이 가벼워졌다. 가우르는 휴, 하고 안도의 한숨을 내쉬고는 어깨를 돌렸다. 자유롭게 움직인다. 당연한 것이 감사하게 느껴진다.

"족장은 약속보다도 혈연관계를 중시하고 있다."

"그만큼 신용 받지 못하고 있다는 것이로군요."

"귀가 따갑군."

가우르는 쓴웃음을 짓고는 몸을 내밀었다.

"어디까지나 내 소감이지만, 족장은 더 부족을 유지하는 건 어렵다고 생각하는 모양이다."

"그렇겠지요. 여자밖에 없으니까 이미 순혈을 유지하는 건 불가능하고, 제국과 교류를 가지면 동화는 피할 수 없습니다. 결국 멸망하는 방식을 고를 수 있도록 한 것뿐이라는 거지요."

"그렇지."

가우르는 내심 혀를 내둘렀다. 그만한 정보로 용케도 거기까지 생각이 미치는군, 하고 생각했다. 역시 쿠로노는 유능한 군인이다. 그가 쓸데없는 희생을 바라지 않는 성격이었던 건 루 족에게는 행운이었다. 그렇지 않다면 무참한 죽음을 맞이했을 게 틀림없다.

"나는 네 녀석이 한 일이 헛수고였다고는 생각지 않는다."

"그래도 결과는 마찬가지 아닙니까?"

"네 녀석은 머리가 좋으니까 더 잘할 수 있었다는 생각이 드는 거겠지. 하지만 네 녀석이 없었다면 루 족은 멸망하는 방식을 고를 수조차 없었다. 설령 조금이라도 유예를 얻은 거다. 그 사이에 할 수 있는 일이 있겠지."

"감사합니다……. 혹시 위로해 주시는 겁니까?"

"나는 사실을 말하고 있을 뿐이다."

가우르는 뺨이 뜨거워지는 걸 느끼며 대꾸했다. 재차 침묵이 내리깔린다. 조금 전과 같은 거북한 침묵이다. 그러고 보니 아직 조금 전 질문의 답을 받지 못했다.

"애인 건 말이다만——."

"응?"

가우르가 이야기를 꺼내자, 쿠로노가 창문 쪽을 봤다. 그에 이끌려 창문을 봤다. 그러자 니아가 매달려 있었다. 아니, 다르다. 리리한테 안겨 허공에 떠 있었다. 왜 안 보이나 했더니 리리한테 붙잡혔던 모양이다. 어째서 리리가 이곳에 있는 것인가. 일어서서 창문으로 달려갔다. 창문을 열자 리리가 니아를 껴안은 채 옆으로 이동했다. 정원에는 쿠로노의 부하—— 레이라를 비롯한 다른 사람들의 모습이 있었다. 루 족도 있다. 선두에 족장, 그 뒤에 라라, 한층 더 뒤에 가마를 짊어진 여자들 순서로 늘어서 있다.

시집이라도 보낼 생각인가…… 설마?! 하는 생각이 솟구쳐 올랐다. 족장은 가우르의 조건—— 강제하지는 않고, 시키지 않는다는 데도 동의했을 텐데? 속은 건가. 아니, 다르다. 확실히 가우르는 조건을 제시했다. 하지만 의사 확인에 관한 조건은 제시하지 않았다. 조건의 허를 찔렸다. 아니아니, 단정 짓는 건 좋지 않다. 리리한테 시선을 향했다.

"뭘 하러 왔지?"

"수, 보내러, 왔어."

가우르가 묻자 리리는 고개를 갸웃하며 대답했다.

"나, 갈게."

"기다려라, 니아를 두고 가라."

"싫어, 결혼, 약속했어."

무리겠지 하고 생각하며 말을 걸었지만, 역시 틀렸다. 리리는 니아를 안은 채 족장이 있는 곳으로 갔다. 베일리 상회와의 교섭은 어떻게 하면 좋지, 하고 생각했지만, 지금은 그런 걸 생각할 겨를이 아니다. 크흠, 하고 가우르는 헛기침한 뒤 쿠로노 쪽을 향해 돌아섰다.

"무슨 일입니까?"

"조금 전 이야기 말이다만, 곧바로 대답을 들려줘야 할 것 같다."

"예?! 아니, 갑자기 그런 말을 들어도——."

"미안하다!"

가우르는 쿠로노의 말을 가로막았다. 침대에 다가가 쿠로노를 업었다.

"아파요! 더 부드럽게!"

"참아라."

"어쩐지 외설스러운 것입니다."

"어디가 말이냐?!"

가우르는 페이한테 딴지를 걸고는 쿠로노를 들고 방을 나갔다. 마이라의 방해는 없었다. 복도를 빠져나가 계단을 뛰어 내려가고, 현관홀을 지나서 (아파, 아파요, 더 부드럽게! 좀 봐줘요오! 라며 소리치는 쿠로노가 성가셨지만) 밖으로 나갔다.

그러자 레이라를 비롯한 쿠로노의 부하들이 족장과 루 족 사람들을 둘러싸고 있었다. 찌릿찌릿한 분위기가 감돌고 있다. 당연한가. 쿠로노가 죽을 뻔하고 나서 아직 2주밖에 지나지 않은 것이다. 냉각기간으로서는 너무 짧다. 그때——.

"이봐이봐, 어떻게 된 거야?"

뒤에서 클로드의 목소리가 울렸다. 가우르 옆에 서서 턱을 매만졌다.

"혈연을 맺을지 어떨지 의사를 확인하러 온 건가."

"아마도……."

"그런가."

클로드는 한숨을 내쉬는 것처럼 말했다.

"어떻게 하시겠습니까?"

"뭘 어떻게 해. 저런 일촉즉발의 상태를 내버려 둘 수는 없는 노릇이잖냐."

"그렇지요."

가우르가 동의하자 클로드는 족장과 루 족 사람들 쪽으로 걸어
갔다. 황급히 뒤를 쫓았다. 클로드는 5m 정도 거리를 두고 멈춰
섰다.

"여어, 아들이 신세를 졌군. 오늘은 무슨 용건이지?"

"그 남자한테서 아무것도 듣지 못했나?"

클로드가 말을 걸자, 족장은 가우르에게 시선을 향했다.

"혈연관계를 원한다는 말은 들었는데 말이야."

"그럼 왜 왔는지도 알고 있겠군."

"이봐이봐, 모든 일에는 순서라는 게 있잖아."

"물론 나도 그건 알고 있다. 하지만 그 남자가 제도라는 곳에
가야만 한다고 하지 않나."

후후, 하고 족장은 웃었다. 가우르는 얼굴을 찌푸릴 수밖에 없
다. 그때——.

"가우르 경, 내려 주십시오."

"알았——."

"살며시입니다! 살며시!!"

쿠로노가 말을 가로막았다. 가우르는 약간 넌더리가 난 기분으
로 (그래도 나중에 불평을 듣고 싶지 않기에 살며시) 쿠로노를 지
면에 내렸다.

"큭⋯⋯."

"괜찮⋯⋯."

쿠로노가 신음했고, 가우르는 괜찮냐고 말을 걸뻔했다. 하지만

도로 집어삼켰다. 살며시 지면에 내렸음에도 불구하고 고통에 신음한 것이다. 괜찮을 리가 없다. 서 있는 것만으로도 괴로울 터다.

"족장, 혈연관계를 원한다고 들었는데, 틀림없습니까?"

"조금 전에 말한 대로다. 나는 구두 약속이 아니라 실효성을 확보하고 싶다."

"그렇게 되면 필연적으로 결혼 이야기가 됩니다만……."

"뭔가 문제라도?"

"실은 이미 어떤 고귀한 여성과 관계를 맺은 바람에, 결혼하려면 제2 부인이—— 윽!"

쿠로노가 비명을 질렀다. 어느샌가 다가온 페이한테 어깨를 붙잡힌 것이다.

"제2 부인은 저인 것입니다. 정신만이 아니라, 물리적으로도 사랑과 충성에 보답해 주셨으면 하는 것입니다. 구체적으로는 물리 파인 가문을 다시 일으키기 위한 도움을 부탁드리는 것입니다."

"철저하네."

"당연한 것입니다."

므후, 하고 페이는 콧김 거칠게 말했다.

"아무래도 제3 부인 취급이 될 거 같습니다. 괜찮은가요?"

"……."

족장은 말이 없다. 말없이 쿠로노를 보고 있다. 설마, 쿠로노한테 상대가 없다고 생각하고 있었던 걸까. 그렇다고 한다면 속이 후련해지는 느낌이다. 당하기만 하는 건 취미가 아니다.

"⋯⋯⋯⋯알겠다."

"상대는 수입니까?"

"그렇다."

족장은 고개를 끄덕이고 뒤돌아봤다.

"수, 나와라."

족장이 말을 걸자 비단발이 걷혔다. 비단발 너머에 있던 건 수다. 신부 의상을 입고, 세세한 장식이 이루어진 베일을 덮어쓰고 있다. 여자들이 가마를 지면에 내리자 수는 가마에서 내려 족장에게 다가갔다. 멈춰 서서 족장을 올려다본다.

"수여, 네게 우리 일족의 명운을 맡긴다."

"알았다. 나, 책무, 완수한다."

수는 진지한 표정으로 고개를 끄덕였고, 쿠로노가 있는 곳으로 향했다. 그때, 라라가 입을 열었다.

"칠푼이!"

"──!!"

수가 발끈한 듯한 표정을 띠고 뒤돌아봤다. 둘은 말없이 서로를 쳐다봤고──.

"책무, 완수해라."

"알고 있다."

수는 발끈한 것처럼 대답하고는 쿠로노에게 다가왔다.

"나, 너의 아내, 잘 부탁한다."

"⋯⋯잘 부탁해."

쿠로노는 뜸을 두고 고개를 끄덕였다. 난감해하고 있는 것처럼 보이기도 한다. 하지만 족장은 만족스러워 보인다. 당연한가. 일족이 멸망을 앞둔 상황에서 딸이라도 시집보낼 수 있었으니까.

"딸을 부탁한다, 사위여."

"잠깐!"

족장이 등을 돌리고 걷기 시작했고, 쿠로노는 큰 목소리로 외쳤다.

"뭐지?"

"들은 대로 저는 제도에 가야 하는데, 족장의 예정은?"

"나는 마을에 돌아간다. 볼일이 있다면 너희들이 와라."

족장은 곤혹스러워하는 듯한 표정을 띠며 말했다.

"제도에서 논공행상이 끝나면 저는 제 영지로 돌아가야만 합니다."

"그게 어쨌다는 거지?"

"약속이……."

"그건 네 사정이다."

쿠로노가 신음하듯이 말하자, 족장은 딱 잘라 말했다. 약속——손가락 자국이 생길 정도로 가슴을 주무른다는 그것일까.

"아니요. 약속을 지켜 주셔야겠습니다."

"제정신인가?"

"지극히 제정신입니다."

족장이 믿기지 않는 얼굴이었고, 쿠로노는 진지한 얼굴로 고개

를 끄덕였다. 족장의 심정은 자~알 이해된다. 딸을 신부로 보내고 수 분도 채 지나기 전에 사위한테서 가슴을 주무르게 해달라는 말을 들은 것이다. 아무리 봐도 쿠로노가 이상하다.

"…………좋을 대로 하라."

족장이 깊게 한숨을 내쉬었고, 쿠로노는 가우르를 봤다.

"가우르 경?"

"알아서 해결해라."

가우르는 고개를 돌렸다. 그러자 쿠로노는 어깨너머로 페이를 봤다.

"페이?"

"저도 돕지 않는 것입니다."

"큭……."

"훗, 무리하지 마라."

쿠로노가 분한 듯이 신음하자 족장은 머리카락을 쓸어올리며 말했다. 쿠로노를 돕는 사람이 없자 여유를 되찾은 모양이다. 쿠로노가 고개를 숙이고 어깨를 떨었다.

"가슴 따위 언제든 주무를 수 있다. 우선은 몸을 치료해라."

"……."

가우르가 말을 건네자 쿠로노는 또다시 분한 듯이 신음했다. 아니, 분을 삭히는 소리가 아니었다. 웬걸, 발을 내디딘 것이다. 쿠로노의 부하뿐만이 아니라, 루 족까지 술렁였다. 가장 놀라고 있는 건 족장이었다. 눈을 크게 뜨고 있다.

"마, 말도 안 된다! 그 몸으로 움직일 수 있을 리가——!!"

"크, 크오오오옷!"

족장이 눈앞의 광경을 부정했지만, 쿠로노는 괴로워하면서도 발을 내디뎠다. 한 걸음, 두 걸음 나아가, 무릎이 꺾였다. 누군가가 휴, 하고 안도의 한숨을 내쉬었다.

"크, 아아아앗!"

쿠로노가 소리쳤지만, 몸은 움직이지 않는다. 그때다. 검은빛이 퍼졌다. 각인이다. 각인이 떠오른 것이다. 무릎이 지면에서 떨어졌다. 제국의 귀족인 쿠로노가 루 족의 술법—— 각인술을 사용한다. 아이러니하게도 이 모습이 융화를 보여주었다. 제국과 루 족이 함께 걷는다는 의지를 체현하고 있다.

하지만 당연하게도 쿠로노한테 그런 고상한 의지는 없다. 족장의 가슴을 주무르고 싶다. 그 일념으로 각인을 사용하여 몸을 움직이고 있어야 한다. 가우르는 눈가를 눌렀다. 어찌 이리도 한심한 모습일까. 한 걸음, 또 한 걸음 거리를 좁혔다. 그 모습에 위기감을 느낀 것이리라. 족장이 뒷걸음질 쳤다. 이대로 도망쳐도 비판받지는 않으리라. 하지만, 그러나——.

"와라! 받아 주마!!"

족장은 거만하게 가슴을 폈다. 가슴이 크게 흔들렸다. 쿠로노의 부하가, 루 족이 술렁인다. 도망쳐도 비판받지 않는다. 하지만 족장은 일족을 이끄는 자로서 대치하는 것을 선택했다. 마치 전투처럼 보일 만큼 박력이 있었다. 뭐, 아무리 박력이 있어도 결국은 가슴을 주무르려는 수준 낮은 싸움이지만.

"큭, 가, 가슴!"

쿠로노가 앞으로 두세 걸음 정도 거리까지 육박했다. 한층 더 발을 내디딘 순간──.

"──!!"

족장의 낯빛이 변했다. 저건 후회하는 얼굴이다. 분위기에 휩쓸려 멍청한 짓을 했다고 후회하는 게 분명하다.

"큭──!"

"가슴!!!"

족장은 신음했고, 뒷걸음질 쳤다. 그때, 쿠로노가 소리쳤다. 그리고 괴이한 현상이 일어났다. 웬걸, 뒷걸음질 치려 했던 족장이 쿠로노 쪽으로 끌어당겨진 것이다. 쿠로노가 쓰러지다시피 하며 족장의 가슴에 얼굴을 파묻었다. 도망치려는 것인지, 족장이 몸을 비틀었다. 하지만 그건 이루어지지 않았다. 쿠로노의 양팔이 족장의 허리에 감겨 있었기 때문이다.

"미, 믿기지 않는 놈이구나! 누구한테도 배우지 않고 장(場)을 쓰다니……!"

족장이 놀란 것처럼 눈을 휘둥그레 뜨며 말했다. 아마도 장이란 창의 움직임을 둔하게 만든 힘이 분명하다. 본래는 누군가한테 배워서 쓰는 모양이지만──.

"──! 그, 그만둬라!!"

족장이 제정신을 차리고 외쳤지만, 쿠로노는 가슴에 얼굴을 파묻은 채였다. 어떻게 하면 좋지, 하고 가우르는 시선을 이리저리 돌렸지만, 움직이려 하는 사람은 없었다.

※

밤── 쿠로노는 멍하게 천장을 올려다봤다. 연기가 떠다니고 있다. 수가 조합한 약초 연기다. 그륵그륵하는 소리가 울린다. 통증을 참고 몸의 방향을 바꿨다. 침대 옆에서는 수가 바닥에 앉아 약초를 갈아 으깨고 있었다.

"……수."

"왜?"

이름을 부르자 수는 손을 멈추고 이쪽을 봤다.

"밤도 깊었는데 슬슬 자는 게……."

"나, 네 아내, 제대로 돌본다."

"고마워."

"나, 아내, 당연."

쿠로노가 고맙다고 말하자 수는 콧김 거칠게 말했다. 아무래도 그녀 나름대로 아내답게 행동하려 하고 있었던 모양이다. 마음은 기쁘지만, 너무 무리하지 않았으면 한다. 어떻게 하면 좋나 싶어 이리저리 궁리한 그때, 똑똑 하는 소리가 울렸다.

"들어와!"

"……실례하겠습니다."

쿠로노가 소리 높여 말하자 문이 열렸다. 문을 연 것은 마이라 였다.

"수 님, 슬슬 쉬실 시간입니다."

"나, 아내, 돌본다."

"그건 좋은 마음가짐입니다."

"당연."

므후, 하고 수는 가슴을 폈다.

"하지만 너무 무리하시다가 수 님이 쓰러지시면 본말전도인 법 입니다. 하물며 새로운 환경에 이제 막 몸을 둔 참. 도련님뿐만이 아니라 자기 몸 상태를 생각해 주셨으면 합니다. 어떠실는지요?"

"…………알았다."

수는 상당한 뜸을 두고 고개를 끄덕였다.

"방을 준비하여 두었으니 이쪽으로."

"……."

수는 고개를 끄덕인 뒤 마이라 쪽으로 갔다. 방을 나간 직후, 불안해 보이는 시선으로 쳐다봤기에 괜찮다며 고개를 끄덕였다.

"잘 자."

"……잘 자."

쿠로노가 다정하게 말하자 수는 앵무새처럼 따라 하듯 중얼거 렸다. 문이 닫힌다. 휴, 하고 숨을 내쉬고 위를 보고 누웠다. 예상 밖의 일투성이라 전부 다 해결되었다고는 할 수 없어도, 납득할 수 있는 결말이지 않나 생각한다. 불현듯 졸음기가 밀려왔다.

꾸벅꾸벅 졸고 있자 똑똑, 하는 소리가 들린 듯한 느낌이 들었다.

"도련님?"

"——?!"

마이라의 목소리가 울려 쿠로노는 눈을 떴다. 옆을 보니 마이라가 이불에 파고들어 와 있었다. 옆으로 누운 상태로 이쪽을 보고 있다. 아뿔싸. 방심했다. 설마 이런 식으로 동침을 허용할 줄이야. 하지만, 아직이다. 아직 만회할 수 있다. 죽음의 시련도 극복했다. 이 정도 곤경 따위, 아무것도 아니다.

"——!!"

쿠로노는 무심코 숨을 삼켰다. 차가운 감촉이 고간에 닿고 있다. 마이라의 손이다. 마이라가 쿠로노의 것을 붙잡고 있다.

"저, 저기, 아, 아직 몸 상태가——."

"어머, 도련님의 이곳은 그렇게 말씀하고 있지 않습니다만?"

"큭⋯⋯."

마이라가 손에 힘을 주며 말했고, 쿠로노는 신음했다. 신음할 수밖에 없다. 마이라의 말대로였다. 페이의 사랑과 충성에 보답한 이후로 3주 남짓이 흘렀다. 인내의 한계였다. 아니, 마이라 손에 인내의 한계를 맞이했다고 할까.

"도련님, 어떻습니까?"

"뭐, 뭐뭐, 뭐가 말이죠?"

"암컷을 원하지 않습니까?"

쿠로노가 되묻자, 마이라는 귓가에서 속삭였다.

"사, 사양합니다."

"그렇습니까."

마이라는 유감스러운 듯이 말했지만, 그사이에도 손가락으로 쿠로노의 것을 가지고 놀고 있다. 금욕 상태였던 탓에 곧바로 절정에 달할 것만 같다. 그때, 움직임이 멈췄다. 무심코 시선을 향하자, 마이라는 쿡쿡 웃었다.

"무슨 문제라도 있습니까?"

"아니, 아무것도 아니야."

"그렇습니까."

마이라는 쿠로노를 보고 있다. 유열(愉悅)로 가득 찬 표정이다. 잠시 후 쿠로노의 그것이 기운을 잃기 시작했을 즈음에 마이라는 재차 손가락을 움직이기 시작했다. 하지만 절정을 앞두고 움직임을 멈춘다. 그걸 몇 번인가 되풀이하고——.

"마이라?"

"왜 그러십니까?"

"큭……."

마이라가 도로 되물어 쿠로노는 신음했다.

"이런 애태우기는 좀……."

"애를 태워? 무슨 말인지요?"

마이라는 짐짓 능청스러운 티가 나게 고개를 갸웃했다.

"큭, 알고 있으면서."

"죄송하지만 저는 독심술을 배우지 않았습니다."

마이라는 손을 빼내어, 황홀한 표정으로 젖은 손가락을 핥았다.

"입에 싸 주실 수 없을까요?"

"입에⋯⋯?"

"네, 암컷을 원하는가 원하지 않는가. 대답을 아직 듣지 못했습니다."

그렇게 말하고, 마이라는 쿠로노의 손을 꽉 잡았다. 그리고 손가락을 핥았다. 따뜻한 감촉이 손가락을 감싼다. 손가락을 쿠로노에, 입을 마이라에 비기고 있는 게 틀림없다. 의사(疑似) 행위다. 그런데도 쿠로노는 아플 정도로 기운을 되찾고 있었다.

"도련님, 어떻게 하시겠습니까?"

"⋯⋯."

마이라가 고혹적으로 속삭였고, 쿠로노는―― 굴복했다.

※

다음 날―― 앞장서 가는 양아버지를 따라 쿠로노 일행은 공동묘지를 나아갔다. 아니, 타이가가 묘지를 나아간다고 해야 할까. 쿠로노는 걸을 수 있을 만큼 회복하지 못하여 타이가한테 업혀 있으니까. 쿠로노는 타이가한테 업힌 채 묘지를 바라봤다. 크로포드 남작령의 역사가 짧은 탓에 묘석 수는 적다. 그 때문인지 공원처럼 느껴진다. 양아버지가 묘지 한구석에서 멈춰 섰고――.

"타이가, 내려줘."

"알겠소이다."

쿠로노가 어깨를 두드리자, 타이가는 살며시 지면에 내려 주었다. 발을 내디뎠다. 그것만으로도 몸이 삐걱대는 것처럼 아팠지만, 고통을 참고 양아버지 옆에 서서 묘석을 바라봤다. 양어머니——에르아 프론드의 묘다. 식물의 생장이 현저한 계절임에도 불구하고 잡초가 정리되고 꽃이 올려져 있다. 그것만으로도 양어머니가 얼마나 영민들에게 흠모받고 있는지를 알 수 있다.

"힘들면 업혀있어도 된다만."

"남자한테는 허세를 부려야 할 때가 있는 법이지."

"울상짓던 녀석이 잘도 말하는군."

"내 입장이 되면 누구라도 울 거라고 생각해."

"……그래."

쿠로노가 반론하자 양아버지는 약간 뜸을 두고 고개를 끄덕였다. 감상적인 기분이 든 것이리라. 그 이후로 입을 다물어 버렸다. 침묵이 내리깔렸지만, 불편한 분위기는 느껴지지 않는다. 이런 시간이 자신들에게는 필요하다고 생각하게 해주는 따뜻한 침묵이었다.

"……끝났군."

양아버지가 나직이 중얼거렸다. 쿠로노는 아무 말도 하지 않았다. 아마 루 족이 적이 아니게 됨으로써 양아버지 안에서 일단락이 지어진 것이리라. 잠시 후——.

"도련님!"

뒤에서 마이라의 목소리가 울려 쿠로노는 뒤돌아봤다. 타이가 너머── 묘지 입구에 마이라가 서 있었다. 아니, 마이라뿐만이 아니다. 레이라, 여주인, 페이, 스노우, 수가 이쪽을 보고 있다. 조금 더 기다려 달라고 하는 게 좋을까 하고 생각한 그때, 양아버지가 가볍게 어깨를 두드렸다. 무심코 양아버지를 봤다.

　"갔다 와라."

　"그래도──."

　"일이니까 어쩔 수 없지."

　그렇게 말하고 양아버지는 쓴웃음을 지었다.

　"아버지는 어쩔 거야?"

　"나는 한동안 여기 있을 거다. 이야기하고 싶은 것도 있고 말이지."

　"너무 늦기 전에 돌아와."

　"걱정시킬 정도로 늙어빠지진 않았다."

　"다녀오겠습니다."

　"그래, 다녀와라."

　쿠로노는 양아버지의 말을 듣고 걸음을 내디뎠다.

제국력 431년 8월 상순 저녁—— 쿠로노가 눈을 뜨자 그곳은 상자형 마차 안이었다. 맞은편 자리에서는 수가 편안한 숨소리를 내며 자고 있고, 옆자리에서는 여주인이 창틀에 팔꿈치를 대서 턱을 괸 채 바깥 풍경을 바라보고 있었다. 창밖에는 정연한 거리 모습이 펼쳐져 있다.

"안주인, 좋은 아침."

"……좋은 아침."

여주인은 이쪽을 향해 돌아보고 인사해 주었다. 그리고 작게 한숨을 내쉬었다.

"용케 그렇게나 쿨쿨 잘 수 있네."

"흔들리는 마차 안에 있으면 졸음이 온단 말이지."

여주인이 어처구니없다는 듯이 말했고, 쿠로노는 하품을 참으며 대꾸했다.

"단조로운 자극이 졸음을 유발하는 걸까?"

"내가 알 리 없잖아."

"지금 어디쯤이야?"

"제도의 구시가지에 들어온 참이야."

아아, 하고 쿠로노는 목소리를 냈다. 어쩐지 정연한 거리 모습이 펼쳐져 있을 만도 했다. 구시가지에 막 들어온 참이라는 건 크로포드 저택에 도착할 때까지 시간이 있다는 말이다. 기회다. 쿠로노는 여주인과 거리를 좁혔지만——.

 "그러고 보니 몸 상태는 어때?"

 "몸 상태? 아, 응, 꽤 좋아졌어."

 여주인이 기선을 제압하는 것처럼 말했고, 쿠로노는 평정을 가장하며 대답했다. 남변경을 나왔을 때는 힘들었지만, 수가 증상에 맞춰 약을 조합해 준 덕분에 상당히 편해졌다.

 "너무 무리하지는 마."

 "응, 약속할게. 그런데——."

 "오늘은 크로포드 저택에 머물 건데, 주방은 마음대로 써도 되는 거지?"

 "그건 상관없는데, 그보다——."

 "남이 전부 다 해주는 것도 나쁘지 않지만, 스스로 요리를 만드는 건 좋네."

 또다시 여주인한테 말을 가로막혔다.

 "어째서 집요하게 내 이야기를 막는 거지?"

 "안 좋은 예감이 드니까."

 "하다못해 이야기만이라도 들어주면——."

 "나는 쿠로노 님이 '그' 메이드복을 가지고 온 걸 알고 있어."

 "——!!"

 쿠로노는 무심코 숨을 삼켰다. 설마, 들켰을 줄이야.

"보나 마나 그걸 입고 밤 시중을 들어 달라는 소릴 할 거잖아."

"⋯⋯⋯⋯네."

쿠로노는 상당한 뜸을 두고 고개를 끄덕였다.

"죽어도 사절이야."

"왜 그런 섭섭한 말을 해?"

"조금 생각하면 알잖아."

흥, 하고 여주인은 콧방귀를 꼈다.

"전에는 노출이 많은 메이드복을 입어 주셨는데⋯⋯."

"그건 그거, 이건 이거야. 그보다 노출의 차원이 다르잖아, 노출의 차원이."

"수백 년 뒤에는 그게 일반적인 게 될 거야, 아마."

"공교롭게도 난 지금을 살고 있단 말이지."

"⋯⋯그렇습니까."

쿠로노는 어깨를 축 떨궜다. 물론 연기다. 여주인을 훔쳐봤다. 그러자 시시한 것이라도 보는 듯한 눈으로 이쪽을 보고 있었다.

"나 참, 어째서 그런 걸 입히고 싶어 하는 건지."

"그건, 남자의 로망이라고밖에."

"내 남편은 그런 걸 입히고 싶어 하지 않았어."

"정말로?"

"⋯⋯정말이야."

쿠로노가 되묻자, 여주인은 약간 뜸을 두고 대답했다. 직전에 기억을 더듬는 것처럼 시선을 위로 향했지만, 짚이는 건 없었던 모양이다.

"이상하다. 그럴 리가 없는데."

"모든 사람이 전부 쿠로노 님과 같은 가치관으로 사는 건 아니야."

"아니, 잘 생각해 봐. 새로운 속옷, 아니, 옷을 샀을 때, 묘하게 기뻐하지 않았어?"

"뭐, 그 정도는……."

여주인은 퍼뜩 깨달은 것처럼 쿠로노를 봤다.

"혹시나 해서 말해 두겠지만, 남편이 기뻐했던 건 옷이야, 옷."

"알고 있어. 그래도, 기뻐했지?"

"그야, 뭐어……."

여주인은 우물우물 중얼거렸다.

"즉, 그런 겁니다."

"무슨 뜻인데?"

"남편분은 안주인의 매력을 재발견해서 기뻐졌던 거야. 즉, 나는 방향성이 조금 다를 뿐, 같은 마음이라는 거지."

"……그래?"

여주인은 미심쩍은 표정을 띠었다. 하지만, 아주 싫지만은 않은 모양이다. 좋아, 조금만 더 밀어붙이면 된다. 여주인한테 비키니 메이드복을 입히는 거다. 가능하면 노브라로.

"그래. 나는 안주인의 매력을 재발견하고 싶어. 그러니까 내가 안주인과 코스프레를 즐기고 싶다고 생각해도 그건 사랑하는 마음 때문이야."

"코스프레……?"

"군복을 입거나, 신화나 이야기 속 등장인물의 모습을 하는 것. 요컨대 가장이지."

여주인이 앵무새처럼 따라 하듯 중얼거렸고, 쿠로노는 코스프 레에 관해 설명했다.

"무슨 말을 하려는 건가 싶더니만……."

"왜 한숨을 쉬는 거야?"

"어처구니가 없으니까."

쿠로노가 이유를 묻자 여주인은 깊은 한숨을 내쉬었다.

"저기, 그래서, 코스프레는?"

"죽어도 사절이야."

"그렇습니까."

여주인이 발끈한 것처럼 말했고, 쿠로노는 어깨를 푹 떨궜다. 여주인한테 코스프레를 시키는 건 어려울 것 같다. 분하고 원통 하다. 하지만 기회는 돌아올 터다. 주먹을 꽉 쥔 그때, 가벼운 관 성이 느껴졌다. 창밖을 보니 경치가 흘러가는 속도가 느릿하게 바뀌어 있었다. 거리 모습도 낯이 익다. 마차가 멈추고 수가 몸을 일으켰다.

"도착했다?"

"응, 제도에 말이야."

"제도?"

"그래, 제도."

수가 앵무새처럼 반복해서 중얼거렸고 쿠로노는 고개를 끄덕였다. 갑자기 덜컥, 하는 소리가 났다. 소리가 난 쪽을 보니 레이라가 문을 연 참이었다.

"쿠로노 님, 도착했습니다."

"고마워."

쿠로노는 레이라에게 감사를 전하고 마차에서 내렸다. 마차는 크로포드 저택 문 앞에서 멈춰 있었다. 마차 뒤를 보니 천막을 친 마차 10대가 줄지어 있었다. 구경꾼이 모여들기 시작하고 있다. 이제 어떻게 할지 생각하고 있자 현관문이 열렸다.

저택에서 나온 건 연미복을 입은 남자다. 어깨 폭이 넓고 새하얀 머리카락을 하나로 묶었다. 그야말로 노집사라는 느낌의 옷차림이다. 이름은 오르트── 옛날에는 양아버지의 용병단에서 참모를 맡았고, 현재는 크로포드 가문의 관리인을 맡고 있다. 오르트는 쿠로노에게 다가와 깊숙이 머리를 숙였다. 양아버지와 마찬가지로 나이를 느끼게 하지 않는 절도 있는 동작이다.

"쿠로노 님, 잘 돌아오셨습니다."

"다녀왔어. 또 신세를 질게."

"예, 그럴 생각으로 기다리고 있었습니다."

오르트는 등을 쭉 펴고 시선을 움직였다.

"오늘 크로포드 저택에서 숙박하시는 건 쿠로노 님, 레이라 님, 세라 님, 페이 님이 맞으실까요?"

"한 명 더 추가로."

어깨 너머로 뒤를 보자 수가 여주인의 도움을 받으며 마차에서 내리던 참이었다. 후우, 하는 소리가 났다. 오르트의 한숨이다. 정면을 향해 돌아보자, 그는 눈을 가늘게 뜨고 있었다.

"시대가 변하는 모습을 보는 건 처음이 아닙니다만, 정말이지 곤혹스럽군요."

"제대로 손님으로 대우해 줘."

"물론입니다."

관리인으로서의 프라이드에 흠집을 내고 만 것일까. 오르트는 살짝 불쾌감을 드러내며 말했다. 사과하는 편이 좋으려나 생각했을 때——.

"뭐어~?! 난 엄마랑 같이 있는 게 좋은데."

불만스러운 목소리가 울렸다. 뒤돌아보는 것과 동시에 스노우가 상자형 마차 지붕에서 뛰어내렸다.

"스노우!"

"——!"

레이라가 날카롭게 소리쳤고, 스노우는 목을 움츠렸다.

"그래도, 엄마랑 같이 있고 싶은걸."

"스노우, 지금은 아직 군 임무 중이에요. 저를 부를 때는——."

"레이라 대장, 알겠습니다아~."

스노우가 레이라의 말을 가로막고 말했다. 조금도 알고 있지 않은 말투다. 레이라가 눈초리를 치켜떴고, 쿠로노는 손바닥을 향했다. 기다리라는 지시다. 쿠로노는 수에게 시선을 향했다. 여주인의 손을 잡은 그 모습은 가냘프다.

"오르트, 한 명 더 추가하는 걸로."

"잘 알겠습니다."

쿠로노가 오르트 쪽을 돌아보며 말하자, 오르트는 고개를 크게 끄덕였다. 레이라가 다가왔다.

"괜찮으신가요?"

"응, 수도 나이가 비슷한 애가 있는 편이 좋을 테고."

"그런 것이라면."

"와~이! 쿠로노 님, 고마워!!"

레이라가 마지못한 느낌으로 고개를 끄덕이자, 스노우는 펄쩍 뛰며 기뻐했다. 쿠로노한테 달라붙는다. 역시 어린애구나 싶어 입가에 미소가 지어진다. 하지만 연기인 것 아닐까 하는 생각이 솟아오른다. 아니, 지나친 생각이다. 여주인이 코스프레를 해줬으면 좋겠다는 더럽혀진 마음이 스노우의 순수한 행동을 왜곡시켜 보여주고 있는 것이다.

"다른 모두는……."

"제11 가구(街區)에 있는 여관을 빌렸으니, 그쪽으로. 제12 가구가 가깝기에 치안은 그다지 좋지 않습니다만, 여행으로 생긴 때를 씻어내기에는 딱 좋겠지요."

그렇게 말하고, 오르트는 입가에 미소를 지었다. 여행으로 생긴 때를 씻어낸다──환락가에 몰려가 영기(英氣)를 보양한다는 의미이리라. 이렇게 살살 구슬리는 솜씨는 흉내 낼 수가 없다. 군사학교 시절 동급생이 유흥가에 갈 때 같이 가자고 해주거나, 양아버지가 했던 말의 의미를 이해할 수 있었더라면 변했을까. 아니, 결국은 주눅이 들어서 못 갔을 게 분명하다.

"그럼 저는 사브 님과 상의할 테니……."

짝, 짝, 하고 오르트가 손뼉을 쳐서 소리를 냈다. 그러자 현관문이 열렸다. 나온 것은 메이드다. 머리카락은 길지만, 기르고 있는 게 아니라 자라도록 놔두고 있다는 인상이 느껴진다.

"그녀는 루시아라고 합니다."

"처음 보는 얼굴이네."

"고용한 지 얼마 되지 않았기에."

흐음~, 하고 쿠로노는 맞장구를 쳤다.

"루시아, 쿠로노 님과 손님을 방으로 안내해 드려라."

"……알겠습니다."

루시아는 가만가만 다가와 머리를 꾸벅 숙였다. 아무렇게나 되는 대로 하는 인사다. 오르트는 작게 한숨을 내쉬었고, 쿠로노 옆을 지나쳤다. 마차의 마부석── 사브가 있는 곳으로 향했다.

"그러면, 방으로 안내하겠습니다."

"……잘 부탁해."

쿠로노한테 안내는 필요 없지만, 일단 부탁하기로 했다.

※

"하~, 지쳤다."

쿠로노는 4층에 있는 자신의 방에 들어가 살며시 침대에 누웠다. 평소라면 자빠지듯이 누웠겠지만, 아직 몸이 아픈 것이다. 위를 보고 누워 있자, 쾅 하는 소리와 함께 문이 열렸다. 쿠로노는 벌떡 일어나──.

"윽!!"

몸의 통증에 신음했다. 문으로 시선을 향하자 수가 서 있었다. 커다란 주머니를 들고 있다.

"너, 학습, 못한다."

"누구 때문이라고 생각해."

"나 때문, 아니다."

수는 거칠게 문을 닫고는 쿠로노에게 다가갔다. 주머니를 바닥에 내려놓고 앉았다. 부스럭부스럭하는 소리가 울렸고, 연기가 피어올랐다. 진정 작용이 있는 약초를 불에 태우고 있는 것이다.

"집중."

"알았어."

쿠로노는 위를 보고 누워 의식을 집중했다. 검은 각인이 떠오른다. 연기를 바라보며 눈을 가늘게 떴다. 연기가 소용돌이친다. 각인술의 장── 공격이나 마술을 막는 방어벽 작용에 의한 것이다.

수 말에 따르면 각인술은 술자의 의사를 반영하는 역장을 전개하는 술법이며, 그 이외는 부차적인 효과에 지나지 않는다는 듯

하다. 이 이야기를 들었을 때, 쿠로노는 리리를 떠올렸다. 레이라
와 타이가가 도망칠 수 있게 하고자 싸웠을 때, 그녀는 천추신악
이 스치지도 않았는데 튕겨 날아갔다. 그건 천추신악에 의해 장
이 파손되었기 때문이었다. 지금 쿠로노는 장을 유지하는 훈련을
하고 있는데——.

"아……."

장이 일그러져 쿠로노는 작게 소리를 냈다.

"집중!"

"집중!"

수가 날카롭게 외쳤고 쿠로노도 외쳤다. 미간을 찌그리고 의식
을 집중한다. 하지만 실제로는 집중하지 못하고 있었던 것이리
라. 장 이곳저곳에 구멍이 나서, 터지다시피 하며 사라졌다. 게다
가 각인이 불규칙한 명멸을 되풀이했다.

"지, 집중!"

"무리."

각인이 사라지지 않도록 의식을 집중하려 했지만, 수가 작게
한숨을 내쉬었다. 마치 그것이 계기가 된 것만 같이 각인이 사라
졌다.

"사라져 버렸네. 처음부터 다시——."

"안 돼."

쿠로노가 재도전하려 하자, 수가 힘없이 고개를 가로저었다.

"앞으로 한 번 정도라면."

"주술, 너무 사용, 좋지 않다."

"……알았어."

수가 타이르듯이 말했고 쿠로노는 마지못해 받아들였다.

"강해질 수 있다고 생각했는데."

"주술의 힘, 허상."

"신랄하네~."

쿠로노는 천장을 올려다보며 투덜거렸다. 하고 싶은 말은 알지만, 허상이라도 강해지고 싶다. 그것이 솔직한 마음이다. 그때, 똑똑 하는 소리가 울렸다. 문을 두드리는 소리다.

"들어와!"

"……실례하겠습니다."

쿠로노가 소리 높여 말하자, 문이 열렸다. 문을 연 것은 루시아다.

"무슨 일이야?"

"쿠로노 님께——."

"여어, 쿠로노!"

루시아에게 물어봤지만, 루시아는 마지막까지 다 말하지 못했다. 리오가 그녀를 밀어젖히고 방에 들어왔기 때문이다. 루시아가 발끈한 듯한 표정을 띠었다.

"루시아, 고마워. 물러나도 돼."

"……알겠습니다."

루시아는 심호흡하고는 고개 숙여 인사하고 문을 닫았다. 다음 순간, 수가 펄쩍 뛰어 리오와 거리를 벌렸다. 각인을 띄우고 위협하는 것처럼 으르렁거리는 소리를 냈다.

"어라? 그녀가 소문으로 듣던 야만족이야?"

"벌써 소문이 돌고 있구나."

"타우르 경의 아들이 야만족을 복속시켰다는 정도의 소문이지만 말이야. 아마 타우르 경이 일부러 소문을 퍼뜨린 것 아닐까. 소문이 퍼지면 심한 대응은 하지 못할 테니까 말이야."

"타우르 경이······."

중얼거리는 와중에 뇌리를 스친 것은 가우르의 모습이었다. 가우르가 루 족을 위해 공적을 퍼뜨리도록 부탁했다고 생각하는 편이 감이 확 온다.

"그래서······."

리오가 수한테 시선을 향했다. 오싹할 정도로 차가운 눈동자다.

"그래서, 이 애는 뭐야?"

"나, 루 족의 수, 쿠로노의 아내."

"쿠로노의 아내?"

"그래, 아내."

리오가 의심스러운 표정을 띠었지만, 수는 자랑스럽게 말했다.

"너, 뭐다?"

"아아, 소개가 늦었네. 나는 리오 케이론, 쿠로노의 연인이야."

"연인?"

"모르겠으면 아내라고 생각해 주면 돼."

수는 쿠로노에게 시선을 향했고, 못마땅하다는 듯이 미간을 찡그렸다. 다시 리오에게 시선을 향했다.

"쿠로노, 능력 없다."

"아하핫, 제법 심한 말을 하네."

수가 나직이 중얼거렸고, 리오는 유쾌하다는 듯이 웃었다. 조금 상처받는다.

"쿠로노, 한 사람 몫 한다, 용사. 하지만, 그렇게까지 능력 없다."

"뭐야, 모르는 거야? 쿠로노는 부자야. 아내 100명이나 200명은 거뜬하다고."

"……거짓말?"

리오의 말을 듣고 수가 이쪽으로 시선을 향했다.

"한 사람당 월 금화 두 닢이라 치고………. 뭐, 그 정도라면."

"너, 굉장하다! 나, 자랑스럽다!!"

쿠로노가 암산으로 필요한 금액을 어림잡아 계산하고 말하자, 수는 기쁜 듯이 말했다. 아무래도 능력 없는 남자에서 능력 있는 남자로 승격한 모양이다.

"그런데 수?"

"음?"

리오가 부드럽게 말을 걸었다. 그러자 수는 그녀를 올려다봤다.

"나는 너랑 친해지고 싶다고 생각하는데……."

"──!!"

리오는 대수롭지 않게 거리를 좁혀 수의 머리에 손을 올려놓았다. 손을 뿌리치려 했지만, 어지간히 힘의 차이가 있는지 그러지 못했다.

"사이좋게 지내 줄래?"

"큭……."

"사이좋게 지내 줄 거지?"

"……알았다. 사이좋게 지낸다."

리오가 재차 묻자, 수는 뜸을 두고 고개를 끄덕였다. 거절했다간 죽을 거라고 생각한 것일지도 모르지만, 각인이 사라졌다.

"친구로서 부탁이 있는데, 쿠로노랑 둘만 있게 해주지 않겠어?"

"큭, 알았다."

수는 분한 듯이 신음하긴 했지만, 리오의 부탁을 들어줬다. 어깨를 축 떨구고 방에서 나갔다. 리오는 한숨을 후우 쉬고는 침대에 앉았다.

"좀 더 다정하게 대해 줘도……."

"어린애는 껄끄럽단 말이야."

리오는 삐친 듯이 입술을 삐죽였다.

"이번에도 큰일이었던 것 같네."

"들었어?"

"제9 근위기사단의 일은 성 경비니까 말이야. 자연히 소문에 능통해진단 말이지."

쿠로노가 되묻자, 리오는 쿡쿡 웃었다. 소문이 도는 건 막을 수 없다고는 하지만, 명색이 나라의 중추가 그래도 괜찮은 건가 하는 생각이 안 드는 것도 아니다.

"너무 무모한 짓은 하지 마."

"좋아서 무모한 짓을 하는 게 아니야."

"거기선 거짓말이라도 괜찮으니까 약속한다고 말하는 거야."

"약속할게."

"늦었어."

리오는 한숨을 섞으며 말하고는 침대에 누웠다. 쿠로노에게 달라붙어──.

"쿠로노가 죽으면 어떻게 해야 좋을지 알 수 없어."

"약속할게. 더는 무모한 짓은 안 해."

"보나 마나 또 무모한 짓 할 거면서."

불합리하다고 생각했지만, 입 밖으로는 꺼내지 않았다.

"그러고 보니, 어째서 리오가 이곳에?"

"논공행상 일정이 정해져서 전하러 온 거야."

"고작 그런 일로 제9 근위기사단 단장이 직접?"

"1초라도 빨리 쿠로노를 만나고 싶었어."

소녀의 마음이 이뤄낼 수 있는 행동이야, 라며 리오는 웃었다. 그리고, 라며 말을 계속했다.

"단원이 심부름을 싫어해서 말이지."

"그건 그것대로 문제 아닌가."

"뭐, 지금쯤은 순순히 심부름 갈 걸 그랬다며 후회하고 있지 않을까."

문득 뇌리를 스친 것은 리오 부관의 모습이다. 친정(親征) 때 리오 님을 배신하면 죽을 거라며 조용히 협박했었다. 지금 떠올려도 오싹하다. 그걸 생각하면 후회라는 말로는 부족한 듯한 느낌이 든다. 입은 화의 근원이라는 건 이걸 두고 하는 말인가.

"그래서, 논공행상은 언제야?"

"모레야."

"제법 서둘렀네?"

"신성 아르고 왕국에 불온한 움직임이 있는 것 같아서 말이지. 야만족 건은 얼른 끝내고 그쪽에 주력하고 싶은 것 아닐까."

"강화가 성립되고 7개월밖에 지나지 않았는데……."

쿠로노는 목걸이를 꽉 쥐었다. 강화가 영원히 계속되리라고는 생각지 않는다. 하지만 레오, 호르스, 리저드── 수많은 병사를 희생하여 얻은 것이 그래서야 납득할 수 없다.

"신전 세력의 폭주이려나."

"왜 그렇게 생각해?"

"친정으로 신성 아르고 왕국도 상당한 손해를 입었을 거야. 무리한 징병도 했던 것 같고, 이 상황에서 정상적인 군인이라면 전쟁을 썩 달가워하지 않겠지. 그렇다면 신전 세력이 폭주하고 있다고 해석하는 게 그나마 현실감이 있어."

리오의 물음에 쿠로노는 자기 생각을 말했다. 신기관을 지휘관으로 앉히는 녀석들이다. 전쟁으로 패배를 만회하고자 해도 이상하지는 않다. 그렇게 되면──.

"알코르 재상은 신전 세력의 폭주에 응하겠군."

"역시 쿠로노는 머리가 좋네."

그렇게 말하고 리오는 쿠로노의 가슴에 머리를 얹고는 작게 한숨을 내쉬었다.

"보아하니 괜찮을 것 같네."

"뭐가?"

"쿠로노는 알코르 재상이나 알포트 전하를 증오하는 것 같은데, 논공행상 자리에서 둘을 죽이려 하지 않을까 걱정했어."

"아무리 그래도, 그런 짓은 안 해."

"그래? 하지만, 죽이고 싶다고 생각하면 언제든지 말해줘. 쿠로노가 바란다면 기꺼이 둘의 머리를 바칠 테니까."

"……그런 짓 하지 않아도 돼."

쿠로노는 뜸을 두고 말했다. 즉답하지 못했던 건 망설였기 때문이다. 연인을 암살자로 만든다니, 경멸해야 할 생각이다. 하물며 망설이다니 구역질이 난다.

"그런 짓 안 해도 돼."

"불안한 거야."

쿠로노가 타이르듯이 말하자, 리오는 나직이 중얼거렸다. 그러고는 몸을 일으켰다.

"자, 그럼 볼일은 끝났고, 슬슬 가볼까나."

"——!!"

리오가 일어섰고, 쿠로노는 순간적으로 그녀의 손목을 붙잡았다.

"왜 그래?"

"저녁, 같이 어때?"

"그러네. 얻어먹도록 할까."

리오는 쿡쿡 웃었다.

※

밤——.

"쿠로노 님, 몸 상태는 괜찮습니까?"

쿠로노가 리오와 같이 식당에 들어가자 오르트가 말을 걸었다. 벽 뒤편에 모습을 숨기고 있었기에 무심코 움찔하고 말았다.

"몸 상태는?"

"아아, 응, 이렇게 걸을 정도로는 이제 괜찮아."

"그건 다행입니다."

주먹을 쥐었다가 폈다가 하며 대답하자, 오르트는 입가를 일그러뜨리며 고개를 끄덕였다. 다행이라는 표정이 아니다.

"다들 자리에 앉아 기다리고 있습니다."

응, 하고 고개를 끄덕이고 테이블을 봤다. 오르트의 말대로 페이, 스노우, 수 세 사람이 자리에 앉아 기다리고 있었다. 리오와 같이 세 명 맞은편 자리에 앉았다.

"안주인과 레이라는?"

"식사를 차리고 있는 것입니다."

쿠로노의 질문에 대답한 건 페이였다. 비키니 메이드복을 입고 나서 노골적으로 쿠로노를 피하고 있었기에 약간 안심했다. 아니, 안심하기는 아직 이르다. 잘 보니 살짝 시선을 피하고 있다. 그걸 알아챈 것이리라. 리오가 입을 열었다.

"시선을 피하고 있는데, 무슨 일 있었어?"

"아, 아아, 아무것도 아닌 것입니다."

리오의 물음에 페이는 살짝 뒤집힌 목소리로 대답했다. 눈 깜짝할 사이에 뺨이 빨갛게 물들어, 귀까지 새빨개졌다. 리오가 정말로? 라고 말하는 것처럼 몸을 내밀자, 페이는 고개를 돌렸다.

"페이는 나한테 사랑과 충성을 맹세했어."

"갸──악!!"

도와주려는 생각으로 말한 거였는데, 페이는 절규했다.

"어, 어어, 어째서 그런 걸 말하는 것입니까?!"

"어째서라니, 리오는 이미 눈치챘어."

"그런 문제가 아닌 것입니다!"

페이는 양손으로 얼굴을 덮고 바닥을 발로 쿵쿵 굴렀다. 어지간히 창피한 것이리라. 귀가 빨간 걸 넘어서 검붉게 변해 있다.

"페이, 괜찮아?"

"으윽, 너무 창피한 나머지 죽어 버릴 것만 같은 것입니다."

스노우가 걱정스러운 듯이 말을 걸자, 페이는 신음하는 것처럼 말했다. 스노우가 비난하는 듯한 시선으로 쳐다봤다. 아니, 비난

한다고 평가하기에는 귀여운가.

"스노우, 나는 페이한테 창피를 주려고 했던 게 아니야."

"그럼 어째서 그런 말을 한 거야?"

"편하게 해주려고 생각해서."

"전혀 편해지지 않은 것입니다!"

스노우의 물음에 대답하자, 페이는 테이블을 꽝 두들겼다.

"아니, 그래도 잘 생각해 봤으면 해. 리오는 알고 있었어. 알면서 한 거야. 여기서 얼버무려 봤자 괴로움이 질질 계속될 뿐이지. 그러니 여기서는 사실관계를 분명히 하는 편이 좋다. 그렇게 판단해서 한 거야."

"큭, 그건……."

쿠로노의 말에 페이는 말을 머뭇거렸다. 좋아, 어찌어찌 헤어날 수 있을 것 같다. 테이블 밑에서 주먹을 꽉 쥔 그때, 스노우가 입을 열었다.

"하지만, 페이를 생각한다면 얼버무려 주는 편이 좋았을 거라고 봐."

"──! 그래요! 그런 것입니다! 절 생각한다면 얼버무려 주는 편이 좋았던 것입니다! 저는 마음에 상처를 입은 것입니다! 사랑과 충성에 대한 보수로, 사죄의 증표로 물리파인 가문을 부흥시키는 데 협력을 요청하는 것입니다!"

페이는 번뜩인 것처럼 스노우를 바라보고는, 단숨에 거침없이 말했다.

"……물리파인 가문 부흥이라."

"쿠, 쿠로노 님, 협력해 주시는 것이지요?"

쿠로노가 나직이 중얼거리자 페이는 쭈뼛쭈뼛 말했다.

"협력하려고 생각하는데, 어떻게 하면 부흥한 게 되는 걸까 싶어서."

"어떻게 하면……?"

페이는 앵무새처럼 따라 하듯 중얼거렸고, 그대로 입을 다물었다. 잠시 후 리오에게 시선을 향했다.

"어떻게 하면 부흥한 게 되는 것입니까?"

"그걸 왜 나한테 물어?"

"리오 경은 제국의 명문 귀족인 것입니다."

"하, 명문 귀족이라."

리오는 한숨을 섞으며 중얼거렸다.

"제국의 요직에 앉으면 부흥한 게 되겠지만……. 무리일 것 같네."

"어째서 무리라고 하는 것입니까?"

"조직에 속할 만한 성격이 아니니까 말이야."

"큭……."

페이는 신음했지만, 자각은 있는 것이리라. 반론하지는 않았다.

"뭐, 쿠로노 밑에서 기회를 살피는 편이 좋지 않으려나."

"하극상의 기회 말인 것입니까?"

"하극상이라는 말은 한마디도 안 했잖아!"

267

페이가 침을 꿀꺽 삼켰고, 쿠로노는 참지 못하고 딴지를 걸었다.

"사자는 새끼들을 천 길 계곡으로 밀어 떨어뜨린다고——."

"새끼들이라니 뭐야, 새끼들이라니?!"

"물론 서로 방해하는 걸 권장하는 것입니다. 인생은 서바이벌인 것이네요."

"그런 난도 높은 인생은 싫다고!"

"배다른 형제끼리 서로 죽고 죽이다니 마음이 아픈 것입니다."

"그럼 그만두자고! 그런 고독(蠱毒) 같은 짓!"

"고독?"

"동방에 전해지는 주술로, 독충 100마리를 항아리에 넣고 서로 죽이게 하는 거야."

"제 아이한테 그런 짓을 시킬 생각인 것입니까?!"

"내가 한 말이 아니야!"

페이가 하복부를 누르며 소리쳤고, 쿠로노는 맞서 소리쳤다.

"그렇게 되지 않도록 쿠로노 님은 어떻게 보답해 주실 생각인 것입니까?"

"페이를 제2 부인으로 맞아들이고 자식한테 적절한 교육을 시킵니다."

"그것뿐인 것입니까?"

"좋은 곳에 취직할 수 있도록 알선합니다."

"에~, 그것뿐인 것입니까~."

페이가 불만스러운 듯이 목소리를 냈다.

"이 이상 뭘?"

"영지인 것입니다, 영지."

페이는 히죽 웃었다. 그 순간, 크흠, 하는 소리가 울렸다. 오르 트의 헛기침이다. 경솔하게 대답하지 말라는 뜻이다.

"그 부분은 차차 정하자, 차차."

"네~? 지금 정했으면 하는 것입니다."

"지금 정해도 좋지만, 대신 비키니 메이드복 같은 건 비교도 안 되는 걸 요구할 거야."

"비키니 메이드복 조차 비교도 안 되는 요구인 것입니까."

"그래, 예를 들면……."

쿠로노는 여주인이나 마이라한테 한 것과 같은 요구를 말하려 다가 그만뒀다. 이곳에는 스노우와 수가 있다. 둘의 교육에 좋지 않다.

"여기서는 말할 수 없어."

"어, 어어, 어떤 요구를 할 생각인 것입니까?"

"우선 페이가 상상할 수 있는 최대로 파렴치한 것을 떠올려 주 세요."

"알겠는 것입니다."

"그런 건…… 천국이야!!"

"악마! 여기에 악마가 있는 것입니다!"

"악마가 아니라 주인님이야."

후후후, 하고 쿠로노는 대담하게 웃었다. 그때──.

"자, 자, 바보 같은 이야기는 그쯤 해. 식사 시간이야."

여주인이 쟁반을 들고 주방에서 나왔다. 약간 늦게 레이라가 나왔다. 유감이지만 메이드복이 아니다. 에이프런을 걸쳤을 뿐인데, 어째서인지 마음이 따뜻해진다. 여주인이 요리를 테이블 위에 올려놓는다. 레이라는 약간 요령이 나쁘다. 참고로 오늘 저녁 식사 메뉴는 빵, 수프, 샐러드, 닭고기 허브구이이다.

"셋 다 손을 제대로 씻었어?"

"물론인 것입니다."

"응, 씻었어."

"씻었다."

여주인이 묻자 페이, 스노우, 수 세 사람은 고개를 끄덕끄덕했다.

"닭고기를 먹을 때는 나이프와 포크를 쓰는 거다? 알고 있지?"

"괜찮다, 나, 제국의 규칙, 지킨다."

"잘 먹겠습니다인 것입니다!"

여주인이 수에게 먹는 방법을 알려주는 한편으로 페이가 닭고기 허브구이에 손을 뻗었다. 나이프와 포크는 손에 쥐고 있지 않다. 페이는 닭고기 양 끝부분을 잡더니 단번에 입에 물었다.

"제국의 규칙, 지킨다, 않는다."

"……페이."

수가 페이를 곁눈질하며 말하자, 여주인은 깊게 한숨을 내쉬었다. 페이는 닭고기를 늘름 먹어 치우고, 여주인에게 시선을 향했다.

"무엇인 것입니까?"

"제대로 나이프와 포크를 써 줘. 어린애들 교육에 나쁘잖아."

"기사는 먹는 방법에 구애되지 않는 것입니다."

"그래?"

"그런 것입니다."

"잘 먹겠습니다."

페이가 자신만만하게 말한 직후, 리오의 목소리가 울렸다. 시선을 향하자 리오가 나이프와 포크를 사용하여 닭고기를 자르고 있었다. 실로 세련된 동작이다. 리오는 기품 있게 닭고기를 입으로 옮겼다. 닭고기를 먹고 생긋 미소 지었다.

"응, 부드럽고 맛이 잘 배어 있네. 안주인, 실력이 늘었어."

"고마워."

리오가 부드러운 미소를 띠었고 여주인은 고맙다고 했다.

"봐, 뛰어난 기사님은 예의범절을 숙지하고 있는 거야. 무(武)로 섬긴다고 말한들 귀족쯤 되면 회식 기회는 있으니까 똑바로 하도록 해. 똑바로."

"……알겠는 것입니다."

여주인한테 설교를 듣고 페이는 마지못한 느낌으로 나이프와 포크에 손을 뻗었다. 어색한 동작으로 곁들여 나온 채소를 자르기 시작했다.

"나 참, 손이 많이 간다니까."

"쿠로노 님, 실례하겠습니다."

여주인이 자리에 앉고, 약간 늦게 레이라도 자리에 앉았다. 두 사람 다 테이블 측면── 소위 말하는 생일 자리에 앉았다. 쿠로노는 나이프와 포크를 손에 쥐고 닭고기를 잘라 입으로 옮겼다. 리오가 말했던 대로, 부드럽고 맛이 잘 배어 있다. 무심코 입에 미소가 지어진다.

"어때?"

"맛있……."

여주인의 질문에 쿠로노는 솔직한 감상을 말하려다가 입을 다물었다. 레이라와 여주인은 같이 주방에서 나왔다. 여기서 맛있다고 대답하면 어느 한쪽이 언짢아지는 것 아닐까. 안 된다. 이건 여주인의 함정이다. 하지만 입 다물고 있는 것도 부자연스럽다. 어떻게 하면 좋나 생각한 그때, 여주인이 입을 열었다.

"뭘 입 다물고 있는 거야?"

"……응, 맛있어."

쿠로노는 상당히 고민한 끝에 대답했다.

"어째서 뜸을 뒀어?"

"그건──."

"쿠로노는 사랑을 시험받고 있다고 생각한 거야."

여주인의 질문에 대답하려 했지만, 리오한테 가로막혔다. 그렇기는 해도, 리오가 가로막지 않았더라면 말을 머뭇거리게 됐을 테지만──.

"나 참, 그런 바보 같은 짓을 할 리 없잖아."

"그렇습니까."

여주인이 어처구니없다는 듯이 말했고, 쿠로노는 곁들여 나온 채소를 자르다가, 손을 멈췄다.

"이건 레이라가?"

"네, 넵! 하지만……."

레이라가 기쁜 듯이 들뜬 목소리로 말하다가, 면목 없다는 듯이 귀를 축 늘어뜨렸다. 채소의 모양이 제각각이기 때문일 것이다. 병사가 본직이니까 어쩔 수 없다. 쿠로노는 자른 채소를 입에 옮겼다.

"어떨까요?"

"맛있어."

"가, 감사합니다."

쿠로노가 미소 짓자, 레이라는 쑥스러운 듯이 말했다.

"하~, 풋풋하네."

"신혼 때가 생각나?"

"아아, 빵은 손으로 찢어도 돼."

여주인은 리오의 질문에 대답하지 않고 나이프와 포크로 빵을 자르려 하는 수한테 주의를 줬다. 수는 몸을 움찔 떨고는, 나이프와 포크를 접시 위에 올려놓았다. 두리번두리번 주위를 둘러봤다. 그러자——.

"이렇게 찢는 거야."

"알았다."

스노우가 손으로 빵을 찢었고 수가 그걸 따라 했다. 페이는 입안 가득 빵을 물고 입을 우물우물 움직이고 있다. 꿀꺽, 하고 삼킨다.

"빵은 입에 넣고 먹는 게 맛있는 것입니다?"

"저 언니 따라 하면 안 된다."

"……."

여주인이 얼굴을 찌푸리며 말했고, 수는 말없이 고개를 끄덕였다.

"반면교사인 것입니까, 그런 것입니까."

"신혼 때가 생각난다고 할지, 등이 근질근질한 느낌이라고."

삐친 듯이 입술을 삐죽 내민 페이를 무시하고 여주인은 말했다.

"응? 아아, 지금 건 내 질문에 대한 대답이구나."

"그것 말고 뭐가 있다는 거야."

"곧바로 대답해 주지 않으니까 무시당했다고 생각했어."

"그건 미안하게 됐네."

리오의 말에 여주인은 기죽는 기색도 보이지 않고 말했다. 시끌시끌하지만, 이런 저녁 식사도 나쁘지 않다. 쿠로노는 닭고기를 잘라 입으로 옮겼다.

※

저녁 식사가 끝나고——.

"하~, 배부른 것입니다."

"나, 배, 가득."

"정말! 두 사람 다 버릇 나빠."

페이와 수가 의자 등받이에 몸을 기대며 말했고, 스노우가 둘을 나무랐다.

"페이를 수 짱한테 접근시키는 건 위험하겠네."

"돕겠습니다."

여주인이 투덜거리는 것처럼 말하며 일어서자, 레이라도 일어섰다. 달그락달그락하는 소리가 울렸다. 두 사람이 접시를 포개기 시작한 것이다. 자 그럼, 하고 리오가 일어섰다.

"슬슬 가보도록 할까나."

"배웅해 줄게."

"이제 늦었으니까 자고 가, 라고는 말해주지 않는 거야?"

"안 자고 가?"

"후후, 농담이야. 이래 보여도 바쁜 몸이라서 말이지."

"가 버리는 것입니까, 그런 것입니까."

리오가 어깨를 으쓱하자, 페이가 나직이 중얼거렸다. 무심코 시선을 향했다. 그러자 그녀는 고개를 홱 돌렸다. 그렇게나 밤 시중 순번이 돌아올 확률을 낮추고 싶은 것일까. 조금 상처받지만, 이것도 스파이스라고 생각하면 나쁘지 않다.

"현관까지 부탁할까나."

"알았어."

쿠로노가 의자에서 일어서자 리오는 걸음을 내디뎠다. 오르트가 없는 것에 고개를 갸웃하며 식당을 나와, 복도를 지나고, 현관문을 열었다. 바람이 불어 들어온다. 뜨뜻미지근한 바람이다. 크로포드 저택 외벽을 따라 마구간으로 향했다. 갑자기 거대한 그림자가 건물 그늘에서 모습을 나타냈다. 무심코 움찔하고 말았다.

"쿠로노 님, 놀라게 해서 죄송합니다."

"뭐야, 오르트인가."

쿠로노는 휴, 하고 안도의 한숨을 내쉬었다. 거대한 그림자는 말과 고삐를 당기는 오르트였다.

"여기 있습니다, 리오 님."

"고마워."

리오는 오르트한테서 고삐를 받아 들고 말에 뛰어 올라탔다. 영화의 한 장면이 될 것 같을 정도로 모양이 난다. 노력을 계속해도 흉내 낼 수 있을 것 같지 않다.

"말을 타고 왔구나."

"뭘로 왔다고 생각했는데?"

"걸어서나, 마차로."

"걸어서라니……."

리오는 쓴웃음을 짓고, 어깨를 푹 떨궜다.

"쿠로노 님, 설마——."

"아니, 탈 수 있어. 탈 수 있습니다, 말 정도쯤."

쿠로노는 오르트의 말을 가로막고 말했다. 그렇습니까, 하고 오르트가 가슴을 쓸어내렸다. 물론, 말에는 탈 수 있다. 군사학교에서 승마술 보충 수업을 잔뜩 받은 것이다. 문제는 말에 탈 수 있다는 것과 능숙하게 탄다는 건 하늘과 땅만큼의 차이가 있다는 점일까.

"안심했습니다."

그렇게 말하고 오르트는 문을 열었다. 마구간과 길을 가로막는 문이다.

"그럼, 모레 또 봐."

"응, 또 봐."

리오는 쓴웃음 같은 미소를 띠고, 크로포드 저택 부지에서 나갔다.

※

"하~, 좋은 목욕이었어."

쿠로노는 욕실에서 나와 숨을 후 내쉬었다. 수건으로 몸을 닦고 통증에 신음하며 옷을 입었다. 통증은 아직 있긴 하지만, 한 달 전에 비하면 현격히 편해졌다. 에라키스 후작령에 돌아갈 무렵에는 완치되어 있으리라.

"그때……. 아니, 그만두자."

쿠로노는 힘없이 고개를 내저었다. 후회한들 마이라와 관계를 가진 것── 양아버지와 구멍 동서가 되고 만 것은 사실이다. 일어나 버린 일은 어쩔 수 없다. 개한테 물렸다고 생각하고 포기하자. 마이라와의 정사를 떠올리지 않도록 하며 욕실에서 나왔다. 계단을 올라 자기 방에 가서 침대로 다가갔다. 살며시 침대에 무릎을 대고——.

"아야야야야!!"

통증에 신음하며 누웠다. 그리고 기지개를 한 번. 여주인이 어처구니없어할 정도로 잤음에도 불구하고 졸려서 견딜 수가 없다. 오늘도 빨리 자 버리자고 생각한 그때, 덜컥하는 소리가 울렸다. 문 쪽을 보니 수가 쟁반을 들고 들어오던 참이었다. 쟁반 위에는 주전자와 컵이 얹혀 있다.

"약, 가지고 왔다."

"고마워."

"나, 아내, 당연."

므후, 하고 수는 콧김 내뿜는 소리를 내고는 책상에 다가갔다. 쟁반을 올려놓고 주전자에 든 내용물을 컵에 따랐다. 주전자 내용물은 거무칙칙한 액체—— 약초를 달인 것이다. 김이 솟아오르고, 뭐라 말하기 힘든 냄새가 방에 퍼진다.

"마셔라."

"이거, 맛없단 말이지."

수가 컵을 내밀었고 쿠로노는 몸을 일으켜 받아 들었다. 컵을 내려다봤다. 약초를 달여서 어떻게 하면 이런 거무칙칙한 액체가 되는 걸까. 의문으로 느끼며 컵을 입에 댔고, 단숨에 다 마셨다.

약간 늦게 쓴맛과 아린 맛, 아주 살짝 단맛이 느껴지는 복잡한 맛이 혀를 자극했다. 토할 것 같았지만, 어찌어찌 삼켰다.

"잘 마셨어."

"이거, 약, 요리, 아니다."

쿠로노가 빈 컵을 내밀자, 수는 부루퉁해진 듯한 표정을 띠며 받아 들었다. 컵을 쟁반에 올려놓는다.

"모두와는 잘해나가고 있어?"

"잘해나가?"

의미를 알 수 없었던 것이리라. 수는 의아하다는 듯이 고개를 갸웃했다.

"사이좋게 지내고 있어?"

"……나름대로."

쿠로노가 고쳐 말하자, 수는 약간 뜸을 두고 대답했다.

"무슨 일 있으면 빨리 말하는 거다?"

"괜찮다, 나, 어른."

"어른이라도."

"…………빨리, 말한다."

수는 생각에 잠기는 듯한 기색을 보인 뒤 말했다. 오기를 부릴 것 같아서 걱정이지만, 마음은 전해졌을 터다. 나머지는 쿠로노가 주의할 수밖에 없다.

"나, 잔다."

수는 쟁반을 손에 들고는 문으로 갔다. 멈춰 서서, 문손잡이에 손을 댔다.

"잘 자."

"잘 자."

쿠로노의 인사에 수는 자신도 인사해 주고는 방에서 나갔다. 나간 후에 그녀가 조용히 문을 닫은 걸 알아차렸다. 저녁에 방을 찾아왔을 때는 큰 소리를 냈었는데.

"아아, 그런가."

천장을 올려다보며 중얼거렸다. 그녀는 한창 배우는 중이다. 이거라면 새로운 생활에 적응할 수 있는 것 아닐까 하는 생각이 들기 시작했다. 분명 알레오스 산지에 머무르는 루 족한테도 같은 말을 할 수 있을 터다. 너무 낙관적인가, 하고 쓴웃음을 지은 그때, 똑똑 하는 소리가 울렸다. 문을 두드리는 소리다. 수는 아니리라. 그렇다면 레이라거나, 여주인인가.

"들어와."

"실례하겠습니다."

쿠로노가 소리 높여 외치자, 문이 열렸다. 문을 열고 들어온 것은 레이라다. 역사 자료집을 들고, 어째서인지 에이프런을 걸치고 있다.

"어째서, 에이프런을?"

"그, 요리를 돕고 있었던지라…….."

에이프런을 걸친 이유를 물어보자, 레이라는 부끄러운 듯이 말했다. 여주인이나 루시아한테 맡겨 두면 되는데, 하고 생각했지만, 잠깐 기다려 봐, 하고 생각을 고쳤다. 저녁 식사 때, 레이라는 채소가 고르지 않은 것을 부끄러워하고 있었다. 그런가. 요리 실력을 올리기 위해 연습하고 있었던 것이다. 정말이지 갸륵하다.

"자료집을 읽어 주실 수 있을까요?"

"물론이야."

"감사합니다."

레이라는 머리를 꾸벅 숙이고는 어째서인지 책상으로 갔다. 자료집을 책상 위에 올려놓고, 에이프런에 손을 댔다. 에이프런을 책상에 올려놓고 군복과 속옷을 벗기 시작했다. 태어났을 때 그대로의 모습이 되어, 작게 숨을 내쉬었다. 도취한 듯한 숨결이다. 기대하고 있는 것일까. 아니, 기대하고 있는 게 분명하다. 그래서 일부러 태어났을 때 그대로의 모습이 된 것이다. 그렇다면——.

"……레이라."

"무엇인지요?"

"에이프런을 걸쳐 주세요."

쿠로노가 제안하자 레이라는 어리둥절한 표정을 지었다.

"맨살 위에 말씀인가요?"

"물론—— 아니, 잠깐 기다려."

쿠로노는 책상에 시선을 향했다. 거기에는 에이프런, 군복, 속옷—— 그리고 스타킹이 있다. 그때, 전류가 쿠로노를 꿰뚫었다. 악마적인 번뜩임이다. 하지만 그런 말을 해도 괜찮은 걸까. 호흡이 흐트러진다. 하지만, 그러나 하지만——.

"스타킹과 에이프런의 조합으로 부탁합니다."

"스타킹과 에이프런을요?"

레이라는 어리둥절해하고 있다. 하지만 생각해도 별수 없다고 판단한 것이리라. 스타킹을 손에 쥐고, 신기 시작했다. 쿠로노는 살며시 침대에서 내려왔다. 레이라의 움직임이 살짝 둔해졌다. 둔해진 것뿐이다. 이제부터 일어날 일을 기대해서인지 귀가 처져 있다.

하아~, 하아~, 하고 쿠로노는 호흡을 흐트러뜨리며 거리를 좁혔다. 이대로 뒤에서 끌어안아도 되는 것 아닐까 하는 생각이 솟구쳐 오른다. 하지만, 아직이다. 아직 이르다. 레이라가 에이프런을 손에 들었다. 어디에나 있을 법한 평범한 에이프런이다. 레이라가 뒤를 신경 쓰는 듯한 기색을 보이며 에이프런을 걸쳤다.

오오, 하고 자기도 모르게 목소리가 새어 나왔다. 알몸 에이프런의 완성이다. 아니, 스타킹을 신고 있는 것이다. 알몸 에이프런 with 스타킹이라고 해야 할까. 아니아니, 이건 그런 단순한 게 아니다. 그래, 이것이야말로 알몸 에이프런 · 스타킹 폼이다!!

쿠로노는 뒤에서 레이라를 끌어안았다.

"쿠, 쿠로노 님, 저기, 자료집을……."

"그런 생각 안 하고 있으면서, 못된 아이네."

"죄송합니—— 하읏!"

레이라는 사과의 말을 입에 담으려다가 신음했다. 쿠로노가 가슴을 애무하며 귀를 핥았기 때문이다. 한층 더 애무를 계속한다.

레이라의 몸에서 서서히 힘이 빠져나갔다.

"저, 저기, 쿠로노 님?"

"쿠로노 님이라고?"

"──! 죄, 죄송합니다, 주인님!!"

레이라는 숨을 삼키고, 고쳐 말했다. 형언할 수 없는 감각에 사로잡힌다. 만족감, 아니, 전능감일까. 자기가 뛰어난 인물이 된 것만 같다. 물론 착각이다. 알몸 에이프런 · 스타킹 폼 같은 걸 생각하고 있는 자신은 글러 먹은 인간이다. 하지만, 냉정함은 필요 없다. 오히려 족쇄가 된다. 이 전능감에 도취해 상식에서 이탈하는 것이다.

"자, 준비해야지."

"준비 말인가요?"

"주인님을 맞아들일 준비야."

네, 넵, 하고 레이라는 부끄러운 듯이 고개를 끄덕이고는 책상 상판에 손을 짚었다.

"잘 보이도록 다리를 벌려."

"네, 넵. 알겠습니다."

쿠로노의 말에 따라 레이라는 다리를 벌렸다. 쿠로노는 허겁지겁 바지를 벗고 거리를 좁혔다. 허벅지를 쓰다듬자, 레이라는 몸을 움찔 떨었다.

"부탁하는 말은?"

"주인니── 웃!"

레이라는 부탁의 말을 입에 담을 수 없었다. 그보다도 빠르게 쿠로노가 침입했기 때문이다. 예상 밖이었던 것일까. 다리가 덜덜 떨리고 있다. 잠시 후 떨림이 멎고, 레이라가 이쪽으로 시선을 향했다.

"주인님, 너무하세요."

"그러네. 누군가한테 들릴지도 모르니까 말이야."

"——!!"

레이라가 숨을 헙 삼켰고 쿠로노는 움직임을 멈췄다. 조금 전에 한 말을 신경 써서인지, 레이라가 손으로 입을 눌렀다. 그 모습에 깊은 만족감을 느끼며, 쿠로노는 레이라를 몰아붙였다.

※

아침—— 쿠로노가 눈을 뜨자 여주인이 침대 옆에 서 있었다. 허리에 손을 대고 이쪽을 내려다보고 있다. 어째 기분이 안 좋아 보인다.

"아침이야. 얼른 일어나 줘."

"5분만 더."

갑자기 바람이 발생했다. 여주인이 이불을 걷어 버린 것이다.

"빨랑 일어나!"

"다친 사람한테 너무하네."

"이제 통증은 가라앉았잖아? 이제 재활 훈련해야지."

쿠로노가 몸을 웅크리며 말하자, 여주인은 언짢음이 가득한 말투로 받아쳤다. 어쩔 수 없이 몸을 일으켰다. 내심 고개를 갸웃했다. 이상하다. 여주인의 기분이 너무 안 좋다. 혹시, 어젯밤의 일이 들킨 것일까. 여주인을 물끄러미 봤다.

"뭐야?"

"……아무것도 아닙니다."

여주인이 언짢은 듯이 말했고, 쿠로노는 반론하지 않고 침대에서 내려왔다. 그때, 꼬르륵~ 하고 배에서 소리가 났다. 무심코 여주인을 봤다.

"그래그래, 그런 표정 짓지 않아도 아침 식사는 남겨 뒀어."

"고마워."

"고, 고맙다는 말은 됐으니까 얼른 먹으라고."

쿠로노가 고맙다는 말을 하자 여주인은 고개를 돌렸다. 부끄러운 건지 귀가 빨갛다. 여주인이 방을 나갔고, 황급히 뒤를 쫓았다. 아직 몸이 아프지만 조금 심한 근육통 정도다. 다만, 그래도 여주인보다 뒤처지고 말았지만——.

계단을 내려가 식당에 들어갔다. 하지만 거기에는 아무도 없었다. 이미 식사를 끝내고 만 모양이다. 오르트와 루시아의 모습도 없다. 어쩐지 여주인이 부르러 올 만도 하다. 자업자득이라고는 해도 조금 쓸쓸한 기분으로 자리에 앉았다. 시무룩하게 자리에 앉아 있자, 맛있는 냄새가 감돌기 시작했다. 한층 시간이 경과하고, 여주인이 쟁반을 들고 다가왔다. 약간 거칠게 테이블 위에 요리를 늘어놓았다. 살짝 눌은 자국이 있는 빵, 건더기가 가득한 수프, 샐러드, 오믈렛으로 구성된 메뉴다. 여주인은 요리를 늘어놓고는 맞은편 자리에 털썩 앉았다.

"잘 먹겠습니다."

"……맛있게 먹어."

여주인이 약간 뜸을 두고 말했다. 쿠로노는 있기 불편한 느낌을 받으면서 숟가락으로 수프를 떴다. 거기에 있는 건 모양이 제각각인 들나물이다. 그걸로 감이 팍 왔다.

"이건……."

"그래. 어제 레이라 아가씨가 잘라 준 거야. 그런데도……."

"미안해."

쿠로노는 사과의 말을 꺼내고는 숟가락을 입에 옮겼다. 모양이 제각각이고 큼직하지만, 익혀지지 않은 건 아니다. 열이 속까지 전달되어 잘 익은지라 입안에서 바스러졌다.

"맛있어."

"더 빨리 일어나 줬더라면 말이지."

여주인은 한숨을 내쉬고는 턱을 괴었다. 거북한 분위기이기는 하지만, 그 이상으로 미안한 마음으로 가득하다. 레이라가 채소를 잘라 줬는데도 늦잠을 자다니──.

"그런데 레이라는?"

"오르트 씨랑 같이 책을 사러 갔어."

"책을?"

"에라키스 후작령은 시골이니까."

쿠로노가 앵무새처럼 되풀이하며 묻자, 여주인은 절절한 어조로 말했다. 하고 싶은 말은 안다. 에라키스 후작령은 시골이니까 좋은 책을 구할 수 없다고 말하고 싶은 것이리라.

"그리고 레이라 아가씨는 그, 하프 엘프잖아."

아아, 하고 쿠로노는 목소리를 냈다. 새로운 책은 갖고 싶지만, 어디가 하프 엘프를 차별하지 않는 가게인지 알지 못한다. 그래서 오르트가 자청하고 나선 것이리라.

"아쉽게 됐네. 레이라 아가씨랑 데이트하지 못해서."

"아니, 나는 제도 지리를 잘 모르니까── 아!"

쿠로노는 숨을 삼켰다. 2년 정도 살았음에도 불구하고 제도 지리에 밝지 않다. 그건 사실이지만, 지인이 있다. 픽스 상회 회장 도미니크다. 그러면 상대가 누구든 실례인 태도는 취하지 않으리라. 실수했다. 빨리 일어났더라면 믿음직스러운 면을 어필할 수 있었는데. 후회는 쓰다.

"왜 그래?"

"아무것도 아니야."

쿠로노는 작게 한숨을 내쉬고 수저를 내려놓았다. 빵을 둘로 나눠서 한쪽을 입에 물었다. 안은 촉촉하고 바깥면은 바삭하다.

"더 빨리 일어났으면 갓 구운 걸 먹을 수 있었을 텐데."

"그래도, 맛있어."

"내가 말하고 싶은 건 더 빨리 일어났더라면 더 맛있었다는 거야.”

“……네, 미안합니다.”

여주인이 언짢은 듯이 말했고 쿠로노는 목을 움츠렸다. 그대로 빵을 입에 물었다. 어째서인지 빵이 무미건조하게 느껴진다. 아니, 이유는 알고 있다. 여주인의 기분이 좋지 않기 때문이다. 하지만 그걸 타박할 수는 없는 노릇이다. 잘못한 건 쿠로노다. 하지만 이대로는 안 된다. 어떻게든 해서 기분을 풀게 하지 않으면.

“……수의 상태는 어때?”

“수 쨩의?”

“응, 잘하고 있으려나 싶어서.”

“그럭저럭 잘하고 있는 것 아닐까.”

여주인은 팔짱을 끼고 고개를 갸웃하며 말했다. 아무래도 영 자신이 없어 보이는데——.

“조금 안심했어.”

“하? 어째서 안심하는 거야?”

“안주인이 하는 말이니까. 그 왜, 에릴도 안주인을 잘 따르고 있고.”

“그야, 뭐어, 맛있다 맛있다며 요리를 먹어 주지만…….”

“따르고 있다는 증거야.”

“그, 그래? 뭐, 뭐어, 어린아이는 좋아하니까 말이지.”

여주인은 겸연쩍은 듯이, 그러면서도 아주 싫지만도 않은 듯이 말했다. 다행이다. 아무래도 조금이지만 기분이 풀린 모양이다.

쿠로노는 빵을 입에 물었다. 맛있다. 조금 전에는 무미건조하게 느껴졌던 빵이었는데, 지금은 달콤함마저 느껴진다. 반으로 나눈 빵의 한쪽을 다 먹고 손을 멈췄다. 그러자 의아하게 생각한 것이리라. 여주인이 이쪽에 시선을 향했다.

"왜 그래?"

"응, 안주인의 기분이 풀려서 다행이다 싶어서."

"딱히 기분이 안 좋았던 건……"

여주인은 말을 머뭇거렸고——.

"조금 기분이 안 좋았을지도 모르겠네. 모처럼 레이라 아가씨가 요리를 만드는 걸 도와줬는데 아무리 시간이 지나도 일어나질 않으니까."

"미안해."

"이제 됐어. 나도 어른스럽지 못했다고 생각하고 말이야."

후우, 하고 여주인은 한숨을 내쉬었다. 쿠로노는 내심 가슴을 쓸어내렸다. 이걸로 이번 일을 없었던 것으로 해줬을 터다. 나머지는 나중에 다시 이 이야기를 들쑤시지 않도록 할 뿐이다.

"뭔가 눈 깜짝할 사이에 끝난 귀성이었네."

"그런가? 나한테는 제법 길게 느껴졌는데 말이야."

"그래?"

"그렇다고. 우리 자경단이 주둔군에 싸움을 걸려고 하지, 쿠로노 님이 야만족한테 붙잡혀서 죽을 뻔하지, 확 늙어 버린 기분이야."

"괜찮아, 안주인은 멋져."

"그거 고맙네."

여주인은 얼굴을 찌푸리며 말했다. 일부러 나이를 느끼게 하는 말을 피한 건데, 마음에 들지 않으셨던 모양이다. 여자 마음은 어렵다.

"쿠로노 님이 혼자서 일어나지 못할 정도인 걸 보고……."

"걱정 끼쳐서 미안해."

"이걸로 더는 위험한 짓을 하지 않고 그치겠다고 생각했는데 말이야."

"무서운데요!"

여주인이 작게 한숨을 내쉬었고, 쿠로노는 무심코 소리쳤다.

"아아, 지금은 그런 생각 안 해."

"그, 그렇습니까."

쿠로노는 빵을 내려놓고 숟가락을 손에 쥐었다.

"밥 먹고 나면 목욕하고 나서 주변 산책하고 와."

"네, 그러겠습니다."

쿠로노는 숟가락으로 수프를 떠 입가로 옮겼다. 기분 탓인지 무미건조하게 느껴졌다.

※

"다녀오겠습니다."

"너무 늦기 전에 돌아와야 한다?"

"네~에."

쿠로노는 여주인한테 대답하고 나서 밖으로 나왔다. 하늘을 올려다봤다. 태양은 중천에 접어들려는 위치에 있었다. 갑자기 현기증이 덮쳐왔다. 그렇다고는 해도 가벼운 현기증이다. 5초 정도로 가라앉는다. 방에 너무 틀어박히기만 한 탓이리라. 산책하라는 말을 들었을 때는 너무하다고 생각했지만, 이렇게 보니 적절한 의견이었던 것 아닐까 하는 생각이 든다.

응? 하고 쿠로노는 시선을 옆으로 향했다. 시야 구석에서 무언가가 움직인 듯한 느낌이 든 것이다. 처음에는 착각인가 싶기도 했지만, 그렇지 않았다. 페이가 이쪽에 엉덩이를 향하고 크로포드 저택에 달라붙어 있었다. 아니, 크로포드 저택 그늘에 숨어 마구간이 있는 쪽을 보고 있었다고 해야 할까. 이대로 산책하러 가도 괜찮았지만, 호기심에 져서 다가갔다. 페이는 쿠로노의 접근을 알아차리지 못했다. 평소의 그녀라면 여기까지 접근을 허용하거나 하지 않는다. 어지간히 집중하고 있는 것이리라.

"페이?"

"──!!"

쿠로노가 말을 걸자 페이는 놀란 모습으로 뒤돌아봤다. 이때야 쿠로노를 알아차린 것일까. 휴, 하고 안도의 한숨을 내쉬었다.

"뭘 하고 있어?"

"저걸 봐줬으면 하는 것입니다."

그렇게 말하고 페이는 크로포드 저택에 달라붙었다. 건물 그늘에서 마구간 쪽을 봤다.

"쪼그려 봐."

"알겠는 것입니다."

페이가 그 자리에 쪼그려 앉고, 쿠로노는 건물 그늘에서 마구간 쪽을 봤다. 시선 끝에는 스노우와 수의 모습이 있었다. 스노우가 일방적으로 말을 걸고, 수가 고개를 끄덕끄덕하고 있다. 기대한 대로라고 해야 할까. 두 사람 다 잘하고 있는 모양이다.

"친해 보여서 좋네."

"———!"

갑자기 페이가 일어서서 쿠로노는 뒤로 펄쩍 뛰었다. 균형을 잃고 휘청거렸지만, 박치기를 피하는 데는 성공했다.

"큰 문제인 것입니다!"

"뭐가?"

"……스노우 님을 빼앗기고 만 것입니다."

페이는 양 무릎을 풀썩 꿇고———.

"스노우 님을 빼앗기고 만 것입니다!!"

한층 더 나아가 양손을 바닥에 짚고 외쳤다. 어엉~ 이라는 소리가 어디선지 모르게 들려왔다.

"아니, 그래도 말이야, 나이라는 게———."

"우정에 나이는 상관없는 것입니다!"

페이는 일어서서 쿠로노에게 바싹 다가섰다. 눈물이 조금 맺혀 있다.

"대화에 끼면 되잖아?"

"———!"

페이는 숨을 삼키고 뒷걸음질 쳤다. 믿기지 않는다고 말하려는 것만 같은 표정이다.

"그건, 좀……."

"어째서?"

"생판 모르는 사람이랑 이야기하는 건……."

"생판 모르는 사람이라니……."

쿠로노는 우물우물 중얼거리는 페이를 바라봤다. 수가 오고 나서 2주 남짓이 지났다. 그런데도 생판 모르는 사람이라니——.

"하~, 사브 씨랑 나머지 사람들도 없고, 외로운 것입니다."

"그렇게나 한가하면 안주인한테 요리라도 배우는 게 어때?"

"안주인은 엄격하니까 싫은 것입니다! 게다가 저는 무력으로 공헌할 생각인 것입니다."

"그렇습니까."

쿠로노는 힘이 빠지는 느낌을 받으며 고개를 끄덕였다.

"이제부터 산책하러 가는데, 페이도 갈래?"

"함께 하겠—— 흡! 마음 써 주시는 것은 기쁜 것입니다만, 사양하는 것입니다."

페이는 숨을 흡 삼키고 쿠로노의 제안을 거절했다. 아마, 또 뭔가 당하는 게 아닐까 하고 경계하고 있는 것이리라. 우선은 경계심을 누그러뜨리는 게 중요한가.

"알았어. 논공행상이 끝나면 에라키스 후작령에 돌아가야만 하니까 이 기회에 기력을 보충해 둬."

"알겠는 것입니다!"

페이는 쿠로노에게 경례하고는 또다시 원래 위치── 건물 그늘로 돌아갔다. 말을 걸면 될 텐데, 하고 생각했지만, 남과 어울리는 방식은 사람마다 제각각이다. 게다가 이제부터 남과 어울리는 걸 배우면 되는 것이다. 그런 생각을 하며 쿠로노는 크로포드 저택을 나왔다. 문득 양아버지가 와이즈먼 선생님과 만났다는 찻집이 신경 쓰였다.

"와이즈먼 선생님과 만났다는 건 군사학교가 있는 제2 가구, 아니, 제3 가구려나. 그래도, 제2 가구 아니면 제3 가구에 있는 찻집이라는 정보에 기대서 찾는 것도 좀⋯⋯."

쿠로노는 중얼중얼 말하며 걷기 시작했다. 행선지는 제3 가구다. 물론 불확실한 정보에 기대어 찻집을 찾을 수 있을 거라고는 생각지 않는다. 그러니 찾지 못해도 실망할 건 없다고 되뇌며 걸었다. 제4 가구와 제3 가구를 가르는 대로 앞에서 걸음을 멈춘 그때──.

"오, 쿠로노잖냐!"

"──!"

뒤에서 목소리가 울렸다. 무심코 움찔하고 말았다. 뒤돌아보니 눈매가 나쁜 주먹코 남자가 다가오던 참이었다. 군사학교 동기── 사이먼 아덴이다.

"오랜만이야, 사이먼."

"그래, 오랜만인데."

쿠로노는 사이먼을 봤다. 그는 하얀 군복을 입고 있었다. 하얀 군복은 근위기사의 증표다.

즉, 그는 근위기사가 되는 꿈을 이룬 것이다.

"그 옷은?"

"아아, 이거 말이냐."

쿠로노가 묻자 사이먼은 군복을 손가락으로 집었다. 조금 놀라 눈을 살짝 크게 떴다. 하얀 군복은 꿈을 이룬 증표이기도 할 터다. 그런데도 손으로 집다니, 너무 소홀하게 다루고 있다.

"축하해. 근위기사가 된 거네."

"······고맙다."

사이먼은 쓴웃음과도 비슷한 표정을 띠었다. 이것도 조금 의외다. 좀 더 자랑스러워할 줄 알았는데, 무슨 일이 있었던 것일까.

"그런데 어째서 이런 곳에?"

"네가 제도에 와 있다는 이야기를 들어서 말이다. 오늘은 한가했고, 어쩌면 만날 수 있을지도, 같은 기분으로 제4 가구를 돌아다니고 있었어."

"집에 오면 됐을 텐데."

"우연히 만나고 싶었다고."

사이먼이 삐친 듯이 말했고, 쿠로노는 내심 고개를 갸웃했다.

"제4 가구를 돌아다니고 있었다면 우연이 아니야."

"그렇긴 하다만, 우연의 범주에 포함해도 괜찮잖냐?"

"뭐, 그럴지도."

아무래도 좀 이해가 안 되지만, 우연에 기대고 싶은 기분이었다고 생각하면 이해 못 할 것도 아니다.

"이제 몸은 괜찮냐?"

"상당히 편해졌어. 그래도, 어디서 그런 정보를?"

"동기나 동료한테서 들은 게 당연하잖냐."

"그런 정보까지 나돌고 있구나."

쿠로노는 한숨을 내쉬었다.

"그런데, 오늘은 한가하냐?"

"한가하다고 하면 한가하지만, 제2 가구 아니면 제3 가구에 있는 찻집을 찾아보려고 생각해서."

"제2 가구 아니면 제3가구?"

"잠깐 언뜻 들은 것뿐이라서."

그런가, 하고 사이먼은 생각에 잠기는 것처럼 팔짱을 꼈다.

"제2 가구에 인접한 찻집이라면 알고 있는데."

"거기려나?"

"내가 알 리 없잖냐. 그래도, 거기로 괜찮으면 안내하겠다만?"

"괜찮아?"

"원래부터 너랑 이야기하고 싶다고 생각했다. 그러는 김이다."

"그럼, 부탁할까."

"알았다. 따라와라."

사이먼이 걷기 시작했고 쿠로노는 그 뒤를 쫓았다. 쿠로노와 사이먼은 지금 있는 제4 가구와 제3 가구를 가르는 대로를 넘어 제3 가구를 나아갔다. 같은 제도의 구시가지라고는 해도, 두 가구는 인상이 다르다. 정연한 거리라는 점은 같지만, 제3 가구 쪽이 오래된 건물이 많다. 하지만 어느 건물이고 잘 수선되어 있어 황폐한 분위기는 없다.

제3 가구를 걷고 있으려니, 은둔형 외톨이나 마찬가지인 생활을 보내고 있었던 탓인지 무릎이 아팠다. 사이먼은 척척 나아갔다. 좀 더 천천히 걸어줬으면 좋겠다고 말할 수 있을 리도 없어서, 오랜만의 운동에 피로를 호소하는 몸을 한층 혹사하며 나아갔다. 잠시 후 대로로 나왔다. 제3 가구와 제2 가구를 가르는 대로다.

"저기다."

사이먼은 멈춰 서서 어떤 가게를 가리켰다. 천으로 만들어진 차양이 크게 튀어나온 가게다. 그 밑에는 의자와 테이블이 늘어서 있다. 인기 있는 가게이리라. 바깥의 테이블 자리는 거의 다 차 있다.

"어쩔래? 다른 가게로 갈 테냐?"

"한번 가보기만은 해보자. 빈자리가 있을지도 모르고."

"그것도 그렇군."

사이먼이 다시 걷기 시작했고, 그 뒤를 따랐다. 가게가 가까워지고, 빈 테이블이 있다는 걸 알아차렸다. 쿠로노와 사이먼이 의자에 손을 댄 그때, 누군가가 의자에 손을 댔다.

"""아……."""

목소리가 겹쳤다. 고개를 들자 테이블 너머에 낯익은 인물이 서 있었다. 안경을 쓴 청년—— 군사학교 동기인 휴고 에드워스다. 휴고는 안경을 밀어 올리고——.

"저는 이걸로 실례하지요."

"실례하지 않아도 된다. 앉아라."

사이먼이 의자에 털썩 앉자, 휴고도 마지못한 느낌으로 앉았다. 약간 늦게 쿠로노도 자리에 앉았다. 곧바로 웨이트리스가 다가왔다.

"어서 오세요! 주문은 정해지셨나요?"

"블렌드를 셋."

"블렌드 셋이군요! 주문받았습니다!"

웨이트리스는 과장되게 머리를 숙이고는 가게 안—— 카운터로 향했다.

"다시금, 축하해."

"아, 아아, 고맙다."

등을 쭉 펴고 축복의 말을 입에 담았지만, 사이먼은 가라앉은 표정이다. 무슨 일이 있었나, 하고 의아하게 여기고 있자, 휴고가 입을 열었다.

"사이먼 군은 입단 시험에서 선배를 때려눕혀서 예민해져 있는 겁니다."

"휴고, 너는……."

사이먼이 얼굴을 찌푸렸지만, 휴고는 가볍게 어깨를 으쓱일 뿐이다. 한동안 안 본 사이에 조금은 유들유들해진 모양이다. 가능하면 분위기를 파악할 수 있게 되어 줬으면 하지만——.

"사실이지 않습니까."

"선배한테 이긴 건 사실이지만, 때려눕힌 건 아니다. 아슬하게 이겼다고."

"어느 쪽이든 마찬가지라고 생각하는데 말이죠."

"다르——."

"오래 기다리셨습니다! 블렌드입니다!"

웨이트리스가 사이먼의 말을 가로막고는 테이블 위에 컵을 올려놓았다.

"주문하신 것은 문제없이 다 나왔을까요?"

"네, 다 나왔습니다."

"그럼, 또 뭔가 있으시면 불러 주세요."

쿠로노가 대답하자 웨이트리스가 기세 좋게 머리를 숙이고 다른 테이블로 갔다. 사이먼이 컵을 손에 쥐고 쭉 들이켰다.

"사이먼이 이긴 선배라가 누군데?"

"듀란 선배야. 랜드엣지 남작가의. 너도 알고 있잖냐?"

"듀란?"

쿠로노는 고개를 갸웃했다. 기억을 더듬었지만, 생각나지 않는다.

"야, 야, 듀란 선배라고? 정말로 기억 못 하는 거냐?"

"쿠로노 군에게 말해 봤자 헛수고입니다. 쿠로노 군은 하루하루 참고 견뎌 내는 게 고작이었으니까요."

"시끄러워, 집배계(係)."

"집배계? 언제 적 얘기를 하는 거지요?"

사이먼이 낮은 목소리로 으르댔지만, 휴고는 코웃음을 쳤다. 손가락으로 안경 프레임을 집고 뽐내는 것처럼 몸을 젖혔다. 내용으로 추측건대——.

"혹시, 출세했어?"

"혹시는 쓸데없는 한 마디입니다."

휴고가 발끈한 것처럼 말했고——.

"이 녀석, 좌천당했어."

"아닙니다! 인재 교류의 일환으로 제12 근위기사단으로 파견 가게 된 거라고요!!"

사이먼이 엄지로 휴고를 가리키며 말하자, 휴고는 언성을 높였다.

"제12 근위기사단을 재건하는 데 꼭 필요하다는 부탁을 받아 재무국에서 파견한 겁니다! 어쩔 수 없이, 어쩔 수 없이 말입니다!!"

"어째서 머리를 숙이고 집배계 따위를 영입해야만 하는 건데."

"집배과입니다! 집배과!!"

"어느 쪽이든 상관없잖냐. 고양이 손이라도 빌리고 싶은 상황에서 빌려 올 수 있었던 고양이 손이니까."

휴고는 얼굴이 시뻘게지며 말했지만, 사이먼은 상대하지 않았다.

"그렇게 따지면 사이먼 군도 그렇지 않습니까?!"

"나는 제대로 입단 시험을 치렀다고!"

"자, 자, 둘 다 진정해."

두 사람이 언성을 높였고, 쿠로노는 사이에 끼어들어 중재했다. 페이와 세실리 사이에 끼어드는 데 비하면 그나마 안심할 수 있다. 둘이 고개를 휙 돌렸고, 쿠로노는 컵을 손에 들었다. 블렌드를 입에 머금자 산뜻한 맛이 퍼졌다.

"우려낸 향차인가."

쿠로노는 한 모금 더 마시고 컵을 테이블에 내려놓았다.

"그런데 사이먼은 어디에 입단했어?"

"제12 근위기사단이다."

"아아, 그래서……."

사이먼이 삐친 듯한 어조로 말했고, 쿠로노는 고개를 끄덕였다. 같은 직장에서 일하고 있다면 서로의 속사정에 밝은 것도 그럴 만하다. 휴고한테 시선을 향했다.

"그래도, 재무국에서 제12 근위기사단이라니 일하는 영역이 너무 다르지 않아?"

"저는 우수하니까 다른 분야에서도 대활약입니다. 으하핫!"

"이곳저곳 가서 머리를 마구 숙이고 있을 뿐이잖냐."

휴고가 웃었고, 사이먼이 딴지를 걸었다. 웃음이 멈췄다.

"딱히 좋아서 머리를 숙이고 있는 게 아니라고요! 전임자가, 전임자가 일 처리를 너무나도 개똥같이 해놓은 탓에 제가 머리를 숙이는 처지가 된 거란 말입니다! 크기이이익!"

휴고는 테이블에 엎드려 기성을 질렀다. 전임자라고 하면 세실리인가. 그녀의 행동이 휴고한테 영향을 끼치고 있다. 세상은 좁다고 절실히 느낀다.

"그러고 보니 알고 있냐? 와이즈먼 선생님이 군사학교를 그만두셨다더군."

"알고 있어."

"호오, 네가 알고 있다니 드문 일도 다 있는데."

사이먼이 감탄한 것처럼 말했다.

"그야 우리 쪽에서 일하고 계시니까 말이지."

"우리 쪽? 에라키스 후작령이라는 말이냐?"

"맞아."

"그런가~, 네가 있는 곳에서 일하고 계신 건가."

사이먼은 한숨을 내쉬는 것처럼 말했다. 아니, 안도한 것처럼, 이라고 해야 할까.

"전하고 싶은 말이 있으면 전해줄게."

"아니, 직접 서한을 보낼게. 입단 시험에서는 신세를 졌습니다, 라고 말이지."

흐음~, 하고 쿠로노는 맞장구를 쳤다. 아무래도 와이즈먼 선생님의 조력으로 사이먼은 제12 근위기사단에 입단할 수 있었던 모양이다. 컵을 입으로 옮기고 향차를 마셨다.

"다들 여러 사정이 있구나."

"무슨 남 일처럼. 너도 그렇잖냐?"

"나?"

"들었어. 잘은 몰라도 야만족을 복속시켰다면서."

"야만족이 아니라 루 족이야. 그리고 복속이 아니라 교섭의 실마리를 만든 것뿐이고. 실제로 제국과 루 족 사이에 서서 교섭한 건 가우르 경이야."

"그래서, 야만족은 어땠어? 강했냐?"

"그러니까, 루 족이래도."

사이먼이 몸을 내밀며 말했고, 쿠로노는 넌더리가 난 기분으로 정정했다.

"알겠다. 루 족이지. 그래서, 루 족은 강했냐?"

"제대로 싸운 건 한 번뿐이지만, 강했어."

쿠로노는 능선에서의 전투를 떠올리며 대답했다. 수, 라라, 리리 세 사람이 싸움에 익숙했다면 당하는 건 이쪽이었을 것이다. 이어서 사이먼이 몸을 내밀었다.

"루 족은 어떤 사람들이었습니까?"

"어떤 사람이냐니……. 뭐, 평범한 사람들이었어."

"'평범?!'"

사이먼과 휴고의 목소리가 겹쳤다.

"평범하다니, 야만족이라고?"

"그렇다고요. 31년 전에 제국에 쳐들어온 녀석들입니다. 평범하다니 말도 안 돼요."

"그렇게 말해도 말이지, 평범한 사람들이었어. 족장도 이야기가 통하는 사람이었고."

사이먼과 휴고는 멍하니 입을 벌리고 있다.

"이야기가 통한다니……."

"쿠로노 군한테 걸리면 누구든 평범해질 것 같군요."

사이먼이 신음하는 것처럼, 휴고가 어처구니없어하는 것처럼 말했다. 그때, 바람이 불었다. 마차가 길을 지나간 것이다. 난폭하네, 하고 마차를 노려봤다. 그러자 마차가 속도를 늦췄다. 심장이 빠르게 뛰었다. 노려본 걸 들킨 걸까.

마차가 멈추고 사람이 내렸다. 그 인물을 보고 쿠로노는 휴, 하고 안도의 한숨을 내쉬었다. 내린 것이 리오였기 때문이다. 리오가 마부석을 향해 지시를 내리자, 마차가 다시 움직이기 시작했다. 리오가 가까이 다가왔다.

"어, 어이, 저건 케이론 백작이잖아?"

"뭐, 뭔가 실례라도 저지른 것일까요?"

사이먼과 휴고가 겁을 먹은 듯한 어조로 말했다. 약간 지나 찻집 이용객들이 술렁였다. 리오는 쿠로노 앞에서 멈춰 서서——.

"여어, 쿠로노."

"안녀——."

""케이론 백작님! 수고가 많으십니다!!""

쿠로노가 인사에 답하기보다도 빠르게 사이먼과 휴고가 일어서서 경례했다. 리오가 불쾌한 듯이 미간을 찡그렸다. 하지만 그것도 몇 초 동안이다.

"제12 근위기사단의 사이먼과 휴고였던가?"

""케이론 백작님께서 기억해 주시니 영광입니다!!""

사이먼과 휴고가 등을 쭉 펴고 말했다. 평소의 휴고라면 재무국에서 파견 나온 겁니다, 라고 정정할 법한데, 리오가 무서운 것일까. 그런 생각을 하고 있자, 리오가 이쪽을 봤다.

"그런데 쿠로노, 누워 있지 않아도 괜찮아?"

"안주인한테 재활 훈련하고 오라는 말을 들었어."

"그녀답지 않네. 혹시, 화나게 했어?"

"……네, 화나게 했습니다."

쿠로노가 자기 잘못을 인정하자, 리오는 깊이 한숨을 내쉬었다.

"그래서 산책하고 있었는데, 군사학교 동기랑 만나서……."

"여기서 차를 마시고 있었다는 거네."

"그렇지."

쿠로노가 고개를 끄덕이자, 리오는 사이먼과 휴고에게 시선을 향했다.

"내가 방해했나?"

"아, 아뇨, 그렇지는……."

"볼일도 끝났고, 저희는 이만 가지요."

"아아, 그래."

그렇게 말하고 사이먼과 휴고는 허둥지둥 그 자리에서 떠나갔다.

약간 지나 덜컥거리는 소리가 울렸다. 다른 손님이 자리를 뜬 것이다. 리오는 이거야 원, 하고 한숨을 내쉬고는 빈자리에 앉았다.

"뭐야? 리오, 미움받고 있어?"

"무슨. 근위기사단 단장을 대하는 태도는 원래 저런 법이야."

그런가? 하고 생각했지만, 입 밖으로는 내지 않았다. 그 사이에도 덜컥거리는 소리가 울렸다. 손님이 잇따라 자리를 뜨고 있다. 소리가 멎어 시선을 이리저리 움직였다. 그러자 쿠로노와 리오 말고 다른 손님은 아무도 없었다. 영업방해를 한 것 같아 죄책감이 든다.

"리오, 장소를 바꾸자."

"알았어."

리오가 작게 한숨을 내쉰 뒤 일어섰고, 쿠로노도 약간 늦게 일어섰다.

"여기요! 계산 부탁드립니다!!"

"네~에!"

쿠로노가 소리 높여 외치자 웨이트리스가 뛰어나왔다. 웨이트리스는 어리둥절한 표정을 지었지만, 곧바로 영업용 미소를 띠었다.

"블렌드 셋, 동화 한 닢과 진주화 다섯 닢입니다."

"동화 한 닢이랑 진주화 다섯 닢이라."

쿠로노는 지갑에서 화폐를 꺼내 웨이트리스에게 건넸다.

"또 찾아 주시기를 기다리고 있겠습니다."

"잘 먹었습니다."

계산을 끝내고 걷기 시작했다. 곧바로 리오가 따라잡아 쿠로노의 팔에 자기 팔을 감아 왔다. 그녀에게 보조를 맞추며 대로를 나아갔다.

"어디로 갈 거야?"

"어디로 갈까?"

"아니, 그걸 묻고 있는 건데……."

쿠로노가 나직이 중얼거리자, 리오는 난감한 듯이 미간을 찡그렸다.

"제도 지리에 그다지 밝지 않거든."

"제도에서 2년은 살았잖아?"

"기본적으로 집과 학교를 왕복했을 뿐이니까. 리오는 어때?"

"나도 비슷해. 친구도 없었고 말이지."

"그렇구나."

쿠로노는 맞장구를 치고 한층 더 대로를 나아갔다. 아싸끼리의 데이트는 큰일이다. 양쪽 다 노는 곳 같은 건 모르니까. 원래 세계라면 인터넷으로 쉽게 알아볼 수 있지만, 이세계는 아싸한테 가혹하다.

시선을 이리저리 움직이자, 이쪽을 보고 있던 통행인이 고개를 돌렸다. 적당한 가게가 있으면, 하고 생각한 건데 자기를 노려봤다고 착각한 것이리라. 아니, 그뿐만이 아닌가. 리오는 근위기사의 증표인 하얀 군복을 입고 있다. 사이먼도 하얀 군복을 입고 있었지만, 리오의 군복은 공들인 디자인이다. 상급 귀족이라 생각해서 얽히는 걸 피하려 하는 것도 무리가 아닌 이야기다. 데이트를 계속하려면 눈에 띄지 않도록 해야만 한다. 어떻게 하면 좋을까 자문한 다음 순간, 아이디어가 번뜩였다. 이거라면 어떻게든 될 것 같다.

"리오, 묻고 싶은 게 있는데 말이지?"

"뭔데?"

쿠로노는 자기 아이디어를 입에 담았다.

※

낮── 쿠로노는 걸음을 멈추고 건물을 올려다봤다. 회반죽 칠이 멋들어진 3층 건물이다. 원래 세계에 있었던 노포(老鋪) 백화점을 상기시키는 픽스 상회 제도 본점이다.

"언제까지 멍하니 서 있으면 되는 거야?"

"미안, 조금 압도되어 버려서."

"이 정도로 압도당하면 어떡해."

리오는 어이가 없다는 듯이 말하고는 쿠로노의 팔을 잡아당겼다. 역시나 명문가 출신이라고 해야 할까. 이만한 건물을 앞에 두고 용케 압도당하지 않는다. 리오한테 팔을 잡아끌리며 문 앞까지 가자, 그 옆에서 대기하고 있던 검은 옷을 입은 남자 종업원 두 명이 눈짓했다. 쫓겨나는 게 아닐까 걱정했지만, 기우였다. 종업원이 문을 열어 준 것이다. 아무래도 드레스 코드는 문제없었던 모양이다. 아니, 리오 덕분인가.

문을 빠져나가자, 그곳은 현관홀이었다. 계단의 연장선상에 10명 정도의 남녀가 서 있다. 남자가 가까이 다가왔다. 처음 만나는 남자다. 당연한가. 상회장인 도미니크가 접객할 리가 없다.

"어서 오십시오. 오늘은 어떠한 용건으로?"

"쿠로노라고 합니다만, 상회장인 도미니크 씨는?"

"도미니크 회장님 말입니까? 실례입니다만, 사전 약속은?"

"아뇨. 그저 인사를 하려고 생각해서."

"그러십니까."

남자는 입을 다물고 손뼉을 짝짝 쳤다. 그러자 여자가 이쪽으로 다가왔다. 이쪽도 처음 보는 얼굴이다.

"쿠로노 님을 10호실로."

"알겠습니다."

여자는 작게 고개를 끄덕이고는 쿠로노와 리오 앞으로 나섰다.

"처음 뵙겠습니다. 저는 베티라고 합니다. 오늘의 접객을 담당토록 하겠습니다."

"잘 부탁드립니다."

"——! 네, 넵, 저야말로, 잘 부탁드리겠습니다."

쿠로노의 말에 여자—— 베티는 어안이 벙벙해진 표정을 지었다가, 당황한 기색으로 머리를 숙였다. 그 모습이 재미있었는지, 리오가 쿡쿡 웃었다.

"그럼, 이쪽으로."

베티가 걷기 시작했고 쿠로노와 리오는 그 뒤를 따랐다. 현관 홀과 이어진 통로 중 하나로 들어갔다. 통로는 일직선으로 뻗어 있었고 미술품이 같은 간격으로 늘어서 있다. 가격표가 붙어 있지 않지만, 매물이리라. 베티가 문 앞에서 멈춰 섰다. 남자는 10호실이라고 말했는데, 방 번호를 나타내는 표찰은 존재하지 않는다.

"이곳에서 기다려 주십시오."

"고마워."

"아, 아뇨."

베티는 난감한 듯한 표정을 띠고 문을 열었다. 방에는 소파와 테이블이 놓여 있었다. 그것 외에 다른 가구는 없지만, 살풍경한 느낌은 들지 않는다. 아마도 카펫이나 커튼, 벽에 걸린 풍경화의 효과 덕분일 것이다. 리오한테 팔을 잡아끌리며 방으로 들어갔다.

"그럼, 잠시 기다려 주시기를."

뒤에서 베티의 목소리가 울렸고, 문이 닫혔다. 리오는 쿠로노한테서 떨어지고는 소파에 앉아, 우아하게 다리를 꼬았다. 실로 그럴듯한 모양새다.

"안 앉아?"

"앉을 거야."

쿠로노는 리오 옆에 앉았다. 인제 와서 새삼스럽지만 와도 괜찮았던 걸까 하는 후회와도 비슷한 기분이 솟구쳐 올랐다. 정말로 새삼스러운 일이지만——.

"픽스 상회는 이런 가게였구나."

"알고 고른 거 아니었어?"

"에라키스 후작령 지점은 알고 있지만, 본점이 이렇게까지 훌륭한 줄 알았다면 조금은 고민했을 거야."

흐음~, 하고 리오는 맞장구를 쳤다. 팔걸이를 받침대 삼아 턱을 괴었다.

"돈, 부족하지 않으려나."

"부족하면 외상으로 하면 돼."

"반반 내자고는 말해주지 않는구나."

"오, 좋은 그림이네."

리오는 짐짓 능청스러운 티가 나게 벽에 걸린 그림으로 시선을 향했다. 작게 한숨을 내쉬었다. 어쩔 수 없다. 부족하면 외상으로 달아 두자. 거래가 있으니까 다소는 융통성을 발휘해 줄 터다. 비장한 결의를 굳힌 그때, 도미니크가 문을 열고 들어왔다. 쿠로노는 일어서서——.

"오랜만입니다."

"……오래간만입니다, 쿠로노 님."

기선을 제압하며 머리를 숙였다. 그러자 도미니크는 눈을 살짝 크게 뜨고는, 공손하게 머리 숙여 인사했다.

"앉아도 괜찮겠습니까?"

"앉으시죠, 앉으시죠."

"그럼."

도미니크가 맞은편 자리에 섰다. 하지만 곧바로 앉으려고는 하지 않았다. 내심 고개를 갸웃하다가, 쿠로노가 앉기를 기다리고 있다는 걸 알아차렸다. 황급히 소파에 앉자, 도미니크도 소파에 앉았다.

"오늘은 어떠한 용건이신지요?"

"실은 그녀와 데이트를 하려고 생각했습니다만, 그게, 눈에 띄어서……."

"과연, 옷을 구매하시려는 거군요."

"그 말대로입니다만, 지불에 관해서 말인데……."

"청구는 에라키스 후작령 앞으로 괜찮겠습니까?"

"예, 잘 부탁드립니다."

"알겠습니다."

도미니크는 정중하게 고개를 끄덕였다. 쿠로노는 내심 가슴을 쓸어내렸다. 설마 후불이라는 시스템이 존재하리라고는 생각지 않았다. 하지만 평소에는 현금 지불을 유념해야만 할 것이다. 설령 단기간 빌리는 것일지라도 빚은 져서는 안 된다.

"주제넘은 말인 것 같습니다만, 이후의 예정은 어떻게 되시는지?"

"딱히 예정은……. 굳이 말하자면 식사라도 하고 싶으려나~ 정도."

"괜찮으시다면 이쪽에서 준비하겠습니다만? 물론, 마차 준비도 포함하여."

"마차를요? 너무 격식 차려야 하는 곳은 좀……."

"개인실이 있는 곳이니 안심해 주십시오. 어떨는지요?"

"……그럼, 부탁합니다."

쿠로노는 조금 고민한 끝에 준비를 부탁하기로 했다. 제도 지리에는 밝지 않다. 당연히 예약 없이 가도 환영해 줄 것 같은 가게도 모른다.

"알겠습니다."

도미니크는 고개를 끄덕이고 손뼉을 짝짝 쳐서 소리를 냈다. 조용히 문이 열렸다. 문을 연 것은 베티다. 방에 들어와 공손하게 머리 숙여 인사했다.

"부르셨습니까?"

"그녀에게 드레스를. 그리고, 마차와 식사 준비를."

"잘 알겠습니다."

도미니크의 지시에 베티는 작게 고개를 끄덕였다.

"그럼, 옷을 고르고 올게."

리오는 일어서서 문으로 향했다. 두 사람이 방에서 나가고 문이 닫혔다. 도미니크는 앉은 자세를 바로 하고 머리를 깊이 숙였다.

"다시금, 오래간만에 뵙습니다."

"아뇨, 이쪽이야말로."

"전선 기지에서 헤어진 이후로 처음 뵙습니다만, 쿠로노 님의 활약은 들었습니다."

"활약이라고 할 정도는——."

쿠로노는 머리를 긁적였고, 도미니크와의 대화에 열중했다. 단순한 잡담이 아니다. 그는 쿠로노를 통해 제국의 동향을 탐색하고 있어야 한다. 목적을 알아도 불쾌하게 느끼지는 않았다. 도미니크는 머리 회전이 빠르고 감정의 미묘한 변화도 예민하게 알아차린다. 이쪽이 파고들지 말아 줬으면 하는 부분에는 파고들지 않는다. 귀족이라는 이유만으로 이만한 인물에게 뛰어난 사람으로 대접받을 수 있다. 그 점이 면목 없기도 하고, 고맙기도 했다. 리오가 돌아올 때까지 쿠로노는 도미니크와의 대화를 즐겼다.

※

마차가 멈추고 마부가 문을 열었다. 쿠로노는 마차에서 내려 시선을 이리저리 움직였다. 그곳은 사방이 석벽으로 둘러싸인 정원이었다. 아직 낮인데도 어둑어둑하다.

"쿠로노, 도와주지 않겠어?"

리오가 부르는 소리에 뒤돌아보자, 원피스 타입 드레스를 입은 리오가 서 있었다. 쿠로노는 손을 내밀었다.

"자."

"고마워."

리오가 쿠로노의 손을 잡고 지면에 내렸다. 그때, 끼이익 하는 소리가 울렸다. 소리가 난 쪽을 보니 목제 문이 열리는 참이었다. 그 너머에는 연미복을 입은 초로의 남성이 서 있었다.

"저분을 따라가 주십시오. 돌아가실 때의 마차는 이쪽 가게에서 내보내 줄 겁니다."

"감사합니다."

"아니요, 아니요. 픽스 상회를 이용해 주셔서 감사합니다."

마부가 호들갑스럽게 고개 숙여 인사했고, 쿠로노와 리오는 문으로 향했다. 초로의 남성이 머리를 숙였다.

"잘 오셨습니다. 자, 이쪽으로 오시지요."

초로의 남성이 몸을 돌리고 걷기 시작했고, 쿠로노와 리오는 그 뒤를 쫓았다. 문을 지나자 현관홀이 있었다. 아니, 홀이 아니라 그냥 현관이라고 해야 할까. 위로 뚫려 있기는 하지만, 상당히 좁게 느껴졌다. 문을 열었더니 계단이었다, 같은 느낌이다.

초로의 남성이 계단을 올라갔고, 그 뒤를 따랐다. 건물은 정적에 감싸여 있었다. 사람의 기척 같은 건 느껴지지만, 이용객은커녕 종업원과도 엇갈리지 않았다. 호러 영화의 한 장면 같다. 계단을 올라, 통로를 지나고, 계단을 내려가── 자기가 어디에 있는 건지 알 수 없어지기 시작했을 즈음, 초로의 남성이 멈춰 섰다.

"자, 이쪽입니다."

"고맙습니다."

초로의 남성이 문을 열었고 쿠로노는 리오와 함께 방으로 들어갔다. 가볍게 놀라 눈을 살짝 크게 떴다. 의외라고 해야 할지 방은 평범했다. 중앙에 의자와 테이블이 있고, 기품 있는 가구와 집기가 늘어서 있다. 호러 영화의 한 장면 같다고 생각했었기에 조금이지만 안심했다.

"식사를 희망하실 때는 이쪽의……."

초로의 남성은 말을 끊고 손바닥으로 문 근처에 있는 사이드 테이블을 가리켰다. 그 위에는 탁상 벨이 놓여 있다.

"벨을 울려 주십시오. 그럼, 편안하게 즐겨 주시기 바랍니다."

초로의 남성은 깊숙이 머리 숙여 인사하고는 문을 닫았다.

"쿠로노, 언제까지 서 있을 거야?"

"아아, 그러게. 앉을까."

쿠로노는 맞장구를 치고 테이블로 향했다. 테이블 위에는 메뉴판이 있다. 의자에 앉아 메뉴판을 펼쳤다. 놀랄 만한 점은 아무것도 없다. 평범한 메뉴판이다. 리오가 맞은편 자리에 앉아 고개를 들었다. 거기서 어떤 걸 알아차렸다. 벽에 선이 있었던 것이다. 일어서서 다가가 보니 그것이 틈새라는 걸 알았다.

벽을 밀자 끼이익 하는 소리와 함께 열렸다. 아니, 벽이 아니다. 문이다. 벽 장식을 이용하여 문을 교묘하게 숨기고 있었던 것이다. 눈이 휘둥그레졌다. 문 너머에 있던 건 침실이었다. 무심코 한숨이 새어 나왔다.

"이런 서비스는 필요 없었는데."

"어라, 그래?"

어느새 가까이 다가온 것일까. 뒤에서 리오의 목소리가 울렸다. 황급히 뒤돌아봤지만, 리오의 모습은 없다. 정면으로 돌아보자 리오가 있었다. 리오는 침대에 다가가 앉았다. 거기서, 쿠로노는 자기가 뒤돌아보는 타이밍에 맞춰 리오가 이동했을 가능성을 떠올렸다. 존재를 들키지 않고 옆을 빠져나가다니, 역시나 근위 기사단 단장이다.

"이쪽으로 안 올 거야?"

"……갈 거야."

쿠로노는 작게 한숨을 내쉬고는 침실에 들어갔다. 문을 닫고 리오한테 다가갔다.

"앉는 게 어때?"

"……응."

재촉받아 침대에 앉자 리오가 요염하게 몸을 기대 왔다. 리오 의 냄새와 무게를 느끼며 주위를 두리번두리번 둘러봤다.

"왜 그래?"

"여긴 무슨 가게일까 싶어서."

"높은 분들이 밀회할 때 쓰는 가게 아닐까? 잘 모르겠지만……."

리오가 조금 난감한 듯이 말했다.

"높은 분들이라."

"무슨 일 있어?"

"금화 100닢이라든가 청구되면 어쩌나 싶어서."

"뭐야, 그 정도쯤이야."

"그 정도가 아니야."

쿠로노는 한숨을 내쉬었다. 명문가 출신인 리오는 서민인 쿠로 노와 금전 감각이 다른 모양이다.

"금화 100닢 청구되면 그때는 그때야. 앞일보다 지금을 즐겨야

한다고."

"그러려나?"

"그렇다고. 게다가 오랜만에 만나는 거니까 나만을 봐줘."

"…………그러네."

쿠로노는 상당한 뜸을 두고 고개를 끄덕였다. 확실히 리오를 봐야만 한다고 생각한다. 하지만——.

"아직 뭔가 신경 쓰이는 게 있어?"

"신경 쓰인다고 할지. 이렇게 될 줄 알았으면…….."

"이렇게 될 줄 알았으면?"

"리오한테 군복을 입어 달라고 할 걸 그랬나 싶어서."

"어째서?"

"코스프레를 즐겨 보고 싶었거든. 아아, 코스프레라는 건——."

"아~ 그건 좀 어떠려나 싶어."

쿠로노가 코스프레에 관해 설명하자, 리오는 떨떠름한 표정을 지었다. 응해 줄 거라고 생각한 건 아니지만, 떫은 표정을 지으면 조금 상처받는다.

"안 되려나?"

"해달라고 한다면야 하겠지만…….."

"어? 해주는 거야?!"

"으, 응, 뭐어, 쿠로노가 바란다면."

쿠로노가 몸을 내밀며 말하자, 리오는 몸을 뒤로 빼며 말했다.

"군복만이 아니라 세일러복이라든가, 여교사라든가, 차이나 드레스도 가능합니까?!"

"세일러복? 차이나 드레스?"

"가능하겠죠?"

"세일러복이랑 차이나 드레스가 뭔지 모르겠지만, 쿠로노가 원하는 대로 하면 돼."

하지만, 하고 리오는 뒷말을 이었다.

"오늘은 평범하게 사랑해 줘?"

"물론입니다, 리오의 기분을 존중하겠습니다."

"후후, 이해해 줘서 기뻐."

"그러면, 제 발밑에 무릎 꿇어 주세요."

"어?!"

"어?"

리오가 목소리를 냈고, 쿠로노도 자기도 모르게 목소리를 냈다. 크흠, 하고 리오는 헛기침하고는——.

"평범하게 해주는 거지?"

"평범하게 손이나 입으로 해달라 하려고 생각해서."

"평범한 거야, 그거?"

"평범해."

으, 하고 리오는 못마땅한 듯이 미간을 찡그렸다. 잠시 후 어쩔 수 없다고 말하는 것만 같이 한숨을 내쉬고는 바닥에 무릎 꿇고 앉았다. 쿠로노가 일어서자, 리오는 움찔했다.

"왜 그래?"

"갑자기 일어서니까 놀란 거야. 어째서 갑자기 일어섰어?"

"아니, 바지를 벗어야 하니까."

아아, 하고 리오는 납득이 갔다는 듯이 목소리를 냈다.

"그래도, 모처럼이니까 바지를 내리는 것부터 리오한테 해달라고 할까?"

"바지를……."

꿀꺽, 하고 리오가 침을 삼켰다. 적극적인데도 풋풋해서 귀엽다고 생각한다.

"확인차 묻겠는데──."

"평범한 거야, 평범한 거."

"알았어."

쿠로노가 리오의 말을 가로막고 말하자, 리오는 토라진 듯이 입술을 삐죽였다. 잠시 그러고 있었지만, 각오를 굳힌 것이리라. 쭈뼛쭈뼛 벨트에 손을 뻗었다. 철컥철컥하는 소리가 울렸지만, 좀처럼 풀리지 않는다. 한층 시간이 지나고, 겨우 벨트가 풀렸다. 하지만 리오는 또다시 움직임을 멈추고 말았다.

"리오?"

"알고 있어. 너무 그렇게 재촉하지 말아 줄래?"

역시 삐친 듯이 입술을 삐죽 내밀었다. 족히 5분 정도가 경과하고 나서, 바지에 손을 뻗었다. 바지를 내리려 하지만, 고작 그뿐인 것을 하지 못하고 있다. 당연하다. 리오는 부끄러운 듯이 고개를 돌리고 있으니까. 그런 그녀를 보고 있자니 깊은 만족감이 느껴진다. 한층 시간이 지나 차가운 감촉이 하반신을 감쌌다. 리오가 간신히 쿠로노의 바지를 내린 것이다.

"리오 씨, 아직 팬티가 남아 있습니다."

"알고 있어."

리오는 고개를 돌리고 쿠로노의 팬티를 내리려 했다.

"정면을 보면서 부탁합니다."

"아, 알고 있다니까."

리오는 부끄러운 듯이 뺨을 빨갛게 물들이며 쿠로노 쪽을 돌아봤다. 꿀꺽, 하고 침을 삼키고 흠칫흠칫하는 느낌으로 팬티를 내려 나갔다. 팬티를 다 내리고, 리오는 움직임을 멈췄다. 아니, 쿠로노의 것을 뚫어져라 보고 있다고 해야만 할까.

"봉사를 부탁합니다."

"으, 응……."

리오는 쿠로노의 것을 만졌고——.

"꺄앗!"

귀여운 비명을 질렀다. 순진한 반응에 미소가 넘쳐난다. 경험자인 척하는 여주인의 풋풋함도 훌륭하지만, 리오의 스트레이트한 풋풋함도 훌륭하다.

"자, 용기를 내."

"……."

쿠로노가 말을 걸었지만, 리오는 묵묵부답이다. 쿠로노의 것에 쭈뼛쭈뼛 손을 대고, 살살 움직였다.

"이런 건 알고 계시는군요?"

"쓸데없는 한 마디, 많아."

"뭣하면 자기 걸 위로하면서 해도 OK입니다."

"…………금방 가 버릴 것 같으니까 그만둘래."

리오가 상당한 뜸을 두고 대답했다. 머리카락을 쓸어올리고는 혀끝을 쿠로노의 것에 살짝 댔다. 조금 더 대담하게, 라고 생각했지만 말하지 않고 가만히 있었다. 그러자 리오는 조금씩 대담하게 손을 움직이거나, 핥게 되어 갔다. 시선을 내려 리오의 흥분 상태를 확인했다. 응, 쿠로노 이상으로 흥분한 모양이다.

"리오, 슬슬 괜찮아."

"벌써 괜찮은 거야?"

"리오도 슬슬 한계인 것 같고 말이야. 자, 침대에 올라가 주세요."

"알았어."

리오는 일어서서 드레스에 손을 댔지만——.

"아니, 드레스는 그대로."

"더러워질 텐데?"

"괜찮아."

아마도, 하고 마음속으로 덧붙였다. 이만큼 커다란 가게를 가지고 있고, 돌아가는 길은 마차를 준비해 주는 것이다. 여벌 드레스쯤은 마련해 줄 터다.

"알았어."

리오는 마지못한 느낌으로 침대에 올라갔다. 쿠로노도 침대에 올라간다.

"네발로 기는 자세가 되어서, 이렇게, 엉덩이를 높이 내미는 듯한 느낌으로."

"쿠로노는 요청사항이 많네."

리오는 어처구니가 없다는 듯한 어조로 말하면서도 쿠로노의 말에 따랐다.

"리오도 준비는 괜찮은 것 같네?"

"그런 말은 안 해도 되는 거야."

쿠로노가 리오의 다리 사이를 보며 말하자, 리오는 삐친 듯이 입술을 삐죽였다. 그런 태도를 보이고 있지만, 몸은 솔직하다. 쿠로노는 리오의 팬티에 손을 뻗었다. 끈을 당기자 완전히 준비가 다 된 리오의 것이 드러났다.

"괜찮지?"

"그래도, 부드럽게 해줘? 나는 그렇게 익숙하지 않으니까."

"알았어. 약속할게."

"아——!!"

쿠로노가 만지자 리오는 요염한 목소리를 냈다. 천천히 넣는다. 리오는 이불을 꽉 붙잡고 참고 있다. 쿠로노의 것이 안에 완전히 다 들어갔고, 리오가 힘을 뺐다. 그녀를 끌어당겨 허리를 움직였다. 그러자 리오의 몸이 크게 경직됐다. 잠시 후 힘이 빠진다. 지금까지 참아 왔던 만큼을 방출하여 힘이 빠진 상태다.

"부드럽게 해줄 테니까 말이야?"

"기다── 흐윽!"

리오는 기다리라는 말을 끝까지 다 할 수 없었다. 쿠로노가 움직이기 시작했기 때문이다.

※

밤── 마차가 크로포드 저택 앞에서 멈추고 쿠로노는 자리에서 일어섰다.

"리오, 내일 또 봐."

"……."

말을 걸었지만, 리오는 멍하게 있다. 원래부터 느끼기 쉬운 타입이고, 오랜만의 밀회로 지쳐 있는 것이리라.

"리오, 또 봐."

"──! 아, 응, 좋았어."

다시 말을 걸었다. 그러자 리오는 퍼뜩 정신이 든 것 같은 얼굴로 엉뚱한 말을 했다. 정신을 차리기는 했지만, 상황이 완전히 파악되지 않은 모양이다.

그럼, 하고 손을 흔들어 준 뒤 밖으로 나왔다. 가을이 가깝기 때문일까. 시원한 바람이 불고 있다. 문을 닫자 마차가 움직이기 시작했다. 마차가 보이지 않게 될 때까지 손을 계속 흔들고, 현관으로 향했다. 문을 빠져나가 정원을 지나고 현관문을 열자, 여주인이 서 있었다. 게다가 삼엄한 표정으로 우뚝 서서.

"제법 빠른 귀가네 그래."

"아, 아니, 군사학교 시절 동기랑 이야기에 열중하느라……."

"정말로?"

"……거짓말입니다. 리오랑 데이트하고 있었습니다."

쿠로노는 여주인의 압력에 굴하여 사실을 말했다.

"어째서 거짓말을 하는 거야?"

"화낼 거라고 생각해서."

"화 안 내. 애초에, 쿠로노는——."

여주인은 잔소리를 투덜투덜 늘어놓았다. 거짓말쟁이, 라고 생각했지만 물론 입 밖으로는 내지 않는다. 여기선 조용히 잔소리를 들어야 한다. 참을 인, 한 글자다. 5분 정도 지나서——.

"셰라 님, 잔소리는 그쯤으로……."

"알았어."

어느샌가 다가온 오르트가 옆에서 말을 해줘서, 여주인은 마지못한 느낌으로 따랐다.

"이제 됐으니까 얼른 목욕하고 자."

"저기, 저녁은……. 아뇨, 아무것도 아닙니다."

여주인이 노려봐서 입을 다물었다. 점심을 먹지 않았기에 배가 고프지만, 그걸 말해 봤자 별수 없다. 쿠로노는 작게 한숨을 내쉬고는 욕실로 향했다.

※

아침—— 쿠로노는 배가 고파 눈을 떴다. 결국 어젯밤은 아무 것도 먹지 못했다. 유일하게 입에 넣은 것이 수가 만든 약이라는 게 너무하다. 하지만 늦기 전에 돌아오겠다는 약속을 깬 건 자신이다. 게다가 이 앙갚음을 어떻게 해줄까 하고 생각하면 이번 건은 감수해도 괜찮은 것 아닐까 하는 기분이 든다.

꼬르륵~, 하는 소리가 울렸다. 배에서 나는 소리다. 여주인의 기분이 풀렸으면 좋겠네, 하고 생각하며 쿠로노는 몸을 일으켰다. 침대에서 내려와 책상에 다가갔다. 거기에는 정성스럽게 개켜진 군복이 놓여 있었다. 군복으로 갈아입고 방을 나오자 빵 냄새가 콧구멍을 자극했다. 턱이 저릿해지며 침이 넘쳤다. 계단을 내려가 식당에 들어가자——.

"쿠로노 님, 좋은 아침입니다."

"좋은 아침이야, 오르트."

벽 쪽에 서 있던 오르트가 인사를 건넸다. 이번에는 움찔하지 않았다. 쿠로노도 오르트에게 인사해 주고 테이블을 봤다. 테이블에는 페이, 스노우, 수 세 사람이 앉아 있다. 레이라와 여주인의 모습은 없다. 주방에서 지글지글하는 소리가 들려오는 걸 보니 아침 식사를 만드는 중이리라. 여주인의 기분이 풀려 있기를, 하고 신에게 기도했다.

"좋은 아침."

"좋은 아침인 것입니다."

"쿠로노 님, 좋은 아침~."

"좋은 아침~."

쿠로노가 인사하자 페이, 스노우, 수 세 사람도 쿠로노에게 인사했다. 수는 스노우 흉내를 내는 걸까. 사이가 친해 보이니 좋은 일이다. 그런 감상을 품으며 자리에 앉았다. 갑자기 주방에서 울리던 소리가 멎었다. 요리가 완성된 것이리라.

"식사 다 됐어!"

여주인과 레이라가 쟁반을 들고 다가왔다. 테이블 옆에 서서 요리를 늘어놓는다. 아침 식사는 빵, 수프, 샐러드, 베이컨 에그에 소시지를 곁들인 것이었다. 거기다 콩조림이 든 작은 접시가 놓였다. 쭈뼛쭈뼛 시선을 향했지만, 눈을 맞춰 주지 않는다. 아직 화내고 있는 것이리라. 약속을 깬 건 자신이지만, 차가운 태도를 취하는 건 괴롭다. 기운이 빠져 있자 레이라와 여주인이 자리에 앉았다.

"잘 먹겠습니다."

"잘 먹겠는 것입니다!"

쿠로노가 손을 맞추고 말하자, 페이가 빵에 손을 뻗었다. 빵을 둘로 갈랐다. 그러자 향긋한 냄새와 함께 김이 솟아올랐다. 다시금 침이 넘쳐흐른다. 페이는 빵을 입에 물려다가 움직임을 멈췄다. 시선을 옆으로 향했다. 시선 끝에 있는 건 여주인이다. 여주인도 페이한테 시선을 향하고 있다. 페이는 둘로 나눈 빵 중 한쪽을 접시에 되돌리고, 남은 쪽을 작게 찢어 입으로 옮겼다. 여주인이 만족스러운 듯이 고개를 끄덕였다.

쿠로노는 숟가락을 손에 쥐고 콩조림을 건졌다. 덥석 먹었다. 부드럽고, 맛이 잘 배어 있다. 게다가 적당한 단맛도 있다.

"······어떨까요?"

"맛있어."

레이라가 쭈뼛쭈뼛 말을 꺼냈고, 쿠로노는 미소를 띠고 대답했다. 그러자 레이라는 수줍어하는 듯한 미소를 띠었다. 아마, 콩조림은 레이라가 만든 것이리라.

"맛이 잘 배어 있고, 단맛도 있어서 맛있어."

"감사합니다."

어지간히 기뻤던 것이리라. 레이라의 귀가 처졌다. 이번에는 수프를 입에 옮겼다. 건더기가 가득하고 맛이 잘 배어들어 맛있다. 입안에서 바스러질 정도로 익힌 것도 절묘하다.

"어때?"

"맛있어. 특히 익힌 정도가 훌륭하다고 생각해."

"그렇지, 그렇지."

쿠로노가 대답하자 여주인은 만족스러운 듯이 고개를 끄덕였다. 하지만, 하고 뒷말을 이었다.

"맛있는 건 다 같이 먹기 때문이야. 모두 다 같이 모여 즐겁게 식사한다. 애정도 중요하지만, 이런 것도 중요해. 알겠지?"

"네, 알겠습니다."

여주인이 타이르는 것처럼 말했고, 쿠로노는 고개를 끄덕였다.

반론할 여지가 없다.

"알면 되는 거야, 알면. 자, 빵도 먹어. 그쪽은 레이라 아가씨
가 도와준 거니까 말이야."

"……네."

쿠로노가 순순히 고개를 끄덕였기 때문이리라. 여주인은 만족
스러운 듯이 말했다. 빵에 손을 뻗어 둘로 나눴다. 김과 함께 향
긋한 냄새가 솟아올랐다. 공복 탓도 있어서 입으로 뜯어 먹고 싶
은 충동에 휩싸였지만, 페이의 전례도 있다. 꾹 참고 한쪽을 접시
에 내려놓은 뒤 손으로 작게 찢어 입으로 옮겼다. 촉촉하니 맛있
다. 이 감동을 원래 세계에서 읽은 만화에 등장하는 소믈리에처
럼 표현할 수 있다면 좋겠지만——.

"응, 맛있어. 맛있어, 맛있어——."

쿠로노는 맛있다는 말을 반복하는 것밖에 할 수 없었다.

※

식사가 끝나고——.

"잘 먹었습니다."

"그래, 변변찮은 식사라 미안해."

쿠로노가 손을 모으고 말하자, 여주인은 온화한 미소를 띠며
말했다. 아무래도 기분은 완전히 좋아진 모양이다.

"나, 말 돌봐주고 올게! 수도 갈래?"

"알았다."

스노우가 일어섰고 수도 같이 식당을 나섰다. 페이는 어떤가 하면 말없이 일어서서 둘의 뒤를 쫓았다. 또 건물 그늘에서 둘을 보며 이를 갈고 있으리라. 에라키스 후작령에 돌아가면 케인한테 페이에 관해 상담해 보자.

자 그럼, 하고 여주인이 일어서서 접시를 포개기 시작했다.

"돕겠습니다."

"미안하네."

레이라가 일어서서 접시를 포개기 시작했다. 달그락달그락하는 소리가 울렸고, 이내 멎었다. 두 사람은 접시를 다 포개자 주방으로 향했다. 어깨 너머로 뒤를 봤다. 하지만 그곳에 오르트의 모습은 없다. 어느새 식당을 나간 것일까.

"……논공행상이라."

쿠로노는 중얼거리며 의자 등받이에 몸을 기댔다. 논공행상이 목전에 다가와 있다고 생각하니 우울한 기분이 들기 시작한다. 땡땡이칠 방법은 없을까 생각하고 있자, 여주인이 쟁반을 들고 주방에서 나왔다.

"자, 식후 향차야."

"고마워."

여주인이 테이블에 컵을 내려놓았고 쿠로노는 고맙다는 말을 한 뒤 손에 들었다. 차가운 감촉이 손에 전해진다. 물로 우려낸 향차다. 입에 머금자 산뜻한 맛이 퍼졌다. 아침 식사를 잔뜩 먹었기에 이건 고맙다.

"뭔가 고민거리라도 있어?"

"응? 아니, 고민거리는 아니지만, 논공행상을 땡땡이칠 수 없으려나 싶어서."

"아아, 그런 건가."

아리데드와 데네브한테서 저번 논공행상 이야기를 들은 것이리라. 여주인은 그 말만 하고는 입을 다물었다. 침묵이 내리깔린다.

"그, 뭐야. 논공행상이라고 할지, 공적은 쿠로노 님이 하고 싶은 걸 하는 데 필요한 거지? 그렇다면 할 수밖에 없잖아."

"그렇지. 인제 와서 새삼스럽게 고민할 일도 아닌데."

"침울해질 것 같으면 또 위로해── 헉!"

"정말로?!"

여주인이 실수했다는 표정을 지었지만, 쿠로노는 이 기회를 놓치지 않겠다는 듯이 파고들었다.

"지금 건 취소야!"

"그럴 수가~, 모처럼 의욕을 냈는데."

"큭, 그런 표정 지어도 헛수고야."

"……거짓말했구나."

쿠로노는 시무룩하게 중얼거렸다. 연기가 아니다. 본심에서 나온 행동이다. 여주인은 큭, 하고 자신의 경솔함을 후회하는 것처럼 신음했고──.

"……야한 건 안 돼."

"와~이! 비키니 메이드복을 가져오길 잘했어!"

"그러니까, 야한 건 안 된다고 했잖아!"

"그건 눈을 보양하는 것이지, 야한 게 아닙니다~."

"큭……."

여주인은 분한 듯이 신음했다. 하지만 아무 말도 하지 않는다. 여기서 뭔가를 말하면 제 무덤을 파는 게 된다고 생각하는 것이리라. 그 말대로다. 하지만 아무 말도 하지 않는다면 하지 않는 대로 비키니 메이드복을 입게 된다. 물론, 그걸로 끝낼 생각은 없다. 요컨대 경솔한 발언을 한 시점에서 운명은 정해진 것이다.

하아~, 하고 여주인은 여봐란듯이 한숨을 내쉬고는 주방으로 향했다. 그때――.

"쿠로노 님, 마중할 마차가 도착했습니다."

오르트가 식당에 들어왔다.

"곧바로 갈게. 망토와 검대를――."

"주제넘은 것 같습니다만, 준비시켜 두었습니다."

오르트가 쿠로노의 말을 가로막고 말하자, 루시아가 식당에 들어왔다. 망토와 검대, 검을 손에 들고 있다. 쿠로노는 의자에서 일어나 루시아에게 다가갔다.

"고마워."

"아뇨, 일이니까요."

쿠로노는 검대를 졸라매고 검을 꽂았다. 망토를 받아들고 걸친다. 준비 완료다. 주방에서 허둥지둥 뛰는 소리가 울렸다. 레이라와 여주인이 에이프런으로 손을 닦으며 다가왔다.

"그럼, 외람되오나 제가 앞장서서 안내를……."

오르트가 걷기 시작했고 쿠로노는 그 뒤를 따랐다. 오르트가 문을 열고 밖으로 나갔다. 앞뜰에는 페이, 스노우, 수가 서 있었다. 그보다 더 앞쪽── 정문을 나간 곳에는 리오가 있었다. 뒤에는 마차가 서 있다.

"여어, 쿠로노. 마중하러 왔어."

"고마워."

쿠로노가 고맙다는 말을 하고 마차에 올라타자 리오도 마차에 탔다. 저번 논공행상 때는 혼자서 마차에 탔는데──.

"왜 그래?"

"아니, 아무것도 아니야."

쿠로노가 자리에 앉자, 리오는 문을 닫고 옆에 앉았다. 그뿐만이 아니다. 쿠로노의 팔에 자기 팔을 감고는 요염하게 몸을 기대어 왔다. 역시 저번과는 다르다. 하지만 이게 리오의 목적이었던 것이리라. 창밖을 보니 레이라, 여주인, 페이, 스노우, 수, 오르트가 보고 있었다. 거북하다. 게다가 구경꾼이 모여들고 있다. 마차가 움직이기 시작했고 쿠로노는 휴, 하고 안도의 한숨을 내쉬었다.

"……어제는 즐거웠어."

"나도야."

리오가 나직이 중얼거렸고 쿠로노는 고개를 끄덕였다. 여주인을 화나게 만든 것이나 저녁 식사를 못 먹게 된 건 말하지 않았다. 세상에는 말하지 않아도 되는 게 있는 것이다.

"이런 날이 쭉 계속되면 좋겠어."

"……분명, 계속될 거야."

쿠로노는 뜸을 두고 중얼거렸다. 이런 날이 계속되었으면 좋겠다. 진심으로 그렇게 생각한다. 하지만 쿠로노는── 아니, 자신들은 군인이다. 바라도 이루어지지 않는 것은 있다.

"후후, 쿠로노는 거짓말쟁이네."

"……."

리오가 팔에 힘을 주었지만, 쿠로노는 아무 말도 할 수 없었다.

"예감이 말이야, 들어. 이런 즐거운 나날은 계속되지 않는다는 예감. 그러니까, 부서져 버리기 전에 끝나 주지 않으려나 하고 생각할 때가 있어."

"지나친 생각이야."

"그러려나?"

"그래."

"그럴지도 모르겠네."

후후, 하고 리오는 웃고는 깊게 숨을 들이쉬었다. 아마, 그녀는 '지나친 생각일지도 몰라'라고는 생각하고 있지 않다. 그녀한테는 지금의── 자신이 받아들여지고 있는 상황은 믿기지 않는 일인 것이다. 언제까지 계속될지 알 수 없다. 언젠가 끝나고 만다면 차라리 스스로 그걸 끝내고 싶다. 바로 그래서 암살도 불사하겠다는 발언이 나오는 것이다.

"아아, 그러고 보니 몸 상태는 어때?"

"꽤 좋아졌어."

리오가 생각난 듯이 말했고, 쿠로노는 그 화제에 편승했다. 계속 침대에 누워 있었던 탓에 어제는 큰일이었다든가, 수의 약이 쓰다든가 하는 시시콜콜한 대화를 나눈다. 화제가 끊기는 일은 없었고, 이내 알피르크성이 보이기 시작했다.

도개교를 건너고 내리닫이 쇠살문을 지나 성문을 빠져나갔다. 마차의 속도가 천천히 느려졌고, 정원 한구석에서 멈췄다. 리오는 쿠로노의 팔을 놓고는 마차에서 내렸다. 쿠로노도 마차에서 내려 시선을 이리저리 움직였다.

역시, 알피르크성의 정원은 넓고 구석구석까지 관리가 잘 되어 있다. 후작 저택 정원도 관리하자고 생각했다가 이내 생각을 고쳤다. 이 정도로까지 관리하는 건 수고가 많이 들고 예산도 필요해진다. 후작 저택에는 공방도 있고 학교도 있다. 게다가 새로운 시책을 시작한다 치면 가장 먼저 후보지가 되는 건 후작 저택 정원이다. 그걸 생각하면 정원에 너무 많은 돈을 들이고 싶지 않다.

"쿠로노, 간다?"

"아, 응……."

리오가 걷기 시작했고 쿠로노는 뒤를 쫓았다. 구석구석까지 청소가 잘 된 성안을 나아가, 알현실로 이어지는 복도로 나왔다. 긴 복도에는 같은 간격으로 받침대가 설치되어 그 위에 미술품이 놓여 있다. 어디선가 본 듯한 항아리나 조각이 있는데, 기분 탓이리라. 당장의 자금을 얻기 위해 팔아치운 에라키스 후작의 수집품과 재회라니, 너무 형편 좋은 이야기다.

긴 복도를 빠져나가 문 앞에 도착했다. 알현실 문이다. 문 옆에는 기사 두 명이 서 있었고, 약간 떨어진 곳에 가우르가 서 있었다. 쿠로노와 리오를 알아차린 것이리라. 가우르는 이쪽에 시선을 향하다가, 얼굴을 찌푸렸다.

"……이제야 왔나."

가우르가 표정을 걷꾸리며 다가왔지만, 리오가 앞길을 가로막았다.

"여어, 오랜만이네?"

"……리오, 케이론."

리오가 말을 걸자, 가우르는 신음하듯이 말했다.

"그러고 보니 승부를 미뤄 두고 있었지?"

"""——!!"""

쿠로노, 가우르, 그리고 두 명의 기사는 숨을 삼켰다. 설마 알현실 앞에서 과거의 좋지 못한 인연을 문제 삼으리라고는 생각지 않았다.

"리오, 진정해."

"실례입니다만 이곳은 알현실 앞입니다."

"성안에서 칼부림 사태는……."

쿠로노가 말을 걸자 기사 두 명도 뒤이어서 말했다.

"싸움을 걸어 왔던 것도, 승부를 뒤로 미루겠다고 말한 것도 그야."

"그렇긴 한데, 그렇긴 하지만……."

성안이외다, 하고 쿠로노는 중얼거렸다. 하지만, 하고 리오가 계속해서 말했다. 쿠로노는 물러나 줄 것을 기대하고 리오에게 시선을 향했다. 기사 두 명도 마찬가지다.

"가우르 경이 머리를 숙여 준다면 없던 일로 해도 괜찮으려나?"

"""——!!"""

쿠로노와 기사 둘은 재차 숨을 삼켰다. 리오는 없던 일로 할 생각이 없는 것이다. 입안에 씁쓸한 것이 퍼졌다. 확실히 논공행상을 땡땡이칠 수 없으려나 하고 생각했지만, 이런 형태로 바람이 이루어지리라고는 생각지 않았다. 빠득거리는 소리가 울렸다. 이를 가는 소리다. 소리가 난 쪽을 보니 가우르의 얼굴이 시뻘게져 있었다. 사태를 복잡하게 만들지 말아줘, 라며 울 것 같아진다.

"어때?"

"큭……."

가우르는 분한 듯이 신음했고—— 달려들 거라고 생각했는데 머리를 깊숙이 숙였다. 오오, 하고 쿠로노와 기사 두 명이 목소리를 냈다. 설마, 여기서 머리를 숙일 줄이야. 원래라면 가우르가 스스로 뿌린 씨앗이지만, 그의 성장에 가슴이 뜨거워진다.

"일전에는 무례한 짓을 해서 미안하다."

"미안하다?"

"미안, 했습, 니다."

가우르는 피를 토하는 것처럼 말을 자아냈다. 오오, 하고 재차 목소리를 냈다. 훌륭해, 훌륭하다. 설마 전선 기지에서 싸움을 걸어 왔던 그가 이렇게나 고상한 성장을 보여주리라고는 꿈에도 생각지 않았다. 타우르한테 이 모습을 보여주고 싶을 정도다.

"알면 되는 거야, 알면."

"——!"

리오가 손을 뻗었고, 쿠로노는 황급히 리오의 손목을 붙잡았다. 위험한 상황이었다. 손을 붙잡지 않았더라면 리오는 가우르의 머리를 쓰다듬었을 게 틀림없다. 휴, 하는 소리가 났다. 쿠로노가 아니라 기사 두 명의 것이다. 그때, 위엄 있는 소리를 내며 문이 열리기 시작했다.

"리오, 논공행상, 논공행상이니까."

"알았어."

쿠로노가 손을 놓자 리오는 문을 향해 걷기 시작했다. 리오가 문을 지나고, 쿠로노와 가우르도 그 뒤를 따랐다. 두꺼운 진홍색 융단 위를 걷고 있자 손에 무언가가 닿았다. 가우르의 손이다. 무심코 그를 봤다. 그러자——.

"미안하다. 고맙다."

가우르가 나직이 중얼거렸다. 신경 쓰지 말라고 말하려 했지만, 그때는 이미 옥좌 가까이 와 있었다. 알포트는 옥좌에 깊숙이 앉아 미소를 띠고 있었다. 뻔뻔스러운 미소다. 그 옆에는 알코르 재상, 알포트의 모친, 군무국장, 재무국장, 상서국장, 궁내국장이 서 있었다. 거기다 궁정 귀족이 융단을 따라 서 있다.

"쿠로노 에라키스, 가우르 엘나스 두 명을 데리고 왔습니다."

"수고했다."

"넵!"

알코르 재상의 말에 리오는 큰 목소리로 답하고 그 자리에 한쪽 무릎을 꿇었다. 약간 늦게 가우르가 한쪽 무릎을 꿇었고, 한층 더 늦게 쿠로노도 한쪽 무릎을 꿇었다. 실소가 새어 나온다. 창피함보다도 분노를 느꼈지만, 여기선 인내다.

"가우르 대대장, 보고를."

"예, 재상 각하! 저희는——."

알코르 재상에게 재촉받아 가우르가 남변경에 파견되고 나서 루 족을 설득하기까지의 전말을 이야기했다. 저번과 마찬가지로 이미 협의가 끝난 것이리라. 이견은 나오지 않았다. 수고가 들지 않는 건 기쁘지만, 이렇게나 이야기를 과장해도 괜찮은 걸까 싶다.

"——이상입니다."

"수고했다. 하지만……."

알코르 재상은 말을 끊었다. 침묵이 내리깔린다. 숨이 막힐 듯한 침묵이다. 협의는 끝났을 터다. 그런데도 땀이 뿜어져 나온다.

"어째서, 루 족을 토벌하지 않았지?"

"그것은 루 족이 제국과 함께 살아간다는 선택을 했기 때문입니다.”

“우리를 속이기 위한 거짓말이라고는 생각하지 않은 건가?!”

알코르 재상이 언성을 높였고, 쿠로노는 무심코 목을 움츠렸다. 궁정 귀족이 술렁였다. 상세한 내용은 알아들을 수 없지만, 독단전행(獨斷專行)이라느니, 조급하게 공을 서둘렀다느니 그런 말이 들렸다. 정말로 괜찮은 걸까 하고 불안함이 솟아난다. 다시 침묵이 내리깔린다. 아무도 입을 열려 하지 않는다. 호흡 소리만이 울린다. 얼마나 시간이 지났을까. 1분일까, 2분일까, 아니면, 5분일까. 갑자기 알코르 재상이 어깨 너머로 뒤를 봤다.

“──! 자, 잠깐 기다려라. 아, 알코르.”

알포트가 퍼뜩 깨달은 듯한 표정을 띠고는 알코르 재상을 불렀다. 기다리라고 말했지만, 알코르 재상은 아무것도 하지 않았다.

“루, 루 족은, 우, 우리와, 하, 하하, 함께 살아가는 것을, 바, 바라고 있다. 그렇다면 바람을, 바, 받아들여야 할 것이니라.”

“하오나, 전하…….”

“지, 짐은, 루, 루 족에게 알레오스 산지를 영지로 수여하고, 자, 자자, 자치를 인정한다!”

알포트의 말에 또다시 침묵이 내리깔렸다. 쿠로노는 내심 고개를 갸웃했다. 제법 빨리 결론이 나왔군, 하고 생각한 것이다. 크흠, 하고 알코르 재상은 헛기침을 하는──.

“드라드 왕국이 불온한 움직임을 보이는 지금, 산지에서의 전투에 뛰어난 루 족을 끌어들이는 것은 제국의 이익이 될 수 있지만, 제국이 루 족과 오랫동안 적대 관계였던 사실은 무시할 수 없다."

"그렇다면 저는 알레오스 산지에 머무르며 쌍방을 감시하도록 하겠습니다."

"으, 음, 마, 맡기도록 하마."

"뜻을 받들겠습니다."

알포트의 말에 가우르는 머리를 숙이고 대답했다. 누군가가 휴, 하고 안도의 한숨을 내쉬었다. 여기에 이르러 쿠로노는 대본이 있었음을 알아차렸다. 그리고 알포트가 대사를 까먹어 대본대로 진행되지 않았다는 것도. 크흠, 하고 알코르 재상이 재차 헛기침을 했다.

"가우르 엘나스, 루 족에게 함께 걷는다는 결단을 내리게 한 공적을 기려 알레오스 산지에 쌓을 요새의 요새장으로 임명한다. 그리고 쿠로노 에라키스——."

"기, 기다려라!"

알포트가 큰 목소리로 외치며 알코르 재상의 말을 가로막았다. 궁정 귀족이 술렁였다.

"알포트 전하, 왜 그러십니까?"

"에, 에라키스 후작에 대한 보, 보상은, 짐이 정해도 괘, 괜찮겠느냐?"

알코르 재상의 한쪽 눈썹이 치켜 올라갔다. 예상 밖의 전개라는 것일까.

"에, 에라키스 후작은, 이, 일전의 전투에서 다대한, 저, 전공을 세우고, 이번에도, 짐의 위광을 나타내 주었다. 따, 따라서, 제, 제13 근위기사단의, 다, 단장으로 임명하고자 한다."

"알포트 전하께서 그리 말씀하신다면야 이견은 없습니다. 그러면 에라키스 후작이 지휘관을 맡는 대대를 제13 근위기사단으로 삼도록 하지요."

오오, 하고 궁정 귀족이 웅성거렸다.

"지, 짐이, 지, 직접 임명하겠노라."

알포트는 옥좌에서 일어서더니 검을 뽑았다. 아니, 도신이 휘어 있다. 칼이다. 앞으로 나오라고 말하는 것처럼 알포트가 턱짓했다. 문득 페이를 기사로 임명했을 때의 일을 떠올렸다. 이제부터 본의 아니게 알포트한테 충성을 맹세하게 된다. 그렇게 생각하니 분노가 치밀어 올랐다. 이를 악물고 앞으로 나왔다.

리오가 이쪽을 보며 괜찮겠어? 라며 입을 움직였다. 그건 감미로운 유혹이었다. 알포트의 목을 단숨에 베어 준다면 얼마나 속이 후련할까. 하지만 연인을 암살자로 만들 수 있을 리가 없다. 게다가 루 족과 양아버지를 비롯한 다른 사람들한테 분노를 삼키게 시킨 건 쿠로노다. 그런 자신이 유혹에 굴할 수는 없는 노릇이다.

쿠로노는 알포트 앞에서 무릎을 꿇었다. 알포트가 웃었다. 실실거리는 야무지지 못한 미소다. 영예를 내려 줬다고 생각하고 있는 것일까. 그게 아니면, 수많은 사람 앞에서 쿠로노를 기사로 임명하는 자신에게 도취되어 있는 것일까. 어느 쪽이건 하찮다.

구역질이 나온다. 알포트는 기도를 올리는 것처럼 칼을 치켜들었다.

"서, 선조로부터 전해지는, 보검으로써, 그대를 제13 근위기사단 단장으로, 이, 임명한다."

"……맹세를. 저의 검, 저의 갑옷은 전하를 위하여."

칼이 어깨에 닿고, 쿠로노는 맹세의 말을 입에 담았다. 거짓 맹세다. 아니, 바치라고 한다면야 맹세도, 검도, 갑옷도 바칠 수 있다. 하지만——.

"저의 마음, 저의 혼은 사랑해야 할 모든 자에게 바칩니다. 하늘이 떨어지고, 대지가 갈라지며, 바다에 삼켜진다고 할지라도…… 저의 맹세는 깨지지 않을지니."

마음과 혼은 넘길 수 없다, 라며 쿠로노는 알포트를 노려봤다.

※

"쿠로노, 슬슬 집인데?"

"——!"

리오의 목소리에 쿠로노는 정신이 들었다. 두리번두리번 주위를 둘러봤다. 그러자 그곳은 마차 안이었다. 옆에는 리오, 어째서인지 맞은편에는 가우르가 앉아 있다.

"어째서 가우르 경이 여기에?"

"쿠로노가 걱정되어서 따라온 거야."

"아니다. 네 녀석이 돌아가는 길의 마차를 준비하지 않은 탓이다."

가우르가 발끈한 듯이 말했다. 스스로 마차를 준비하면 될 텐데, 하고 생각했지만, 그는 아직 가주 자리를 잇지 않았다. 자유롭게 마차를 준비할 수 있는 몸이 아닌 것이다.

"곧바로 준비했잖아."

"한 시간, 두 시간이나 기다릴 수 있을까 보냐."

가우르는 살짝 언성을 높였다. 음험한 괴롭힘이라고 생각했지만, 입 밖으로는 내지 않았다. 세상에는 말하지 않는 편이 좋을 때도 있다. 덜컹, 하고 마차가 흔들렸다. 창밖을 보니 익숙한 거리 모습이 펼쳐져 있었다. 마차는 한층 속도를 낮추고 크로포드 저택 앞에서 멈췄다. 문은 열리지 않는다. 스스로 열라는 것일까. 쿠로노는 일어서서 직접 문을 열고 밖으로 나갔다. 태양은 중천을 조금 지난 참이다.

"······쿠로노 경."

이름을 부르는 소리에 뒤돌아보니, 가우르가 마차에서 몸을 내밀고 쿠로노에게 손을 내밀었다.

자기도 모르게 그 손을 봤다.

"악수다, 악수."

"아아, 악수."

쿠로노가 손을 내밀자 가우르가 쿠로노의 손을 맞잡았다. 꽤 아프다.

"신세를 졌군."

"이쪽이야말로 신세 졌습니다. 건강하게 지내시기를."

"그래, 네 녀석도."

누가 먼저랄 것도 없이 손을 놓았다. 가우르가 좌석으로 돌아갔고, 리오는 얼굴을 찌푸렸다. 가우르가 마차에서 내리면 두고 가려고 했던 게 분명하다. 좀 더 남과 원만하게 어울려 줬으면 좋겠다는 생각이 든다.

"그럼 안녕, 쿠로노."

"또 봐, 리오."

쿠로노는 손을 흔들고 문을 닫았다. 마차가 움직이기 시작했다. 불현듯 알현실에서의 일을 떠올리고 분노가 다시 불타올랐다. 작게 고개를 흔들고는 심호흡했다.

"기분이 거칠어져 있네."

산책해서 기분전환이라도 하자며 걸음을 내디딘 순간──.

"쿠로노 님!"

"──!!"

레이라의 목소리가 울렸고, 쿠로노는 걸음을 멈췄다. 뒤돌아보니 레이라가 달려오던 참이었다. 아차. 쓸데없는 걱정을 끼쳐 버렸을까. 레이라는 쿠로노 앞에서 멈춰 서더니 머리를 꾸벅 숙였다.

"쿠로노 님, 어디로 가시는지?"

"조금 기분을 전환하러……"

"저도 따라가도 괜찮을까요?"

응, 하고 쿠로노는 고개를 끄덕이고는 몸을 돌려 걷기 시작했다. 천천히 길을 나아간다.

"……논공행상은 어떠셨나요?"

"아아, 응, 제13 근위기사단 단장에 임명됐어."

"제13 근위기사단이요?"

"말은 그렇게 해도 대대 이름이 바뀐 것뿐이지만……."

"축하드립니다!"

쿠로노가 뺨을 긁적이며 말하자, 레이라는 들뜬 목소리로 말했다. 무심코 레이라를 봤다.

"레이라는, 그, 기뻐?"

"네, 쿠로노 님께서 인정받아 기뻐요."

"……그렇구나."

쿠로노는 작게 중얼거렸다. 그렇게 생각할 수도 있는 건가. 시야가 넓어진 기분이다.

"레이라는 자기가 인정받으면 기뻐?"

"인정받으면, 말인가요?"

레이라는 생각에 잠기는 것처럼 입을 다물고——.

"아마, 기쁠 거라고 생각해요."

"그런가."

쿠로노는 고개를 끄덕이고는 앞으로 나아갔다. 문득 어떤 생각이 뇌리를 스쳤다. 즉흥적으로 떠오른 착상에 지나지 않지만——.

"레이라랑 다른 사람들한테 기사 작위를 서작(敍爵)해 주도록 신청해 볼까?"

"그건 저희가 기사가 된다는 말인가요?"

"그렇지."

"괜찮을까요?"

"손은 써 놨고, 기사 작위가 없는 내가 기사단장이니까 어떻게든 되지 않으려나. 오히려 기사단인데 기사가 없는 게 문제 아니겠어?"

레이라를 비롯한 부하들에게 기사 작위가 서작되면 그건 전례가 된다. 아인의 지위 향상으로 이어질 터다.

"저희가 기사로……."

레이라가 나직이 중얼거렸고, 쿠로노는 목걸이를 꽉 쥐었다. 알현실에서는 분노를 느꼈다. 하지만 근위기사단 단장으로 임명해 준 것이다. 이용하지 않을 이유가 없다.

《 종   장 》『다음 예정은』

파나가 집무실에 들어가자 알코르 재상은 책상 앞에 앉아 있었다. 양피지를 들고 눈으로 글자를 좇았다. 이쪽은 거들떠보지도 않는다.

"지금쯤 뭘 하고 있을까?"

"……."

작게 중얼거렸지만, 알코르 재상은 말이 없다. 잠시 후, 내용을 다 읽었는지 양피지를 책상에 내려놓았다. 작게 한숨을 내쉬고는 의자 등받이에 몸을 기댔다.

"글쎄, 뭘 하고 있을는지."

"어머, 듣고 있었어?"

"보고서를 우선하고 싶어서 말이다."

무슨 보고서인지는 묻지 않았다. 물어봐도 아무것도 할 수 없고, 긁어 부스럼을 만들고 싶지도 않다.

"또 우리 애가 원한을 샀네."

"확실히, 그건 말이지."

알코르 재상은 드물게 말을 머뭇거렸다. 에라키스 후작이 알포트와 알코르 재상을 원망하고 있다는 건 알고 있다. 그런 인물에게 충성을 맹세하도록 강요했다. 어째서 원한을 살 만한 짓만 골라서 하는 것인가.

"그러고 보니 드라드 왕국이 불온한 움직임을 보인다고 했는데, 혹시……."

"그건 방편이다. 드라드 왕국에 불온한 움직임 따위는 없다. 정작 불온한 건 신성 아르고 왕국이지만, 곧바로는 움직일 수 없을 거다."

"그래, 다행이네."

파나는 가슴을 쓸어내렸다.

"그럼, 에라키스 후작은 한동안 느긋하게 지낼 수 있는 거겠네?"

"이상하게 신경을 많이 쓰는군."

"아들이 그만큼 심한 짓을 했는걸? 신경 쓰지 말라는 편이 어렵지."

"그것도 그렇군."

알코르 재상은 몸을 일으키고는 원통 모양으로 둥글게 말린 양피지를 손에 쥐었다.

후기

「쿠로노 전기 8」을 구입해 주셔서 감사합니다. 바로 지금 서점에서 후기를 보고 계시는 분은 살며시 계산대로 가지고 가 주신다면 기쁘겠습니다.

네, 그런 이유로 8권입니다. 그리고 띠지를 보신 분은 알고 계시리라고 생각합니다만, 시리즈 누계 35만 부 돌파!! 시리즈 누계 35만 부 돌파인 것입니다!!! 감사합니다~! 감사합니다~!! 중요한 것이기에 두 번씩 말했습니다. 이건 응원해 주시는 분들은 물론이고, 언제나 적확한 조언을 해주시는 담당 S님, 에로귀여운 일러스트로 본작을 장식해 주시는 무츠미 선생님, 만화판 「쿠로노 전기」 작화를 담당하고 계시는 시라세 선생님과 담당 편집자님── 본 시리즈에 관련된 모든 분들 덕분입니다.

마지막으로 선전이 되겠습니다만, 소년 에이스 Plus에서 시라세 선생님이 연재하고 계시는 만화판 「쿠로노 전기」 제3권은 2월 발매 예정입니다. 제3권에서는 쿠로노와 여주인의 스트로베리한 토크를 보실 수 있지 말입니다. 그리고 티리아가 뿌려진 걸 맞습니다. 만화판 「쿠로노 전기」도 잘 부탁드리겠습니다.

Kurono senki 8 Isekaiteni sita boku ga saikyou nanoha bed no uedake no youdesu
©Ayumu Saito
Originally published in Japan in 2022 by HOBBY JAPAN CO., Ltd.
Korean translation rights ©2024 by Somy Media, Inc.

쿠로노 전기 8 이세계 전이한 내가 최강인 건 침대 위에서만인 것 같습니다

2024년 12월 15일 1판 1쇄 발행

저 자	사이토 아유무
일 러 스 트	무츠미 마사토
옮 긴 이	주승현
발 행 인	유재옥
이 사	조병권
출판본부장	박광운
편 집 2 팀	정영길 박치우 조찬희
편 집 3 팀	오준영 권진영 이소의 정지원
디자인랩팀	김보라 이민서
디지털사업팀	김경태 김지연 윤희진
콘텐츠기획팀	박상섭 강선화
라이츠사업팀	김정미 이윤서 임지윤
영업마케팅팀	최원석 이다은 윤아림
물 류 팀	허석용 백철기
경영지원팀	최정연
인쇄제작처	㈜코리아피엔피
발 행 처	㈜소미미디어
등 록	제2015-000008호
주 소	서울시 마포구 토정로222, 502호 (신수동, 한국출판콘텐츠센터)
판매 및 마케팅	(070) 8822-2301

ISBN 979-11-384-8525-8
ISBN 979-11-6507-870-6 (세트)